名家散文典藏

彩插版

冰心散文精选

冰心 著

长江出版传媒 长江文艺出版社

图书在版编目（ＣＩＰ）数据

冰心散文精选 / 冰心著. -- 武汉：长江文艺出版社，2017.12（2018.6重印）
（名家散文典藏：彩插版）
ISBN 978-7-5354-9899-1

Ⅰ.①冰… Ⅱ.①冰… Ⅲ.①散文集－中国－现代 Ⅳ.①I266

中国版本图书馆 CIP 数据核字(2017)第 191334 号

责任编辑：田敦国　　　　　　　　责任校对：陈　琪
封面设计：龙　梅　　　　　　　　责任印制：邱　莉　王光兴

出版：长江出版传媒　长江文艺出版社
地址：武汉市雄楚大街 268 号　　　邮编：430070
发行：长江文艺出版社
电话：027—87679360
http://www.cjlap.com
印刷：武汉珞珈山学苑印刷有限公司

开本：640 毫米×970 毫米　　　1/16　　印张：16.75　　插页：8 页
版次：2017 年 12 月第 1 版　　　2018 年 6 月第 2 次印刷
字数：200 千字

定价：30.00 元

版权所有，盗版必究（举报电话：027—87679308　87679310）
（图书出现印装问题，本社负责调换）

目录

笑 / 1

梦 / 3

闲情 / 5

好梦——为《晨报》周年纪念作 / 7

往事(一)(节选)——生命历史中的几页图画 / 10

往事(二)(节选)——生命历史中的几页图画 / 19

寄小读者(1923)(节选) / 33

再寄小读者(1942—1944) / 62

再寄小读者(1958)(节选) / 70

山中杂记(节选)——遥寄小朋友 / 84

南归——贡献给母亲在天之灵 / 91

冰心散文精选

目录

关于女人 / 114

像真理一样朴素的湖 / 142

小橘灯 / 145

忆意娜 / 148

一寸法师 / 151

樱花赞 / 154

一只木屐 / 158

尼罗河上的春天 / 160

腊八粥 / 165

我的故乡 / 167

我的童年 / 175

童年杂忆　/　185

我和玫瑰花　/　193

祖父和灯火管制　/　195

我入了贝满中斋　/　197

我的大学生涯　/　204

霞　/　212

关于男人　/　214

老舍和孩子们　/　237

追念振铎　/　241

一位最可爱可佩的作家　/　245

序台湾版《浪迹人生——萧乾传》　/　247

冰心散文精选

目录

话说"相思" / 249

我喜爱小动物 / 252

我家的对联 / 255

病榻呓语 / 258

话说君子兰 / 260

又想起一首诗 / 261

笑

雨声渐渐地住了,窗帘后隐隐的透进清光来。推开窗户一看,呀!凉云散了,树叶上的残滴,映着月儿,好似萤光千点,闪闪烁烁的动着。——真没想到苦雨孤灯之后,会有这么一幅清美的图画!

凭窗站了一会儿,微微的觉得凉意侵人。转过身来,忽然眼花缭乱,屋子里的别的东西,都隐在光云里;一片幽辉,只浸着墙上画中的安琪儿。——这白衣的安琪儿,抱着花儿,扬着翅儿,向着我微微的笑。

"这笑容仿佛在哪儿看见过似的,什么时候,我曾……"我不知不觉的便坐在窗口下想,——默默的想。

严闭的心幕,慢慢的拉开了,涌出五年前的一个印象。——一条很长的古道。驴脚下的泥,兀自滑滑的。田沟里的水,潺潺的流着。近村的绿树,都笼在湿烟里。弓儿似的新月,挂在树梢。一边走着,似乎道旁有一个孩子,抱着一堆灿白的东西。驴儿过去了,无意中回头一看。——他抱着花儿,赤着脚儿,向着我微微的笑。

"这笑容又仿佛是哪儿看见过似的!"我仍是想——默默的想。

又现出一重心幕来,也慢慢的拉开了,涌出十年前的一个印象。——茅檐下的雨水,一滴一滴的落到衣上来。土阶边的水泡儿,泛来泛去的乱

1

冰 心
散 文 精 选

转。门前的麦垄和葡萄架子,都濯得新黄嫩绿的非常鲜丽。——一会儿好容易雨晴了,连忙走下坡儿去。迎头看见月儿从海面上来了,猛然记得有件东西忘下了,站住了,回过头来。这茅屋里的老妇人——她倚着门儿,抱着花儿,向着我微微的笑。

这同样微妙的神情,好似游丝一般,飘飘漾漾的合了拢来,绾在一起。

这时心下光明澄静,如登仙界,如归故乡。眼前浮现的三个笑容,一时融化在爱的调和里看不分明了。

(原载一九二一年一月《小说月报》第十二卷第一号)

梦

她回想起童年的生涯，真是如同一梦罢了！穿着黑色带金线的军服，佩着一柄短短的军刀，骑在很高大的白马上，在海岸边缓辔徐行的时候，心里只充满了壮美的快感，几曾想到现在的自己，是这般的静寂，只拿着一枝笔儿，写她幻想中的情绪呢？

她男装到了十岁，十岁以前，她父亲常常带她去参与那军人娱乐的宴会。朋友们一见都夸奖说："好英武的一个小军人！今年几岁了？"父亲先一面答应着，临走时才微笑说："他是我的儿子，但也是我的女儿。"

她会打走队的鼓，会吹召集的喇叭。知道毛瑟枪里的机关。也会将很大的炮弹，旋进炮腔里。五六年父亲身畔无意中的训练，真将她做成很矫健的小军人了。

别的方面呢？平常女孩子所喜好的事，她却一点都不爱。这也难怪她，她的四围并没有别的女伴，偶然看见山下经过的几个村里的小姑娘，穿着大红大绿的衣裳，裹着很小的脚。匆匆一面里，她无从知道她们平居的生活。而且她也不把这些印象，放在心上。一把刀，一匹马，便堪过尽一生了！女孩子的事，是何等的琐碎烦腻呵！当探海的电灯射在浩浩无边的大海上，发出一片一片的寒光，灯影下，旗影下，两排儿沉豪英毅的军官，在剑佩锵锣的声里，整齐严肃的一同举起杯来，祝中国万岁的时候，这光景，是怎样的使人涌出慷慨的快乐的眼泪呢？

她这梦也应当到了醒觉的时候了！人生就是一梦么？

十岁回到故乡去，换上了女孩子的衣服，在姊妹群中，学到了女儿情性：五色的丝线，是能做成好看的活计的；香的，美丽的花，是要插在头上的；镜子是妆束完时要照一照的；在众人中间坐着，是要说些很细腻很温柔的话的；眼泪是时常要落下来的。女孩子是总有点脾气，带点娇贵的样子的。

这也是很新颖，很能造就她的环境——但她父亲送给她的一把佩刀，还长日挂在窗前。拔出鞘来，寒光射眼，她每每呆住了。白马呵，海岸呵，荷枪的军人呵……模糊中有无穷的怅惘。姊妹们在窗外唤她，她也不出去了。站了半天，只掉下几点无聊的眼泪。

她后悔么？也许是，但有谁知道呢！军人的生活，是怎样的造就了她的性情呵！黄昏时营幕里吹出来的笳声，不更是抑扬凄婉么？世界上软款温柔的境地，难道只有女孩儿可以占有么？海上的月夜，星夜，眺台独立倚枪翘首的时候：沉沉的天幕下，人静了，海也浓睡了，——"海天以外的家！"这时的情怀，是诗人的还是军人的呢？是两缕悲壮的丝交纠之点呵！

除了几点无聊的英雄泪，还有甚么？她安于自己的境地了！生命如果是圈儿般的循环，或者便从"将来"，又走向"过去"的道上去，但这也是无聊呵！

十年深刻的印象，遗留于她现在的生活中的，只是矫强的性质了——她依旧是喜欢看那整齐的步伐，听那悲壮的军笳。但与其说她是喜欢看，喜欢听，不如说她是怕看，怕听罢。

横刀跃马，和执笔沉思的她，原都是一个人，然而时代将这些事隔开了……

童年！只是一个深刻的梦么？

一九二一年十月一日

（原载一九二三年四月《小说月报》第十四卷第四号）

闲情

弟弟从我头上,拔下发针来,很小心的挑开了一本新寄来的月刊。看完了目录,便反卷起来,握在手里。笑说:"莹哥,你真是太沉默了,一年无有消息。"

我凝思地,微微答以一笑。

是的,太沉默了!然而我不能,也不肯忙中偷闲;不自然地,造作地,以应酬为目的地,写些东西。

病的神慈悲我,竟赐予我以最清闲最幽静的七天。

除了一天几次吃药的时间,是苦的以外,我觉得没有一时,不沉浸在轻微的愉快之中。——庭院无声。枕簟生凉。温暖的阳光,穿过苇帘,照在淡黄色的壁上。浓密的树影,在微风中徐徐动摇。窗外不时的有好鸟飞鸣。这时世上一切,都已抛弃隔绝,一室便是宇宙,花影树声,都含妙理。是一年来最难得的光阴呵,可惜只有七天!

黄昏时,弟弟归来,音乐声起,静境便砉然破了。一块暗绿色的绸子,蒙在灯上,屋里一切都是幽凉的,好似悲剧的一幕。镜中照见自己玲珑的白衣,竟悄然的觉得空灵神秘。当屋隅的四弦琴,颤动的,生涩的,徐徐奏起,两个歌喉,由不同的调子,渐渐合一,由悠扬,而宛转,由高亢,而沉缓的时候,怔忡的我,竟感到了无限的怅惘与不宁。

　　小孩子们真可爱,在我睡梦中,偷偷的来了,放下几束花,又走了。小弟弟拿来插在瓶里,也在我睡梦中,偷偷的放在床边几上。——开眼瞥见了,黄的和白的,不知名的小花,衬着淡绿的短瓶。……原是不很香的,而每朵花里,都包含着天真的友情。

　　终日休息着,睡和醒的时间界限,便分得不清。有时在中夜,觉得精神很圆满。——听得疾雷杂以疏雨,每次电光穿入,将窗台上的金钟花,轻淡清切的映在窗帘上,又急速的隐抹了去。而余影极分明的,印在我的脑膜上。我看见"自然"的淡墨画,这是第一次。

　　得了许可,黄昏时便出来疏散。轻凉袭人。迟缓的步履之间,自觉很弱,而弱中隐含着一种不可言说的愉快。这情景恰如小时在海舟上,——我完全不记得了,是母亲告诉我的,——众人都晕卧,我独不理会,颠顿的自己走上舱面,去看海。凝注之顷,不时的觉得身子一转,已跌坐在甲板上,以为很新鲜,很有趣。每坐下一次,便喜笑个不住,笑完再起来,希望再跌倒。忽忽又是十余年了,不想以弱点为愉乐的心情,至今不改。

　　一个朋友写信来慰问我,说:

　　"东坡云'因病得闲殊不恶',我亦生平善病者,故知能闲真是大功夫,大学问。……如能于养神之外,偶阅《维摩经》尤妙,以天女能道尽众生之病,断无不能自已其病也!恐扰清神,余不敢及。"

　　因病得闲,是第一慊心事,但佛经却没有看。

一九二二年六月十二日

(原载 1923 年 6 月 15 日《晨报副镌》)

好梦

——为《晨报》周年纪念作

自从太平洋舟中,银花世界之夜以后,再不曾见有团圆的月。

中秋之夕,停舟在慰冰湖上,自黄昏直至夜深,只见黑云屯积了来,湖面显得黯沉沉的。——

又是三十天了,秋雨连绵,十四十五两夜,都从雨声中度过,我已拚将明月忘了!

今夜晚餐后,她竟来看我,竟然谈到慰冰风景,竟然推窗——窗外树林和草地,如同罩上一层严霜一般。"月儿出来了!"我们喜出意外的,匆匆披上外衣,到湖旁去。

曲曲折折的离开了径道,从露湿的秋草上踏过,轻软无声。斜坡上再下去,湖水已近接足下。她的外衣铺着,我的外衣盖着,我们无言的坐了下去,微微的觉得秋凉。

月儿并不十分清明。四围朦胧之中,山更青了,水更白了。湖波淡淡的如同叠锦。对岸远处一两星灯火闪烁着。湖心隐隐的听见笑语。一只小舟,载着两个人儿,自淡雾中,徐徐泛入林影深处。

回头看她,她也正看着我,月光之下,点漆的双睛,乌云般的头发,脸上堆着东方人柔静的笑。如何的可怜呵!我们只能用着西方人的言语,彼

冰　心
散　文　精　选

此谈着。

她说着十年前,怎样的每天在朝露还零的时候,抱着一大堆花儿从野地上回家里去。——又怎样的赤着脚儿,一大群孩子拉着手,在草地上,和着最柔媚的琴声跳舞。到了酣畅处,自己觉得是个羽衣仙子。——又怎样的喜欢作活计。夏日晚风之中,在廊下拈着针儿,心里想着刚看过的书中的言语……这些满含着诗意的话,沁人心脾,只有微笑。

渐渐的深谈了,谈到西方女孩子的活泼,和东方女孩子的温柔,谈到哲学,谈到朋友,引起了很长的讨论,"淡交如水",是我们不约而同的收束。结果圆满,兴味愈深,更爽畅的谈到将来的世界,渐渐侵入现在的国际问题。我看着她,忽然没有了勇气。她也不住的弄着衣缘,言语很吞吐。——然而我们竟将许多伤心旧事,半明半晦的说过。"最缺憾的是一时的国际问题的私意!理想的和爱的天国,离我们竟还遥远,然而建立这天国的责任,正在我们……"她低头说着,我轻轻地接了下去,"正在我们最能相互了解的女孩儿身上。"

自此便无声响。刚才的思想太沉重了,这云淡风轻的景物,似乎不能负载。我们都想挣脱出来,却一时再不知说什么好。数十年相关的历史,几万万人相对的感情,今夜竟都推在我们两个身上——惆怅到不可言说!

百步外一片灯光里,欢乐的歌声悠然而起,穿林度水而来——我们都如梦醒,"是西方人欢愉活泼的精神呵!"她含笑的说着,我长吁了一口气!

思想又扩大了,经过了第二度的沉默——只听得湖水微微激荡,风过处橡叶坠地的声音。我不能再说什么话,也不肯再说什么话——她忽然温柔的抚着我的臂说:"最乐的时间,就是和最知心的朋友,同在最美的环境之中,却是彼此静默着没有一句话说!"

月儿愈高,风儿愈凉。衣裳已受了露湿,我们都觉得支持不住。——很疲缓的站起,转过湖岸,上了层阶,迎面灿然的立着一座灯火楼台,她邀我到她楼上屋里去,捧过纪念本子来,要我留字。题过姓名,在"快乐思想"的标目之下,我略一沉吟,便提起笔写下去,是:"月光的底下,湖的旁边,和你

一同坐着!"

独自归来的路上,瘦影在地。——过去的一百二十分钟,憧憬在我的心中,如同做了一场好梦。

一九二三年十月二十五日夜,闭壁楼,威尔斯利。

(原载一九二三年十二月一日《晨报副镌》)

往事（一）（节选）
——生命历史中的几页图画

在别人只是模糊记着的事情，
然而在心灵脆弱者，
已经反复而深深地
镂刻在回忆的心版上了！

索性凭着深刻的印象，
将这些往事
移在白纸上罢——
再回忆时
不向心版上搜索了！

一

　　将我短小的生命的树，一节一节的斩断了，圆片般堆在童年的草地上。我要一片一片的拾起来看；含泪的看，微笑的看，口里吹着短歌的看。
　　难为他装点得一节一节，这般丰满而清丽！

我有一个朋友,常常说,"来生来生!"——但我却如此说:"假如生命是乏味的,我怕有来生。假如生命是有趣的,今生已是满足的了!"

第一个厚的圆片是大海;海的西边,山的东边,我的生命树在那里萌芽生长,吸收着山风海涛。每一根小草,每一粒沙砾,都是我最初的恋慕,最初拥护我的安琪儿。

这圆片里重叠着无数快乐的图画,憨嬉的图画,寂寞的图画,和泛泛无着的图画。

放下罢,不堪回忆!

第二个厚的圆片是绿阴;这一片里许多生命表现的幽花,都是这绿阴烘托出来的。有浓红的,有淡白的,有不可名色的……

晚晴的绿阴,朝雾的绿阴,繁星下指点着的绿阴,月夜花棚秋千架下的绿阴!

感谢这曲曲屏山!它圈住了我许多思想。

第三个厚的圆片,不是大海,不是绿阴,是什么?我不知道!

假如生命是无味的,我不要来生。假如生命是有趣的,今生已是满足的了。

七

父亲的朋友送给我们两缸莲花,一缸是红的,一缸是白的,都摆在院子里。

八年之久,我没有在院子里看莲花了——但故乡的园院里,却有许多;不但有并蒂的,还有三蒂的,四蒂的,都是红莲。

九年前的一个月夜,祖父和我在园里乘凉。祖父笑着和我说:"我们园里最初开三蒂莲的时候,正好我们大家庭中添了你们三个姊妹。大家都欢喜,说是应了花瑞。"

半夜里听见繁杂的雨声,早起是浓阴的天,我觉得有些烦闷。从窗内往

冰　心
散　文　精　选

外看时，那一朵白莲已经谢了，白瓣儿小船般散飘在水面。梗上只留个小小的莲蓬，和几根淡黄色的花须，那一朵红莲，昨夜还是菡萏的，今晨却开满了，亭亭地在绿叶中间立着。

仍是不适意！——徘徊了一会子，窗外雷声作了，大雨接着就来，愈下愈大。那朵红莲，被那繁密的雨点，打得左右欹斜。在无遮蔽的天空之下，我不敢下阶去，也无法可想。

对屋里母亲唤着，我连忙走过去，坐在母亲旁边——一回头忽然看见红莲旁边的一个大荷叶，慢慢的倾侧了来，正覆盖在红莲上面……我不宁的心绪散尽了！

雨势并不减退，红莲却不摇动了。雨点不住的打着，只能在那勇敢慈怜的荷叶上面，聚了些流转无力的水珠。

我心中深深的受了感动——

母亲呵！你是荷叶，我是红莲。心中的雨点来了，除了你，谁是我在无遮拦天空下的荫蔽？

一九二二年七月二十一日

一〇

晚餐的时候。灯光之下，母亲看着我半天，忽然想起笑着说："从前在海边住的时候，我闷极了，午后睡了一觉，醒来遍处找不见你。"

我知道母亲要说什么——我只不言语，我忆起我五岁时的事情了。

弟弟们都问："往后呢？"

母亲笑着看着我说："找到大门前，她正呆呆的自己坐在石阶上，对着大海呢！我睡了三点钟，她也坐了三点钟了。可怜的寂寞的小人儿呵！你们看她小时已经是这样的沉默了——我连忙上前去，珍重地将她揽在怀里……"

母亲眼里满了欢喜慈怜的珠泪。

父亲也微笑了。——弟弟们更是笑着看我。

母亲的爱,和寂寞的悲哀,以及海的深远:都在我的心中,又起了一回不可言说的惆怅!

一四

每次拿起笔来,头一件事忆起的就是海。我嫌太单调了,常常因此搁笔。

每次和朋友们谈话,谈到风景,海波又侵进谈话的岸线里,我嫌太单调了,常常因此默然,终于无语。

一次和弟弟们在院子里乘凉,仰望天河,又谈到海。我想索性今夜彻底的谈一谈海,看词锋到何时为止,联想至何处为极。

我们说着海潮,海风,海舟……最后便谈到海的女神。

涵说:"假如有位海的女神,她一定是'艳如桃李,冷若冰霜'的。"我不觉笑问:"这话怎讲!"

涵也笑道,"你看云霞的海上,何等明媚;风雨的海上,又是何等的阴沉!"

杰两手抱膝凝听着,这时便运用他最丰富的想象力,指点着说:"她……她住在灯塔的岛上,海霞是她的扇旗,海鸟是她的侍从;夜里她曳着白衣蓝裳,头上插着新月的梳子,胸前挂着明星的璎珞;翩翩地飞行于海波之上……"

楫忙问:"大风的时候呢?"

杰道:"她驾着风车,狂飙疾转的在怒涛上驱走;她的长袖拂没了许多帆舟。下雨的时候,便是她忧愁了,落泪了,大海上一切都低头静默着。黄昏的时候,霞光灿然,便是她回波电笑,云发飘扬,丰神轻柔而潇洒……"

这一番话,带着画意,又是诗情,使我神往,使我微笑。

楫只在小椅子上,挨着我坐着,我抚着他,问:"你的话必是更好了,说出来让我们听听!"

他本静静地听着,至此便抱着我的臂儿,笑道:"海太大了,我太小了,我不会说。"

我肃然——涵用折扇轻轻的击他的手,笑说:"好一个小哲学家!"

涵道:"姊姊,该你说一说了。"

我道:"好的都让你们说尽了——我只希望我们都像海!"

杰笑道:"我们不配做女神,也不要'艳如桃李,冷若冰霜'的。"

他们都笑了——我也笑说:"不是说做女神,我希望我们都做个'海化'的青年。像涵说的,海是温柔而沉静。杰说的,海是超绝而威严。楫说的更好了,海是神秘而有容,也是虚怀,也是广博……"

我的话太乏味了,楫的头渐渐的从我臂上垂下去,我扶住了,回身轻轻地将他放在竹榻上。

涵忽然说:"也许是我看的书太少了,中国的诗里,咏海的真是不多;可惜这么一个古国,上下数千年,竟没有一个'海化'的诗人!"

从诗人上,他们的谈锋便转移到别处去了——我只默默的守着楫坐着,刚才的那些话,只在我心中,反复地寻味——思想。

一六

一年三百六十五天,有许多可记的事;一年三百六十五夜,更有许多可记的梦。

在梦中常常是神志湛然,飞行绝迹,可以解却许多白日的尘机烦虑。更有许多不可能的,意外的遨游,可以突兀实现。

一个春夜:梦见忽然在一个长廊上徐步,一带的花竹阑干,阑外是水。廊上近水的那一边,不到五步,便放着一张小桌子,用花边的白布罩着,中间一瓶白丁香花,杂着玫瑰,旁边还错落的摆着杯盘。望到廊的尽处,几百张小桌子,都是一样的。好像是有什么大集会,候客未来的光景。

我不敢久驻,轻轻的走过去。廊边一扇绿门,徐徐推开,又换了一番景致,长廊上的事,一概忘了。

门内是一间书室,尽是藤榻竹椅,地上铺着花席。一个女子,近窗写着字,我仿佛认得是在夏令会里相遇的谁家姊妹之一。

我们都没有说什么,我也未曾向她谢擅入的罪,似乎我们又是约下的。这时门外走进她的妹妹来,笑着便带我出去。

走过很长的甬道,两旁柱上挂着许多风景片,也都用竹框嵌着,道旁遮满了马樱花。

出了一个圆门——便是梦中意识的焦点,使我醒后能带挈着以上的景致,都深忆不忘的——到了门外,只见一望无边蔚蓝欲化的水。

这一片水:不是湖也不是海,比湖蔚蓝,比海平静,光艳得不可描画。……不可描画!生平醒时和梦中所见的水,要以此为第一了!

一道柳堤将这水界开了,绿意直伸到水中去。堤上缓步行来。梦中只觉飘然,悠然,而又怃然!

走尽了长堤,到了青翠的小山边,一处层阶之下,听得堂上有人讲书。她家的姊姊忽然又在旁边,问我,"你上去不?"我谢她说,"不去罢,还是到水边好。"

一转身又只剩我自己了,这回却沿着水岸走。风吹着柳叶。附满了绿苔的石头,错杂的在细流里立着。水光浸透了我沉醉的灵魂……

帘子一声响,梦惊碎了!水光在我眼前漾了几漾,便一时散开了,荡化了!

张递过一封信,匆匆的便又出去。

我要留梦,梦已去无痕迹……

朦胧里拿起信来一看,却是琳在西湖寄我的一张明片。

晚上我便寄她几行字:

冰　心
散　文　精　选

姊姊！
清福便独享了罢，
何须寄我些春泛的新诗？
心灵里已是烦忙，
又添了未曾相识的湖山，
频来入梦！
　　　　——《春水》一五七

一七

　　我坐在院里，仪从门外进来，悄悄地和我说："你睡了以后，叔叔骑马去了，是那匹好的白马……"我连忙问："在哪里？"他说："在山下呢，你去了，可不许说是我告诉的。"我站起来便走。仪自己笑着，走到书室里去了。

　　出门便听见涛声，新雨初过，天上还是轻阴。曲折平坦的大道，直斜到山下，既跑了就不能停足，只身不由己的往下走。转过高岗，已望见父亲在平野上往来驰骋。这时听得乳娘在后面追着，唤："慢慢的走！看道滑掉在谷里！"我不能回头，索性不理她。我只不住的唤着父亲，乳娘又不住的唤着我。

　　父亲已听见了，回身立马不动。到了平地上，看见董自己远远的立在树下。我笑着走到父亲马前，父亲凝视着我，用鞭子微微的击我的头，说："睡好好的，又出来作什么！"我不答，只举着两手笑说，"我也上去！"

　　父亲只得下来，马不住的在场上打转，父亲用力牵住了，扶我骑上。董便过来挽着辔头，缓缓地走了。抬头一看，乳娘本站在岗上望着我，这时才转身下去。

　　我和董说："你放了手，让我自己跑儿周！"董笑说："这马野得很，姑娘管不住，我快些走就得了。"

渐渐的走快了,只听得耳旁海风,只觉得心中虚凉,只不住的笑,笑里带着欢喜与恐怖。

父亲在旁边说:"好了,再走要头晕了!"说着便走过来。我撩开脸上的短发,双手扶着鞍子,笑对父亲说:"我再学骑十年的马,就可以从军去了,像父亲一般,做勇敢的军人!"父亲微笑不答。

马上看了海面的黄昏——

董在前牵着,父亲在旁扶着。晚风里上了山,直到门前。母亲和仪,还有许多人,都到马前来接我。

二零

精神上的朋友宛因,和我的通讯里,曾一度提到死后,她说:"我只要一个白石的坟墓,四面矮矮的石阑,墓上一个十字架,再有一个仰天沉思的石像。……这墓要在山间幽静处,丛树阴中,有溪水徐流,你一日在世,有什么新开的花朵,替我放上一两束,其余的人,就不必到那里去。"

我看完这一段,立时觉得眼前涌现了一幅清幽的图画。但是我想来想去……宛因呵,你还未免太"人间化"了!

何如脚儿赤着,发儿松松的挽着,躯壳用缟白的轻绡裹着,放在一个空明莹澈的水晶棺里,用纱灯和细乐,一叶扁舟,月白风清之夜,将这棺儿送到海上,在一片挽歌声中,轻轻的系下,葬在海波深处。

想象吊者白衣如雪,几只大舟,首尾相接,耀以红灯,绕以清乐,一簇的停在波心。何等凄清,何等苍凉,又是何等豪迈!

以万顷沧波作墓田,又岂是人迹可到?即使专诚要来瞻礼,也只能下俯清波,遥遥凭吊。

更何必以人间暂时的花朵,来娱悦海中永久的灵魂!看天上的乱星孤月,水面的晚烟朝霞,听海风夜奔,海波夜啸。比新开的花,徐流的水,其壮美的程度相去又如何?

从此穆然,超然,在神灵上下,鱼龙竞逐,珊瑚玉树交枝回绕的渊底,垂目长眠:那真是数千万年来人类所未享过的奇福!

至此搁笔,神志洒然,忽然忆起少作走韵的"集龚"中有:"少年哀乐过于人,消息都妨父老惊。一事避君君匿笑,欲求缥缈反幽深。"——不觉一笑!

一九二二年七月三十一日

(原载一九二二年十月《小说月报》第十三卷第十号)

往事（二）（节选）
——生命历史中的几页图画

她是翩翩的乳燕，
横海飘游，
月明风紧，
不敢停留——
在她频频回顾的
飞翔里
总带着乡愁！

一

那天大雪，郁郁黄昏之中，送一个朋友出山而去。绒绒的雪上，极整齐分明的镌着我们偕行的足印。独自归来的路上，偶然低首，看见洁白匀整的雪花，只这一瞬间，已又轻轻的掩盖了我们去时的踪迹。——白茫茫的大地上，还有谁知道这一片雪下，一刹那前，有个同行，有个送别？

我的心因觉悟而沉沉的浸入悲哀！

苏东坡的：

冰　心
散 文 精 选

> 人生到处知何似？
> 应似飞鸿踏雪泥——
> 泥上偶然留指爪，
> 鸿飞那复计东西！
> …………

那几句还未曾说到尽头处，岂但鸿飞不复计东西？连雪泥上的指爪都是不得而留的……于是人生到处都是渺茫了！

生命何其实在？又何其飘忽？它如迎面吹来的朔风，扑到脸上时，明明觉得砭骨劲寒；它又匆匆吹过，飒飒的散到树林子里，到天空中，渺无来因去果，纵骑着快马，也无处追寻。

原也是无聊，而薄纸存留的时候，或者比时晴的快雪长久些——今日不乐，松涛细响之中，四面风来的山亭上，又提笔来写《往事》。生命的历史一页一页的翻下去，渐渐翻近中叶，页页佳妙，图画的色彩也加倍的鲜明，动摇了我的心灵与眼目。这几幅是造物者的手迹。他轻描淡写了，又展开在我眼前；我瞻仰之下，加上一两笔点缀。

点缀完了，自己看着，似乎起了感慨，人生经得起追写几次的往事？生命刻刻消磨于把笔之顷……

这时青山的春雨已洒到松梢了！

一九二四年三月七日，青山。

二

哪有心肠？然而竟被友人约去话别——

回来已是暮色沉沉。今夜没有电光，中堂燃着两支蜡烛，闪闪的光影，从竹帘里透出，觉得凄清。

走到院子里,已听见母亲同涵和杰断断续续的说话。等我进去时,帘子响处,声音都寂。母亲只低着头做针线,涵和杰惘然的站了起来,却没有话说,只扶着椅背,对着闪闪的烛光呆望。

我怀疑着,一面向母亲说着今天饯别的光景,他们两个竟不来搭话,我也不问。

母亲进去了,我才问他们到底是怎么一回事。涵不言语,杰叹了一口气,半晌说:"母亲说……她舍不得你走,你走了她如同……但她又不愿意让你知道……"

几个月来,我们原是彼此心下雪亮,只是手软心酸,不敢揭破这一层纸。然而今夜我听到了这意中的言语,我竟呆了。

忽然涵望着杰沉重的说:"母亲吩咐不对莹哥说,你又来多事做什么?"

暂时沉默——这时电灯灿然的亮了,明光里照见他们两个的脸都红着。

杰嗫嚅着说:"我想……我想不要紧的……"

涵截住他:"不,我不许你说!"声音更严厉了。

这时杰真急了,觉得过分的受哥哥的呵斥。他也大声的说:"瞒别人,难道要瞒自己的姊姊?"他负固的抵抗着。

我已丧失了裁判的能力,茫然的,无心的吹灭了蜡烛,正要勉强的说一两句话——

涵的声音凄然了,"正是不瞒别人,只瞒自己的姊姊呢!"

两对辛酸的眼光相触,如同刚卸下的琴弦一般,两个人同时无力的低下头去。

我神魂失据的站在他们中间。

电灯又灭了,感谢这一霎时消失的光明!我们只觉得温热颤动的手,紧紧的互握着,却看不见彼此盈盈的泪眼!

一九二三年七月二十三日夜,北京。

三

今夜林中月下的青山,无可比拟!仿佛万一,只能说是似娟娟的静女,虽是照人的明艳,却不飞扬妖冶;是低眉垂袖,璎珞矜严。

流动的光辉之中,一切都失了正色:松林是一片浓黑的,天空是莹白的,无边的雪地,竟是浅蓝色的了。这三色衬成的宇宙,充满了凝静,超逸与庄严;中间流溢着满空幽哀的神意,一切言词文字都丧失了,几乎不容凝视,不容把握!

今夜的林中,决不宜于将军夜猎——那从骑杂沓,传叫风生,会踏毁了这平整匀纤的雪地;朵朵的火燎,和生寒的铁甲,会缭乱了静冷的月光。

今夜的林中,也不宜于燃枝野餐——火光中的喧哗欢笑,杯盘狼藉,会惊起树上稳栖的禽鸟;踏月归去,数里相和的歌声,会叫破了这如怨如慕的诗的世界。

今夜的林中,也不宜于爱友话别,叮咛细语——凄意已足,语音已微;而抑郁缠绵,作茧自缚的情绪,总是太"人间的"了,对不上这晶莹的雪月,空阔的山林。

今夜的林中,也不宜于高士徘徊,美人掩映——纵使林中月下,有佳句可寻,有佳音可赏,而一片光雾凄迷之中,只容意念回旋,不容人物点缀。

我倚枕百般回肠凝想,忽然一念回转,黯然神伤……

今夜的青山只宜于这些女孩子,这些病中倚枕看月的女孩子!

假如我能飞身月中下视,依山上下曲折的长廊,雪色侵围阑外,月光浸着雪净的衾裯,逼着玲珑的眉宇。这一带长廊之中:万籁俱绝,万缘俱断,有如水的客愁,有如丝的乡梦,有幽感,有彻悟,有祈祷,有忏悔,有万千种话……

山中的千百日,山光松影重叠到千百回,世事从头减去,感悟逐渐侵来,已滤就了水晶般清澈的襟怀。这时纵是顽石钝根,也要思量万事,何况这些思深善怀的女子?

往者如观流水——月下的乡魂旅思,或在罗马故宫,颓垣废柱之旁;或在万里长城,缺堞断阶之上;或在约旦河边,或在麦加城里;或超度莱因河,或飞越落玑山;有多少魂销目断,是耶非耶? 只她知道!

来者如仰高山,——久久的徘徊在困弱道途之上,也许明日,也许今年,就揭卸病的细网,轻轻的试叩死的铁门!

天国泥犁,任她幻拟:是泛入七宝莲池? 是参谒白玉帝座? 是欢悦? 是惊怯? 有天上的重逢,有人间的留恋,有未成而可成的事功,有将实而仍虚的愿望;岂但为我? 牵及众生,大哉生命!

这一切,融合着无限之生一刹那顷,此时此地的,宇宙中流动的光辉,是幽忧,是彻悟,都已宛宛氤氲,超凡入圣——

万能的上帝,我诚何福? 我又何幸? ……

一九二四年二月三十日夜,沙穰。

六

从来未曾感到的,这三夜来感到了,尤其是今夜! ——与其说"感"不如说"刺"——今夜感到的,我恳颤的希望这一生再也不感到!

阴历八月十四夜,晚餐后同一位朋友上楼来,从塔窗中,她忽然赞赏的唤我看月。撩开幔子,我看见一轮明月,高悬在远远的塔尖。地上是水银泻地般的月光。我心上如同着了一鞭,但感觉还散漫模糊,只惘然的也赞美了一句,便回到屋里,放下两重帘子来睡了。

早起一边理发,忽又惘惘的忆起昨夜的印象。我想起"……看月多归思,晓起开笼放白鹇"这两句来。如有白鹇可放,我昨夜一定开笼了,然而她纵有双飞翼,也怎生飞渡这浩浩万里的太平洋? 我连替白鹇设想的希望都绝了的时候,我觉得到了最无可奈何的境界!

中秋日,居然晴明,我已是心慑,仪又欢笑的告诉我,今夜定在湖上泛

冰　　心
散 文 精 选

舟,我尤其黯然！但这是沿例,旧同学年年此夜请新同学荡舟赏月,我如何敢言语？

黄昏良来召唤我时,天竟阴了,我一边和她走着,说不出心里的感谢。

我们七人,坐了三只小舟,一篙儿点开,缓缓从桥下穿过,已到湖上。

四顾廓然,湖光满眼。环湖的山黯青着,湖水也翠得很凄然。水底看见黑云浮动,湖岸上的秋叶,一丛丛的红意迎人,几座楼台在远处,旋转的次第入望。

我们荡到湖心,又转入水枝低亚处,错落的谈着,不时的仰望云翳的天空。云彩只严遮着,月意杳然。——"千金也买不了她这一刻的隐藏！"我说不出的心里的感谢。

云影只严遮着,月意杳然,夜色渐渐逼人,湖光渐隐。几片黑云,又横曳过湖东的丛树上,大家都怅惘,说:"无望了！我们回去罢！"

归棹中我看见舟尾的秋。她在桨声里,似吟似叹的说:"月呵！怎么不做美呵！"她很轻巧的又笑了,我也报她一笑。——这是"释然",她哪儿知道我的心绪？

到岸后,还在堤边留连仰望了片晌。——我想:"真可怜——中秋夜居然逃过了！"人人怅惘的归途中,我有说不尽的心里的感谢。

十六夜便不防备,心中很坦然,似乎忘却了。

不知如何,偶然敲了楼东一个朋友的室门,她正灭了灯在窗前坐着。月光满室！我一惊,要缩回也来不及了,只能听她起身拉着我的手,到窗前来。

没有一点缺憾！月儿圆满光明到十二分。我默然,我咬起唇儿,我几乎要迸出一两句诅咒的话！

假如她知道我这时心中的感伤是到了如何程度,她也必不忍这般的用双臂围住我,逼我站在窗前。我惨默无声,我已拼着鼓勇去领略。正如立近万丈的悬崖,下临无际的酸水的海。与其徘徊着惊悸亡魂,不如索性纵身一跃,死心的去感觉那没顶切肤的辛酸的感觉。

我神摇目夺的凝望着:近如方院,远如天文台,以及周围的高高下下的

树,都逼射得看出了红、蓝、黄的颜色。三个绿半球针竿高指的圆顶下,不断的白圆穹门,一圈一圈的在地的月影,如墨线画的一般的清晰。十字道四角的青草,青得四片绿绒似的,光天化日之下,也没有这样的分明呵,何况这一切都浸透在这万里迷濛的光影里……

我开始的诅咒了!

乡愁麻痹到全身,我掠着头发,发上掠到了乡愁;我捏着指尖,指上捏着了乡愁。是实实在在的躯壳上感着的苦痛,不是灵魂上浮泛流动的悲哀!

我一翻身匆匆的辞了她,回到屋里来。匆匆的用手绢蒙起了桌上嵌着父亲和母亲相片的银框。匆匆的拿起一本很厚的书来,扶着头苦读——茫然的翻了几十页,我实在没有气力再敷衍了,推开书,退到床上,万念俱灰的起了呜咽。

我病了——

那夜的惊和感,如夏空的急电,奔腾闪掣到了最高尖。过后回思,使我怃然叹异,而且不自信!如今反复的感着乡愁的心,已不能再飘起。无数的月夜都过去了,有时竟是整夜的看着,情感方面,却至多也不过"惘然"。

痛定思痛,我觉悟了明月为何千万年来,伤了无数的客心!静夜的无限光明之中,将四围衬映得清晰浮动,使她彻底的知道,一身不是梦,是明明白白的去国客游。一切离愁别恨,都不是淡荡的,犹疑的;是分明的,真切的,急如束湿的。

对于这事,我守了半年的缄默;只在今春与友人通讯之间,引了古人月夜的名句之后,我写:"呜呼!赏鉴好文学,领略人生,竟须付若大代价耶?"

至于代价如何,"呜呼"两字之后,藏有若干的伤感,我竟没有提,我的朋友因而也不曾问起。

一九二三年九月二十六日夜,闭璧楼。

七

我当然喜爱花草!

在国内时,我的屋里虽然不断的供养着香花,而剪叶添水的事,我却不常做。父亲或母亲走了进来,用手指按一按盆土,就啧啧的说:"我看花草供到你的屋里来,就是她们的末日到了!"

假如他二位老人家,说完这话就算了时,我自然不能再懒惰,至少也须敷衍敷衍;然而他们说完之后,提水瓶的提水瓶,拿剪刀的拿剪刀;若供的是水仙花,更是不但花根,连盆连石子都洗了。我乐得笑着站在一旁看。

我决不是不爱花,也决不是懒惰。一来我知道我收拾的万不及他们的齐整,——我十分相信收拾花卉是一种艺术——二来我每每喜欢得个题目,引得父亲和母亲和我纠缠。但看去国后,我从未忘了替屋里的花添水!我案头的水仙花,在别人和我同时养起的,还未萌茁的时候,就已怒放。一剪一剪繁密的花朵,将花管带得沉沉下垂,我用细绳将她们轻轻的束起。

花未开尽,我已病到医院里去,自此便隔绝了!只在一个朋友的小启中,提了一句:"你的花,我已替你浇水了。"以后再无人提,我也不好意思再问。但我在病榻上时时想起人去楼空,她自己在室中当然寂静。闭壁楼夜间整齐灿烂的光明中,缺了一点,便是我黑暗的窗户,暗室中再无人看她在光影下的丰神!

入山之后一日,开了朋友们替我收拾了送来的箱子,水仙花的绿盆赫然在内。我知道她在我卧病二十日之中,残落已尽,更无从"托微波以通词",我怅然——良久!

第三天,得了一个匣子,剪开束绳,白纸外一张片子,写着:

无尽的爱,安娜。

纸内包卷着一束猩红的玫瑰。珍重的插在瓶内,黄昏时浓香袭人。

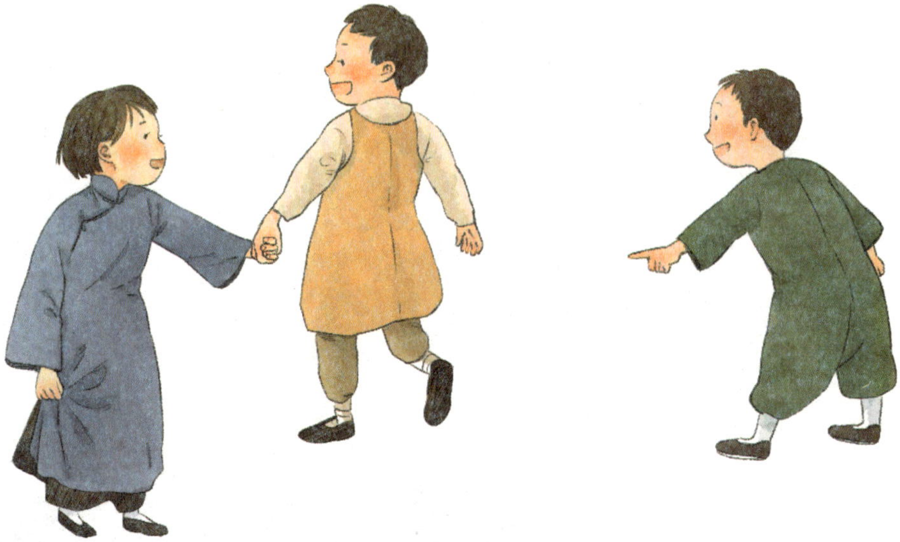

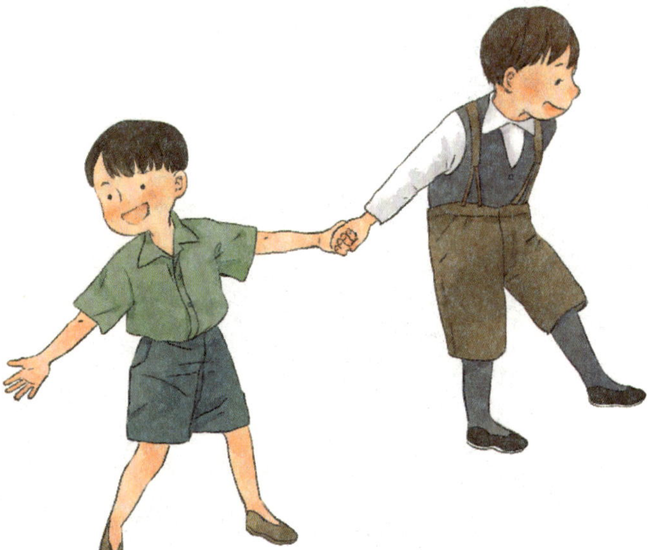

童年啊,
是梦中的真,
是真中的梦,
是回忆时含泪的微笑。

只过了一夜,我早起进来,看见花朵都低垂了,瓣儿憔悴得黑绒剪成的一般!才惊悟到这屋里太冷,后面瑛的小楼上是有暖炉的,她需要花的慰安,她也配受香花供养,我连忙托人带去赠了她。——听说一夜的工夫,花魂又回转了过来。

此后陆续又得了许多花,玫瑰也有,水仙也有,我都不忍留住。送客走后,便自己捧到瑛的楼里。

想起圣卜生医院室中不断的繁花,我不胜神往。然而到了花我不能两全的时候,我宁可刻苦了自己。我寂寞清寒的过了六十天,不曾牺牲一个花朵!

二月十六日,又有友人赠我六朵石竹花,三朵红的,三朵白的,间以几枝凤尾草。那天稍暖,送花的友人又站在一旁看我安插,我不好意思就把花送去,插好便放在屋里的玻璃几上。

夜中见着瑛,我说:"又有一瓶花送你了!"她笑着谢了我。

回来欹在枕上,等着出到了廊外之时,忽然看见了几上的几朵石竹花,那三朵白的,倒不觉得怎样,只那三朵红的,红得异样的可怜!

灿然的灯下,红绒般的瓣儿,重叠细碎的光艳照眼,加以花旁几枝凤尾草的细绿的叶围绕着,交辉中竟有殒人的意味。

这时不知是"花"可怜,还是"红"可怜,我心中所起的爱的感觉,很模糊而浓烈……

"我不想再做傻子!周围都是白的,周围都是冷的,看不见一点红艳与生意,这般的过了六十天,何自苦如此?"

我决定留下她!

第二天早起,瑛问我:"花呢?"我笑而不答。

今日风雪。我拥毡坐在廊上,回头看见这几朵花,在门窗洞开的室中,玻璃几上,迎着朔风瑟瑟而动,我不语。

进去从书架上取下一本书来,又到廊上。翻开书页,觉得连纸张都是冰冻的。我抬起头来望着那几朵寒颤的花——我又不语。

晚上，这几朵已憔悴损伤，瓣边已焦黄了！悼惜已来不及，我已牺牲了她。

偶然拿起笔来，不知是吊慰她，还是为自己文过，写了几行：

　　…………
　　…………
　　几曾愿挥麾开去？
　　雪冷风寒——
　　不忍挽柔弱的花枝，
　　来陪我禁受。
　　顾惜了她们
　　逼得我忘怀自己。

　　真是何苦来？
　　石竹花！
　　无情的朋友，又打发了
　　秾艳的你们
　　来依傍冷幽的我！

　　拼却瓶碎花凝，
　　也做一回残忍的事罢！
　　山中两月，
　　彻骨的清寒，
　　不能再……

到此意尽，笔儿自然的放下，只扶头看着残花出神。

以后也曾重写了三五次，只是整凑不起来。花已死去过也不必文，至今

那张稿纸,还随便的夹在一本书里。

一九二四年二月二十日,沙穰。

八

是除夜的酒后,在父亲的书室里。父亲看书,我也坐近书几,已是久久的沉默——

我站起,双手支颐,半倚在几上,我唤:"爹爹!"父亲抬起头来。"我想看守灯塔去。"

父亲笑了一笑,说:"也好,整年整月的守着海——只是太冷寂一些。"说完仍看他的书。

我又说:"我不怕冷寂,真的,爹爹!"

父亲放下书说:"真的便怎样?"

这时我反无从说起了!我耸一耸肩,我说:"看灯塔是一种最伟大,最高尚,而又最有诗意的生活……"

父亲点头说:"这个自然!"他往后靠着椅背,是预备长谈的姿势。这时我们都感着兴味了。

我仍旧站着,我说:"只要是一样的为人群服务,不是独善其身;我们固然不必避世,而因着性之相近,我们也不必避'避世'!"

父亲笑着点头。

我接着:"避世而出家,是我所不屑做的,奈何以青年有为之身,受十方供养?"

父亲只笑着。

我勇敢的说:"灯台守的别名,便是'光明的使者'。他抛离田里,牺牲了家人骨肉的团聚,一切种种世上耳目纷华的娱乐,来整年整月的对着渺茫无际的海天。除却海上的飞鸥片帆,天上的云涌风起,不能有新的接触。除了驰荡的海风,和岛上崖旁转青的小草,他不知春至。我抛却'乐群',只知

冰　心
散　文　精　选

'敬业'……"

父亲说:"和人群大陆隔绝,是怎样的一种牺牲,这情绪,我们航海人真是透彻中边的了!"言次,他微叹。

我连忙说:"否,这在我并不是牺牲!我晚上举着火炬,登上天梯,我觉得有无上的倨傲与光荣。几多好男子,轻侮别离,弄潮破浪,狎习了海上的腥风,驱使着如意的桅帆,自以为不可一世,而在狂飙浓雾,海水山立之顷,他们却蹙眉低首,捧盘屏息,凝注着这一点高悬闪烁的光明!这一点是警觉,是慰安,是导引,然而这一点是由我燃着!"

父亲沉静的眼光中,似乎忽忽的起了回忆。

"晴明之日,海不扬波,我抱膝沙上,悠然看潮落星生。风雨之日,我倚窗观涛,听浪花怒撼崖石。我闭门读书,以海洋为师,以星月为友,这一切都是不变与永久。

"三五日一来的小艇上,我不断的得着世外的消息,和家人朋友的书函;似暂离又似永别的景况,使我们永驻在'的的如水'的情谊之中。我可读一切的新书籍,我可写作,在文化上,我并不曾与世界隔绝。"

父亲笑说:"灯塔生活,固然极其超脱,而你的幻象,也未免过于美丽。倘若病起来,海水拍天之间,你可怎么办?"

我也笑道:"这个容易——一时虑不到这些!"

父亲道:"病只关你一身,误了燃灯,却是关于众生的光明……"

我连忙说:"所以我说这生活是伟大的!"

父亲看我一笑,笑我词支,说:"我知道你会登梯燃灯;但倘若有大风浓雾,触石沉舟的事,你须鸣枪,你须放艇……"

我郑重的说:"这一切,尤其是我所深爱的。为着自己,为着众生,我都愿学!"

父亲无言,久久,笑道:"你若是男儿,是我的好儿子!"

我走近一步,说:"假如我要得这种位置,东南沿海一带,爹爹总可为力?"

父亲看着我说:"或者……但你为何说得这般的郑重?"

我肃然道:"我处心积虑已经三年了!"

父亲敛容,沉思的抚着书角,半天,说:"我无有不赞成,我无有不为力。为着去国离家,吸受海上腥风的航海者,我忍心舍遣我惟一的弱女,到岛山上点起光明。但是,惟一的条件,灯台守不要女孩子!"

我木然勉强一笑,退坐了下去。

又是久久的沉默——

父亲站起来,慰安我似的:"清静伟大、照射光明的生活,原不止灯台守,人生宽广的很!"

我不言语。坐了一会,便掀开帘子出去。

弟弟们站在院子的四隅,燃着了小爆竹。彼此抛掷,欢呼声中,偶然有一两支掷到我身上来,我只笑避——实在没有同他们追逐的心绪。

回到卧室,黑沉沉的歪在床上。除夕的梦纵使不灵验,万一能梦见,也是慰情聊胜无。我一念至诚的要入梦,幻想中画出环境,暗灰色的波涛,岿然的白塔……

一夜寂然——奈何连个梦都不能做!

这是两年前的事了,我自此后,禁绝思虑,又十年不见灯塔,我心不乱。

这半个月来,海上瞥见了六七次,过眼时只悄然微叹。失望的心情,不愿它再兴起。而今夜浓雾中的独立,我竟极奋迅的起了悲哀!

丝雨濛濛里,我走上最高层,倚着船阑,忽然见天幕下,四塞的雾点之中,夹岸两嶂淡墨画成似的岛山上,各有一点星光闪烁——

船身微微的左右欹斜,这两点星光,也徐徐的在两旁隐约起伏。光线穿过雾层,莹然、灿然,直射到我的心上来,如招呼,如接引,我无言,久——久,悲哀的心弦,开始策策而动!

有多少无情有恨之泪,趁今夜都向这两点星光挥洒!凭吟啸的海风,带这两年前已死的密愿,直到塔前的光下——

从兹了结!拈得起,放得下,愿不再为灯塔动心,也永不作灯塔的梦,无

冰　心
散　文　精　选

希望的永古不失望,不希冀那不可希冀的,永古无悲哀!

　　愿上帝祝福这两个塔中的燃灯者!——愿上帝祝福有海水处,无数塔中的燃灯者!愿海水向他长绿,愿海山向他长青!愿他们知道自己是这一隅岛国上无冠的帝王,只对他们,我愿致无上的颂扬与羡慕!

　　　　　　　　　　一九二三年八月二十八日,太平洋舟中。

(原载一九二四年七月《小说月报》第十五卷第七号)

寄小读者（1923）（节选）

通 讯 一

似曾相识的小朋友们：

我以抱病又将远行之身，此三两月内，自分已和文字绝缘；因为昨天看见《晨报》副刊上已特辟了"儿童世界"一栏，欣喜之下，便借着软弱的手腕，生疏的笔墨，来和可爱的小朋友，作第一次的通讯。

在这开宗明义的第一信里，请你们容我在你们面前介绍我自己。我是你们天真队里的一个落伍者——然而有一件事，是我常常用以自傲的：就是我从前也曾是一个小孩子，现在还有时仍是一个小孩子。为着要保守这一点天真直到我转入另一世界时为止，我恳切的希望你们帮助我，提携我，我自己也要永远勉励着，做你们的一个最热情最忠实的朋友！

小朋友，我要走到很远的地方去。我十分的喜欢有这次的远行，因为或者可以从旅行中多得些材料，以后的通讯里，能告诉你们些略为新奇的事情。——我去的地方，是在地球的那一边。我有三个弟弟，最小的十三岁了。他念过地理，知道地球是圆的。他开玩笑的和我说："姊姊，你走了，我们想你的时候，可以拿一条很长的竹竿子，从我们的院子里，直穿到对面你们

冰 心
散 文 精 选

的院子去,穿成一个孔穴。我们从那孔穴里,可以彼此看见。我看看你别后是否胖了,或是瘦了。"小朋友想这是可能的事情么？——我又有一个小朋友,今年四岁了。他有一天问我说:"姑姑,你去的地方,是比前门还远么？"小朋友看是地球的那一边远呢？还是前门远呢？

我走了——要离开父母兄弟,一切亲爱的人。虽然是时期很短,我也已觉得很难过。倘若你们在风晨雨夕,在父亲母亲的膝下怀前,姊妹弟兄的行间队里,快乐甜柔的时光之中,能联想到海外万里有一个热情忠实的朋友,独在恼人凄清的天气中,不能享得这般浓福,则你们一瞥时的天真的怜念,从宇宙之灵中,已遥遥的付与我以极大无量的快乐与慰安！

小朋友,但凡我有工夫,一定不使这通讯有长期间的间断。若是间断的时候长了些,也请你们饶恕我。因为我若不是在童心来复的一刹那顷拿起笔来,我决不敢以成人烦杂之心,来写这通讯。这一层是要请你们体恤怜悯的。

这信该收束了,我心中莫可名状,我觉得非常的荣幸！

冰 心

一九二三年七月二十五日

通 讯 三

亲爱的小朋友:

昨天下午离开了家,我如同入梦一般。车转过街角的时候,我回头凝望着——除非是再看见这缘满豆叶的棚下的一切亲爱的人,我这梦是不能醒的了！

送我的尽是小孩子——从家里出来,同车的也是小孩子,车前车后也是小孩子。我深深觉得凄恻中的光荣。冰心何福,得这些小孩子天真纯洁的爱,消受这甚深而不牵累的离情。

火车还没有开行,小弟弟冰季别到临头,才知道难过,不住的牵着冰叔

的衣袖,说:"哥哥,我们回去罢。"他酸泪盈眸,远远的站着。我叫过他来,捧住了他的脸,我又无力的放下手来,他们便走了。——我们至终没有一句话。

慢慢的火车出了站,一边城墙,一边杨柳,从我眼前飞过。我心沉沉如死,倒觉得廓然,便拿起国语文学史来看,刚翻到"卿云烂兮"一段。忽然看见书页上的空白处写着几个大字:"别忘了小小。"我的心忽然一酸,连忙抛了书,走到对面的椅子上坐下——这是冰季的笔迹呵!小弟弟,如何还困弄我于别离之后?

夜中只是睡不稳,几次坐起,开起窗来,只有模糊的半圆的月,照着深黑无际的田野。——车只风驰电掣的,轮声轧轧里,奔向着无限的前途。明月和我,一步一步的离家远了!

今早过济南,我五时便起来,对窗整发。外望远山连绵不断,都没在朝霭里,淡到欲无。只浅蓝色的山峰一线,横亘天空。山坳里人家的炊烟,濛濛的屯在谷中,如同云起。朝阳极光明的照临在无边的整齐青绿的田畦上。我梳洗毕凭窗站了半点钟,在这庄严伟大的环境中,我只能默然低头,赞美万能智慧的造物者。

过泰安府以后,朝露还零。各站台都在浓阴之中,最有古趣,最清幽。到此我才下车稍稍散步,远望泰山,悠然神往。默诵"高山仰止,景行行止,虽不能至,心向往之"四句,反复了好几遍。

自此以后,站台上时闻皮靴拖沓声,刀枪相触声,又见黄衣灰衣的兵丁,成队的来往梭巡。我忽然忆起临城劫车的事,知道快到抱犊冈了,我切愿一见那些持刀背剑来去如飞的人。我这时心中只憬憧着梁山泊好汉的生活,武松林冲鲁智深的生活。我不是羡慕什么分金阁,剥皮亭,我羡慕那种激越豪放,大刀阔斧的胸襟!

因此我走出去,问那站在两车挂接处荷枪带弹的兵丁。他说快到临城了,抱犊冈远在几十里外,车上是看不见的。他和我说话极温和,说的是纯正的山东话。我如同远客听到乡音一般,起了无名的喜悦。——山东是我灵魂上的故乡,我只喜欢忠恳的山东人,听那生怯的山东话。

冰　　心
散 文 精 选

　　一站一站的近江南了，我旅行的快乐，已经开始。这次我特意定的自己一间房子，为的要自由一些，安静一些，好写些通讯。我靠在长枕上，近窗坐着。向阳那边的窗帘，都严严的掩上。对面一边，为要看风景，便开了一半。凉风徐来，这房里寂静幽阴已极。除了单调的轮声以外，与我家中的书室无异。窗内虽然没有满架的书，而窗外却旋转着伟大的自然。笔在手里，句在心里，只要我不按铃。便没有人进来搅我。龚定庵有句云："……都道西湖清怨极，谁分这般浓福？……"今早这样恬静喜悦的心境，是我所梦想不到的。书此不但自慰，并以慰弟弟们和记念我的小朋友。

冰　　心
一九二三年八月四日，津浦道中。

通　讯　四

小朋友：
　　好容易到了临城站，我走出车外。只看见一大队兵，打着红旗，上面写着"……第二营……"又放炮仗，又吹喇叭；此外站外只是远山田垄，更没有什么。我很失望，我竟不曾看见一个穿夜行衣服，带标背剑，来去如飞的人。
　　自此以南，浮云蔽日。轨道旁时有小湫。也有小孩子，在水里洗澡游戏。更有小女儿，戴着大红花，坐在水边树底作活计，那低头穿线的情景，煞是温柔可爱。
　　过南宿州至蚌埠，轨道两旁，雨水成湖。湖上时有小舟来往。无际的微波，映着落日，那景物美到不可描画。——自此人民的口音，渐渐的改了，我也渐渐的觉得心怯，也不知道为什么。
　　过金陵正是夜间，上下车之顷，只见隔江灯火灿然。我只想象着城内的秦淮莫愁，而我所能看见的，只是长桥下微击船舷的黄波浪。
　　五日绝早过苏州。两夜失眠，烦困已极，而窗外风景，浸入我倦乏的心

中,使我悠然如醉。江水伸入田垄,远远几架水车,一簇一簇的茅亭农舍,树围水绕,自成一村。水漾轻波,树枝低亚。当几个农妇挑着担儿,荷着锄儿,从那边走过之时,真不知是诗是画!

有时远见大江,江帆点点,在晓日之下,清极秀极。我素喜北方风物,至此也不得不倾倒于江南之雅澹温柔。

晨七时半到了上海,又有小孩子来接,一声"姑姑",予我以无限的欢喜——到此已经四五天了,休息之后,俗事又忙个不了。今夜夜凉如水,灯下只有我自己。在此静夜极难得,许多姊妹兄弟,知道我来,多在夜间来找我乘凉闲话。我三次拿起笔来,都因门环响中止,凭阑下视,又是哥哥姊姊来看望我的。我慰悦而又惆怅,因为三次延搁了我所乐意写的通讯。

这只是沿途的经历,感想还多,不愿在忙中写过,以后再说。夜深了,容我说晚安罢!

冰 心
一九二三年八月九日,上海。

通 讯 七

亲爱的小朋友:

八月十七的下午,约克逊号邮船无数的窗眼里,飞出五色飘扬的纸带,远远的抛到岸上,任凭送别的人牵住的时候,我的心是如何的飞扬而凄恻!

痴绝的无数的送别者,在最远的江岸,仅仅牵着这终于断绝的纸条儿,放这庞然大物,载着最重的离愁,飘然西去!

船上生活,是如何的清新而活泼。除了三餐外,只是随意游戏散步。海上的头三日,我竟完全回到小孩子的境地中去了,套圈子,抛沙袋,乐此不疲,过后又绝然不玩了。后来自己回想很奇怪,无他,海唤起了我童年的回忆,海波声中,童心和游伴都跳跃到我脑中来。我十分的恨这次舟中没有几

冰　心
散　文　精　选

个小孩子,使我童心来复的三天中,有无猜畅好的游戏!

我自少住在海滨,却没有看见过海平如镜。这次出了吴淞口,一天的航程,一望无际尽是粼粼的微波。凉风习习,舟如在冰上行。到过了高丽界,海水竟似湖光。蓝极绿极,凝成一片。斜阳的金光,长蛇般自天边直接到阑旁人立处。上自穹苍,下至船前的水,自浅红至于深翠,幻成几十色,一层层,一片片的漾开了来。……小朋友,恨我不能画,文字竟是世界上最无用的东西,写不出这空灵的妙景!

八月十八夜,正是双星渡河之夕。晚餐后独倚阑旁,凉风吹衣。银河一片星光,照到深黑的海上。远远听得楼阑下人声笑语,忽然感到家乡渐远。繁星闪烁着,海波吟啸着,凝立悄然,只有惆怅。

十九日黄昏,已近神户,两岸青山,不时的有渔舟往来。日本的小山多半是圆扁的,大家说笑,便道是"馒头山"。这馒头山沿途点缀,直到夜里,远望灯光灿然,已抵神户。船徐徐停住,便有许多人上岸去。我因太晚,只自己又到最高层上,初次看见这般璀璨的世界,天上微月的光,和星光,岸上的灯光,无声相映。不时的还有一串光明从山上横飞过,想是火车周行。……舟中寂然,今夜没有海潮音,静极心绪忽起:"倘若此时母亲也在这里……"我极清晰的忆起北京来,小朋友,恕我,不能往下再写了。

　　　　　　　　　　　　　　　　　　　冰　心
　　　　　　　　　　　　　　　　一九二三年八月二十日,神户。

朝阳下转过一碧无际的草坡,穿过深林,已觉得湖上风来,湖波不是昨夜欲睡如醉的样子了。——悄然的坐在湖岸上,伸开纸,拿起笔,抬起头来,四围红叶中,四面水声里,我要开始写信给我久违的小朋友。小朋友猜我的心情是怎样的呢?

水面闪烁着点点的银光,对岸意大利花园里亭亭层列的松树,都证明我已在万里外。小朋友,到此已逾一月了,便是在日本也未曾寄过一字,说

是对不起呢,我又不愿!

　　我平时写作,喜在人静的时候。船上却处处是公共的地方,舱面阑边,人人可以来到。海景极好,心胸却难得清平。我只能在晨间绝早,船面无人时,随意写几个字,堆积至今,总不能整理,也不愿草草整理,便迟延到了今日。我是尊重小朋友的,想小朋友也能尊重原谅我!

　　许多话不知从哪里说起,而一声声打击湖岸的微波,一层层的没上杂立的潮石,直到我蔽膝的毡边来,似乎要求我将她介绍给我的小朋友。小朋友,我真不知如何的形容介绍她!她现在横在我的眼前。湖上的月明和落日,湖上的浓阴和微雨,我都见过了,真是仪态万千。小朋友,我的亲爱的人都不在这里,便只有她——海的女儿,能慰安我了。Lake Waban,谐音会意,我便唤她做"慰冰"。每日黄昏的游泛,舟轻如羽,水柔如不胜桨。岸上四围的树叶,绿的、红的、黄的、白的,一丛一丛的倒影到水中来,覆盖了半湖秋水。夕阳下极其艳冶,极其柔媚。将落的金光,到了树梢,散在湖面。我在湖上光雾中,低低的嘱咐它,带我的爱和慰安,一同和它到远东去。

　　小朋友!海上半月,湖上也过半月了,若问我爱哪一个更甚,这却难说。——海好像我的母亲,湖是我的朋友。我和海亲近在童年,和湖亲近是现在。海是深阔无际,不着一字,她的爱是神秘而伟大的,我对她的爱是归心低首的。湖是红叶绿枝,有许多衬托,她的爱是温和妩媚的,我对她的爱是清淡相照的。这也许太抽象,然而我没有别的话来形容了!

　　小朋友,两月之别,你们自己写了多少,母亲怀中的乐趣,可以说来让我听听么?——这便算是沿途书信的小序,此后仍将那写好的信,按序寄上,日月和地方,都因其旧,"弱游"的我,如何自太平洋东岸的上海绕到大西洋东岸的波士顿来,这些信中说得很清楚,请在那里看罢!

　　不知这几百个字,何时方达到你们那里,世界真是太大了!

冰　心

一九二三年十月十四日,慰冰湖畔,威尔斯利。

冰　　心
散　文　精　选

通　讯　八

亲爱的弟弟们：

　　波士顿一天一天的下着秋雨，好像永没有开晴的日子。落叶红的黄的堆积在小径上，有一寸来厚，踏下去又湿又软。湖畔是少去的了，然而还是一天一遭。很长很静的道上，自己走着，听着雨点打在伞上的声音。有时自笑不知这般独往独来，冒雨迎风，是何目的！走到了，石矶上，树根上，都是湿的，没有坐处，只能站立一会，望着蒙蒙的雾。湖水白极淡极，四围湖岸的树，都隐没不见，看不出湖的大小，倒觉得神秘。

　　回来已是天晚，放下绿帘，开了灯，看中国诗词，和新寄来的晨报副镌，看到亲切处，竟然忘却身在异国。听得敲门，一声"请进"，回头却是金发蓝睛的女孩子，笑颊粲然的立于明灯之下，常常使我猛觉，笑而吁气！

　　正不知北京怎样，中国又怎样了？怎么在国内的时候，不曾这样的关心？——前几天早晨，在湖边石上读华兹华斯（Wordsworth）的一首诗，题目是《我在不相识的人中间旅行》：

　　　　"I travelled among unknown men"

　　　　I travelled among unknown men,
　　　　In land beyond the sea,
　　　　Nor, England! did I know till then
　　　　What love I bore to thee.

　　大意是：

　　　　直至到了海外，

在不相识的人中间旅行；
英格兰！我才知道我付与你的
是何等样的爱。

读此使我恍然如有所得，又怅然如有所失。是呵，不相识的！湖畔归来，远远几簇楼窗的灯火，繁星般的灿烂，但不曾与我以丝毫慰藉的光气！

想起北京城里此时街上正听着卖葡萄，卖枣的声音呢！我真是不堪，在家时黄昏睡起，秋风中听此，往往凄动不宁。有一次似乎是星期日的下午。你们都到安定门外泛舟去了，我自己廊上凝坐，秋风侵衣。一声声卖枣声墙外传来，觉得十分黯淡无趣。正不解为何这般寂寞，忽然你们的笑语喧哗也从墙外传来，我的惆怅，立时消散。自那时起，我承认你们是我的快乐和慰安，我也明白只要人心中有了春气，秋风是不会引人愁思的。但那时却不曾说与你们知道。今日偶然又想起来，这里虽没有卖葡萄甜枣的声响，而窗外风雨交加。——为着人生，不得不别离，却又禁不起别离，你们何以慰我？……一天两次，带着钥匙，忧喜参半的下楼到信橱前去，隔着玻璃，看不见一张白纸。又近看了看，实在没有。无精打采的挪上楼来，不止一次了！明知万里路，不能天天有信，而这两次终不肯不走，你们何以慰我？

夜渐长了，正是读书的好时候，愿隔着地球，和你们一同勉励着在晚餐后一定的时刻用功。只恐我在灯下时，你们却在课室里——回家千万常在母亲跟前！这种光阴是贵过黄金的，不要轻轻抛掷过去，要知道海外的姊姊，是如何的羡慕你们！——往常在家里，夜中写字看书，只管漫无限制，横竖到了休息时间，父亲或母亲就会来催促的，搁笔一笑，觉得乐极。如今到了夜深人倦的时候，只能无聊的自己收拾收拾，去做那还乡的梦。弟弟！想着我，更应当尽量消受你们眼前欢愉的生活！

菊花上市，父亲又忙了，今年种得多不多？我案头只有水仙花，还没有开，总是含苞，总是希望，当常引起我的喜悦。

快到晚餐的时候了。美国的女孩子，真爱打扮，尤其是夜间。第一遍钟响,就忙着穿衣敷粉,纷纷晚妆。夜夜晚餐桌上,个个花枝招展的。"巧笑倩兮,美目盼兮,彼美人兮,西方之人兮。"我曾戏译这四句诗给她们听。攒三聚五的凝神向我,听罢相顾,无不欢笑。

不多说什么了,只有"珍重"二字,愿彼此牢牢守着!

冰 心
一九二三年十月二十四日夜,闭壁楼。

倘若你们愿意,不妨将这封信分给我们的小朋友看看。途中书信,正在整理,一两天内,不见得能写寄。将此塞责,也是慰情聊胜无呵! 又书。

通 讯 十

亲爱的小朋友:

我常喜欢挨坐在母亲的旁边,挽住她的衣袖,央求她述说我幼年的事。

母亲凝想地,含笑地,低低地说:

"不过有三个月罢了,偏已是这般多病。听见端药杯的人的脚步声,已知道惊怕啼哭。许多人围在床前,乞怜的眼光,不望着别人,只向着我,似乎已经从人群里认识了你的母亲!"

这时眼泪已湿了我们两个人的眼角!

"你的弥月到了,穿着舅母送的水红绸子的衣服,戴着青缎沿边的大红帽子,抱出到厅堂前。因看你丰满红润的面庞,使我在姊妹妯娌群中,起了骄傲。

"只有七个月,我们都在海舟上,我抱你站在阑旁。海波声中,你已会呼唤'妈妈'和'姊姊'。"

对于这件事,父亲和母亲还不时的起争论。父亲说世上没有七个月会说话的孩子。母亲坚执说是的。在我们家庭历史上,这事至今是件疑案。

"浓睡之中猛然听得丐妇求乞的声音,以为母亲已被她们带去了。冷汗被面的惊坐起来,脸和唇都青了,呜咽不能成声,我从后屋连忙进来,珍重的揽住,经过了无数的解释和安静,自此后,便是睡着,我也不敢轻易的离开你的床前。"

这一节,我仿佛记得,我听时写时都重新起了呜咽!

"有一次你病得重极了。地上铺着席子,我抱着你在上面膝行。正是暑月,你父亲又不在家。你断断续续说的几句话,都不是三岁的孩子所能够说的。因着你奇异的智慧,增加了我无名的恐怖。我打电报给你父亲,说我身体和灵魂上都已不能再支持。忽然一阵大风雨,深忧的我,重病的你,和你疲乏的乳母,都沉沉的睡了一大觉。这一番风雨,把你又从死神的怀抱里,接了过来。"

我不信我智慧,我又信我智慧!母亲以智慧的眼光。看万物都是智慧的,何况她的惟一挚爱的女儿?

"头发又短,又没有一刻肯安静。早晨这左右两个小辫子,总是梳不起来。没有法子,父亲就来帮忙:'站好了,站好了,要照相了!'父亲拿着照相匣子,假作照着。又短又粗的两个小辫子,好容易天天这样的将就的编好了。"

我奇怪我竟不懂得向父亲索要我每天照的相片!

"陈妈的女儿宝姐,是你的好朋友。她来了,我就关你们两个人在屋里,我自己睡午觉。等我醒来,一切的玩具,小人小马,都当做船,飘浮在脸盆的水里,地上已是水汪汪的。"

宝姐是我一个神秘的朋友,我自始至终不记得,不认识她。然而从母亲口里,我深深的爱了她。

"已经三岁了,或者快四岁了。父亲带你到他的兵舰上去,大家匆匆的替你换上衣服。你自己不知什么时候,把一只小木鹿,放在小靴子里。到船上只要父亲抱着,自己一步也不肯走。放到地上走时,只有一跛一跛的。大家奇怪了,脱下靴子,发现了小木鹿。父亲和他的许多朋友都笑了。——傻

冰　　心
散 文 精 选

孩子！你怎么不会说？"

　　母亲笑了，我也伏在她的膝上羞愧的笑了。——回想起来，她的质问，和我的羞愧，都是一点理由没有的。十几年前事，提起当面前事说，真是无谓。然而那时我们中间弥漫了痴和爱！

　　"你最怕我凝神，我至今不知是什么缘故。每逢我凝望窗外，或是稍微的呆了一呆，你就过来呼唤我，摇撼我，说：'妈妈，你的眼睛怎么不动了？'我有时喜欢你来抱住我，便故意的凝神不动。"

　　我自己也不知道是什么缘故。也许母亲凝神，多是忧愁的时候，我要搅乱她的思路，也未可知。——无论如何，这是个隐谜！

　　"然而你自己却也喜凝神。天天吃着饭，呆呆的望着壁上的字画，桌上的钟和花瓶，一碗饭数米粒似的，吃了好几点钟。我急了，便把一切都挪移开。"

　　这件事我记得，而且很清楚，因为独坐沉思的脾气至今不改。

　　当她说这些事的时候，我总是脸上堆着笑，眼里满了泪，听完了用她的衣袖来印我的眼角，静静的伏在她的膝上。这时宇宙已经没有了，只母亲和我，最后我也没有了，只有母亲；因为我本是她的一部分！

　　这是如何可惊喜的事，从母亲口中，逐渐的发现了，完成了我自己！她从最初已知道我，认识我，喜爱我，在我不知道不承认世界上有个我的时候，她已爱了我了。我从三岁上，才慢慢的在宇宙中寻到了自己，爱了自己，认识了自己；然而我所知道的自己，不过是母亲意念中的百分之一，千万分之一。

　　小朋友！当你寻见了世界上有一个人，认识你，知道你，爱你，都千百倍的胜过你自己的时候，你怎能不感激，不流泪，不死心塌地的爱她，而且死心塌地的容她爱你？

　　有一次，幼小的我，忽然走到母亲面前，仰着脸问说："妈妈，你到底为什么爱我？"母亲放下针线，用她的面颊，抵住我的前额，温柔地，不迟疑地说："不为什么，——只因你是我的女儿！"

小朋友！我不信世界上还有人能说这句话！"不为什么"这四个字，从她口里说出来，何等刚决，何等无回旋！她爱我，不是因为我是"冰心"，或是其他人世间的一切虚伪的称呼和名字！她的爱是不附带任何条件的，惟一的理由，就是我是她的女儿。总之，她的爱，是屏除一切，拂拭一切，层层的麾开我前后左右所蒙罩的，使我成为"今我"的原素，而直接的来爱我的自身！

假使我走至幕后，将我二十年的历史和一切都更变了，再走出到她面前，世界上纵没有一个人认识我，只要我仍是她的女儿，她就仍用她坚强无尽的爱来包围我。她爱我的肉体，她爱我的灵魂，她爱我前后左右，过去，将来，现在的一切！

天上的星辰，骤雨般落在大海上，嗤嗤繁响。海波如山一般的汹涌，一切楼屋都在地上旋转，天如同一张蓝纸卷了起来。树叶子满空飞舞，鸟儿归巢，走兽躲到它的洞穴。万象纷乱中，只要我能寻到她，投到她的怀里……天地一切都信她！她对于我的爱，不因着万物毁灭而更变！

她的爱不但包围我，而且普遍的包围着一切爱我的人；而且因着爱我，她也爱了天下的儿女，她更爱了天下的母亲。小朋友！告诉你一句小孩子以为是极浅显，而大人们以为是极高深的话，"世界便是这样的建造起来的！"

世界上没有两件事物，是完全相同的，同在你头上的两根丝发，也不能一般长短。然而——请小朋友们和我同声赞美！只有普天下的母亲的爱，或隐或显，或出或没，不论你用斗量，用尺量，或是用心灵的度量衡来推测；我的母亲对于我，你的母亲对于你，她的和他的母亲对于她和他；她们的爱是一般的长阔高深，分毫都不差减。小朋友！我敢说，也敢信古往今来，没有一个敢来驳我这句话。当我发觉了这神圣的秘密的时候，我竟欢喜感动得伏案痛哭！

我的心潮，沸涌到最高度，我知道于我的病体是不相宜的，而且我更知道我所写的都不出乎你们的智慧范围之外。——窗外正是下着紧一阵慢一阵的秋雨，玫瑰花的香气，也正无声的赞美她们的"自然母亲"的爱！

我现在不在母亲的身畔，——但我知道她的爱没有一刻离开我，她自己也如此说！——暂时无从再打听关于我的幼年的消息；然而我会写信给我的母亲。我说："亲爱的母亲，请你将我所不知道的关于我的事，随时记下寄来给我。我现在正是考古家一般的，要从深知我的你口中，研究我神秘的自己。"

被上帝祝福的小朋友！你们正在母亲的怀里。——小朋友！我教给你，你看完了这一封信，放下报纸，就快快跑去找你的母亲——若是她出去了，就去坐在门槛上，静静的等她回来——不论在屋里或是院中，把她寻见了，你便上去攀住她，左右亲她的脸，你说："母亲！若是你有工夫，请你将我小时候的事情，说给我听！"等她坐下了，你便坐在她的膝上，倚在她的胸前，你听得见她心脉和缓的跳动，你仰着脸，会有无数关于你的，你所不知道的美妙的故事，从她口里天乐一般的唱将出来！

然后，——小朋友！我愿你告诉我，她对你所说的都是什么事。

我现在正病着，没有母亲坐在旁边，小朋友一定怜念我，然而我有说不尽的感谢！造物者将我交付给我母亲的时候，竟赋予了我以记忆的心才；现在又从忙碌的课程中替我匀出七日夜来，回想母亲的爱。我病中光阴，因着这回想，寸寸都是甜蜜的。

小朋友，再谈罢，致我的爱与你们的母亲！

你的朋友　冰　心

一九二三年十二月五日晨，圣卜生疗养院，威尔斯利。

通讯十四

我的小朋友：

黄昏睡起，闲走着绕到西边回廊上，看一个病的女孩子。站在她床前说着话儿的时候，抬头看见松梢上一星朗耀，她说："这是你今晚第一颗见到的星儿，对它祝说你的愿望罢！"——同时她低低的度着一支小曲，是：

Star light

Star bright

First star I see to-night

Wish I may

Wish I might

Have the wish I wish to might

小朋友：这是一支极柔媚的儿歌。我不想翻译出来。因为童谣完全以音韵见长，一翻成中国字，念出来就不好听，大意也就是她对我说的那两句话。——倘若你们自己能念，或是姊姊哥哥，姑姑母亲，能教给你们念，也就更好。——她说到此，我略不思索，我合掌向天说："我愿万里外的母亲，不太为平安快乐的我忧虑！"

估计今天或明天，就是我母亲接到我报告抱病入山的信之日，不知大家如何商量谈论，长吁短叹；岂知无知无愁的我，正在此过起止水浮云的生活来了呢！

去年十二月十九日，我寄给国内朋友一封信，我说："沙穰疗养院，冷冰冰如同雪洞一般。我又整天的必须在朔风里。你们围炉的人，怎知我正在冰天雪地中，与造化挣命！"如今想起，又觉得那话说得太无谓，太怨望了，未曾听见挣命有如今这般温柔的挣法！

生，老，病，死，是人生很重大而又不能避免的事。无论怎样高贵伟大的人，对此切己的事，也丝毫不能为力。这时节只能将自己当作第三者，旁立静听着造化的安排。小朋友，我凝神看着造化轻舒慧腕，来安排我的命运的时候，我忍不住失声赞叹他深思和玄妙。

往常一日几次匆匆走过慰冰湖，一边看晚霞，一边心里想着功课。偷闲划舟，抬头望一望滟滟的湖波，低头看滴答滴答消磨时间的手表，心灵中真是太苦了，然而万没有整天的放下正事来赏玩自然的道理。造物者明明在上，看出了我的隐情，眉头一皱，轻轻的赐与我一场病，这病乃是专以抛撇一切，游泛于自然海中为治疗的。

如今呢？过的是花的生活，生长于光天化日之下，微风细雨之中；过的是鸟的生活，游息于山巅水涯，寄身于上下左右空气环围的巢床里；过的是水的生活，自在的潺潺流走；过的是云的生活，随意的袅袅卷舒。几十页几百页绝妙的诗和诗话，拿起来流水般当功课读的时候，是没有的了。如今不再干那愚拙煞风景的事，如今便四行六行的小诗，也慢慢的拿起，反复吟诵，默然深思。

我爱听碎雪和微雨，我爱看明月和星辰，从前一切世俗的烦忧，占积了我的灵府。偶然一举目，偶然一倾耳，便忙忙又收回心来，没有一次任它奔放过。如今呢，我的心，我不知怎样形容它，它如蛾出茧，如鹰翔空……

碎雪和微雨在檐上，明月和星辰在阑旁，不看也得看，不听也得听，何况病中的我，应以它们为第二生命。病前的我，愿以它们为第二生命而不能的呢？

这故事的美妙，还不止此，——"一天还应在山上走几里路"，这句话从滑稽式的医士口中道出的时候，我不知应如何的欢呼赞美他！小朋友！漫游的生涯，从今开始了！

山后是森林仄径，曲曲折折的在日影掩映中引去，不知有多少远近。我只走到一端，有大岩石处为止。登在上面眺望，我看见满山高高下下的松树。每当我要缥缈深思的时候，我就走这一条路。独自低首行来，我听见干叶枯枝，槭槭楂楂在树巅相语。草上的薄冰，踏着沙沙有声，这时节，林影沉荫中，我凝然黯然，如有所戚。

山前是一层层的大山地，爽阔空旷，无边无限的满地朝阳。层场的尽处，就是一个大冰湖，环以小山高树，是此间小朋友们溜冰处。我最喜在湖上如飞的走过。每逢我要活泼天机的时候，我就走这一条路。我沐着微暖的阳光，在树根下坐地，举目望着无际的耀眼生花的银海。我想天地何其大，人类何其小。当归途中冰湖在我足下溜走的时候，清风过耳，我欣然超然，

如有所得。

三年前的夏日在北京西山,曾写了一段小文字,我不十分记得了,大约是:

> 只有早晨的深谷中
> 可以和自然对语。
> 计划定了
> 岩石点头
> 草花欢笑。
> 造物者!
> 在我们星驰的前途
> 路站上
> 再遥遥的安置下
> 几个早晨的深谷!

原来,造物者为我安置下的几个早晨的深谷,却在离北京数万里外的沙穰,我何其"无心",造物者何其"有意"?——我还忆起,有"空谷足音",和杜甫的"绝代有佳人,幽居在空谷"的一首诗,小朋友读过么?我翻来覆去的背诵,只忆得"绝代有佳人,幽居在空谷;自云良家子,零落依草木……摘花不插发,采柏动盈掬——天寒翠袖薄,日暮倚修竹"这八句来。黄昏时又去了。那时想起的,有"前不见古人,后不见来者,念天地之悠悠,独怆然而涕下"。归途中又诵"云无心以出岫,鸟倦飞而知还。景翳翳以将入,抚孤松而盘桓"。小朋友,愿你们用心读古人书,他们常在一定的环境中,说出你心中要说的话!

春天已在云中微笑,将临到了。那时我更有温柔的消息,报告你们。我逐日远走开去,渐渐又发现了几处断桥流水。试想看,胸中无一事留滞,日日南北东西,试揭自然的帘幕,蹑足走入仙宫……

冰　心
散　文　精　选

  这样的病,这样的人生,小朋友,请为我感谢。我的生命中是只有祝福,没有咒诅!

  安息的时候已到,卧看星辰去了。小朋友,我以无限欢喜的心,祝你们多福。

冰　心
一九二四年一月十五日夜,沙穰。

  广厅上,四面绿帘低垂。几个女孩子,在一角窗前长椅上,低低笑语。一角话匣子里奏着轻婉的提琴。我在当中的方桌上,写这封信。一个女孩子坐在对面为我画像,她时时唤我抬头看她。我听一听提琴和人家的笑语,一面心潮缓缓流动,一面时时停笔凝神。写完时重读一过,觉得太无次序了,前言不对后语的。然而的确是欢乐的心泉流过的痕迹,不复整理,即付晚邮。

通信十六

二弟冰叔:

  接到你两封冗长而恳挚的信,使我受了无限的安慰。是的!"从松树隙间穿过的阳光,就是你弟弟问安的使者;晚上清凉的风,就是骨肉手足的慰语!"好弟弟!我喜爱而又感激你的满含着诗意的慰安的话!

  出乎意外的又收到你赠我的《历代名人词选》,我喜欢到不可言说。父亲说恐怕我已有了,我原有一部《古今词选》,放在闭璧楼的书架上了。可恨我一写信要中国书,她们便有百般的阻拦推托。好像凡是中国书都是充满着艰深的哲理,一看就费人无限的脑力似的。

  不忍十分的违反她们的好意,我终于反复的只看些从病院中带来的短诗了。我昨夜收到词选,珍重的一页一页的看着,一面想,难得我有个知心的小弟弟。

这部词,选得似乎稍偏于纤巧方面,错字也时时发现。但大体说起来,总算很好。

你问我去国前后,环境中诗意哪处更足?我无疑地要说,"自然是去国后!"在北京城里,不能晨夕与湖山相对,这是第一条件。再一事,就是客中的心情,似乎更容易融会诗句。

离开黄浦江岸,在太平洋舟中,青天碧海,独往独来之间,我常常忆起"海水直下万里深,谁人不言此离苦"两句。因为我无意中看到同舟众人,当倚阑俯视着船头飞溅的浪花的时候,眉宇间似乎都含着轻微的凄恻的意绪。

到了威尔斯利,慰冰湖更是我的惟一的良友。或是水边,或是水上,没有一天不到的。母亲寿辰的前一日,又到湖上去了,临水起了乡思,忽然忆起左辅的"浪淘沙"词:

  水软橹声柔,草绿芳洲。碧桃几树隐红楼。者是春山魂一片,招入孤舟。乡梦不曾休,惹甚闲愁?忠州过了又涪州。掷与巴江流到海,切莫回头!

觉得情景悉合,随手拾起一片湖石,用小刀刻上:"乡梦不曾休,惹甚闲愁?"两句,远远地抛入湖心里,自己便头也不回的走转来。这片小石,自那日起,我信它永在湖心,直到天地的尽头。只要湖水不枯,湖石不烂,我的一片寄托此中的乡心,也永古不能磨灭的!

美国人家,除城市外,往往依山傍水,小巧精致,窗外篱旁,杂种着花草,真合"是处人家,绿深门户"词意。只是没有围墙,空阔有余,深邃不足。路上行人,隔窗可望见翠袖红妆,可听见琴声笑语。词中之"斜阳却照深深院","庭院深深深几许","不卷珠帘,人在深深处","墙内秋千墙外道","银汉是红墙,一带遥相隔"等句,在此都用不着了!

田野间林深树密,道路也依着山地的高下,曲折蜿蜒的修来,天趣盎然。想春来野花遍地之时,必是更幽美的。只是逾山越岭的游行,再也看不

冰　　心
散　文　精　选

见一带城墙僧寺。"曲径通幽处,禅房草木深","花宫仙梵远微微,月隐高城钟漏稀","一片孤城万仞山","饮将闷酒城头睡","长烟落日孤城闭","帘卷疏星庭户悄,隐隐严城钟鼓"等句,在此又都用不着了!

总之,在此处处是"新大陆"的意味,遍地看出鸿蒙初辟的痕迹。国内一片苍古庄严,虽然有的只是颓废剥落的城垣宫殿,却都令人起一种"仰首欲攀低首拜"之思,可爱可敬的五千年的故国呵!

回忆去夏南下,晨过苏州,火车与城墙并行数里。城内湿烟濛濛,护城河里系着小舟,层塔露出城头,竟是一幅图画。那我已想到出了国门,此景便不能再见了!

说到山中的生活,除了看书游山,与女伴谈笑之外,竟没有别的日课。我家灵运公的诗,如"寝瘵谢人徒,绝迹入云峰,岩壑寓耳目,欢爱隔音容",以及"昔余游京华,未尝废丘壑,矧乃归山川,心迹双寂寞……卧疾丰暇豫,翰墨时间作,怀抱观古今,寝食展戏谑……万事难并欢,达生幸可托"等句,竟将我的生活描写尽了,我自己更不须多说!

又猛忆起杜甫的"思家步月清宵立,忆弟看云白日眠"和苏东坡的"因病得闲殊不恶,安心是药更无方",对我此时生活而言,直是一字不可移易!青山满山是松,满地是雪,月下景物清幽到不可描画,晚餐后往往至楼前小立,寒光中自不免小起乡愁。又每日午后三时至五时是休息时间,白天里如何睡得着?自然只卧看天上云起,尤往往在此时复看家书,联带的忆到诸弟。——冰仲怕我病中不能多写通讯,岂知我病中较闲,心境亦较清,写的倒比平时多。又我自病后,未曾用一点药饵,真是"安心是药更无方"了。

多看古人句子,令自己少写好些。一面欣与古人契合,一面又有"恨不踊身千载上,趁古人未说吾先说"之叹。——说的已多了,都是你一部词选,引我掉了半天书袋,是谁之过呢?一笑!

青山真有美极的时候。二月七日,正是五天风雪之后,万株树上,都结上一层冰壳。早起极光明的朝阳从东方捧出,照得这些冰树玉枝,寒光激射。下楼微步雪林中曲折行来,偶然回顾,一身自冰玉丛中穿过。小楼一角,

隐隐看见我的帘幕。虽然一般的高处不胜寒,而此琼楼玉宇,竟在人间,而非天上。

九日晨同女伴乘雪橇出游。双马飞驰,绕遍青山上下。一路林深处,冰枝拂衣,脆折有声。白雪压地,不见寸土,竟是洁无纤尘的世界。最美的是冰珠串结在野樱桃枝上,红白相间,晶莹向日,觉得人间珍宝,无此璀璨!

途中女伴遥指一发青山,在天末起伏。我忽然想真个离家远了,连青山一发,也不是中原了。此时忽觉悠然意远。——弟弟!我平日总想以"真"为写作的惟一条件,然而算起来,不但是去国以前的文字不"真",就是去国以后的文字,也没有尽"真"的能事。

我深确的信不论是人情,是物景,到了"尽头"处,是万万说不出来,写不出来的。纵然几番提笔,几番欲说,而语言文字之间,只是搜寻不出配得上形容这些情绪景物的字眼,结果只是搁笔,只是无言。十分不甘泯没了这些情景时,只能随意描摹几个字,稍留些印象。甚至于不妨如古人之结绳记事一般,胡乱画几条墨线在纸上。只要他日再看到这些墨迹时,能在模糊缥缈的意境之中,重现了一番往事,已经是满足有余的了。

去国以前,文字多于情绪。去国以后,情绪多于文字。环境虽常是清丽可写,而我往往写不出。辛幼安的一支"罗敷媚"说:

"少年不识愁滋味,爱上层楼,爱上层楼,为赋新词强说愁。而今识得愁滋味,欲说还休,欲说还休,却道天凉好个秋。"

真看得我寂然心死。他虽只说"愁"字,然已盖尽了其他种种一切!——真不知文字情绪不能互相表现的苦处,受者只有我一个人,或是人人都如此?

北京谚语说:"八月十五云遮月,正月十五雪打灯。"去年中秋,此地不曾有月。阴历十四夜,月光灿然。我正想东方谚语,不能适用于西方天象,谁知元宵夜果然雨雪霏霏。十八夜以后,夜夜梦醒见月。只觉空明的枕上,梦与月相续。最好是近两夜,醒时将近黎明,天色碧蓝,一弦金色的月,不远对着弦月凹处,悬着一颗大星。万里无云的天上,只有一星一月,光景真是奇丽。

冰　心
散　文　精　选

元夜如何？——听说醉司命夜，家宴席上，母亲想我难过，你们几个兄弟倒会一人一句的笑话慰藉，真是灯草也成了拄杖了！喜笑之余，并此感谢。

纸已尽，不多谈。——此信我以为不妨转小朋友一阅。

冰　心
一九二四年三月一日，青山沙穰。

通讯十七

小朋友：

健康来复的路上，不幸多歧，这几十天来懒得很；雨后偶然看见几朵浓黄的蒲公英，在匀整的草坡上闪烁，不禁又忆起一件事。

一月十九晨，是雪后浓阴的天。我早起游山，忽然在积雪中，看见七八朵大开的蒲公英。我俯身摘下握在手里，——真不知这平凡的草卉，竟与梅菊一样的耐寒。我回到楼上，用条黄丝带将这几朵缀将起来，编成王冠的形式。人家问我做什么，我说："我要为我的女王加冕。"说着就随便的给一个女孩子戴上了。

大家欢笑声中，我只无言的卧在床上——我不是为女王加冕，竟是为蒲公英加冕了。蒲公英虽是我最熟识的一种草花，但从来是被人轻忽，从来是不上美人头的。今日因着情不可却，我竟让她在美人头上，照耀了几点钟。

蒲公英是黄色，叠瓣的花，很带着菊花的神意，但我也不曾偏爱她。我对于花卉是普遍的爱怜。虽有时不免喜欢玫瑰的浓郁，和桂花的清远，而在我忧来无方的时候，玫瑰和桂花也一样的成粪土。在我心情怡悦的一刹那顷，高贵清华的菊花，也不能和我手中的蒲公英来占夺位置。

世上的一切事物，只是百千万面大大小小的镜子，重叠对照，反射又反射；于是世上有了这许多璀璨辉煌，虹影般的光彩。没有蒲公英，显不出雏菊，没有平凡，显不出超绝。而且不能因为大家都爱雏菊，世上便消灭了蒲

公英;不能因为大家都敬礼超人,世上便消灭了庸碌。即使这一切都能因着世人的爱憎而生灭,只恐到了满山满谷都是菊花和超人的时候,菊花的价值,反不如蒲公英,超人的价值,反不及庸碌了。

所以世上一物有一物的长处,一人有一人的价值。我不能偏爱,也不肯偏憎。悟到万物相衬托的理,我只愿我心如水,处处相平。我愿菊花在我眼中,消失了她的富丽堂皇,蒲公英也解除了她的局促羞涩,博爱的极端,翻成淡漠。但这种普遍淡漠的心,除了博爱的小朋友,有谁知道?

书到此,高天萧然,楼上风紧得很,再谈了,我的小朋友!

冰　心
一九二四年五月九日,沙穰疗养院。

通讯二十六

小朋友:

病中,静中,雨中,是我最易动笔的时候;病中心绪惆怅,静中心绪清新,雨中心绪沉潜,随便的拿起笔来,都能写出好些话。

一夏的"云游",刚告休息。此时窗外微雨,坐守着一炉微火。看书看到心烦,索性将立在椅旁的电灯也捻灭了下去。炉里的木柴,爆裂得息息的响着,火花飞上裙缘。——小朋友!就是这百无聊赖,雨中静中的情绪,勉强了久不修书的我,又来在纸上和你们相见。

暑前六月十八晨,阴,匆匆的将屋里几盆花草,移栽在树下。殷勤拜托了自然的风雨,替我将护着这一年来案旁伴读的花儿。安顿了惜花心事之后,一天一夜的火车,便将我送到银湾(Silver Bay)去。

银湾之名甚韵!往往使我忆起纳兰成德"盈盈从此隔银湾,便无风雪也摧残"之句。入湾之顷,舟上看乔治湖(Lake George)两岸青山,层层转翠。小岛上立着丛树,绿意将倦人唤醒起来。银湾渐渐来到了眼前!黑岭(Black

冰　　心
散　文　精　选

mountains)高得很,乔治湖又极浩大,山脚下涛声如吼之中,银湾竟有芝罘的风味。

到后寄友人书,曾有"盛名之下,其实难副,人犹如此,地何以堪?你们将银湾比了乐园,周游之下,我只觉索然!"之语。致她来信说我"诗人结习未除,幻想太高"。实则我曾经沧海,银湾似芝罘,而伟大不足,反不如慰冰及绮色佳,深幽妩媚,别具风格,能以动我之爱悦与恋慕。

且将"成见"撇在一边,来叙述银湾的美景。河亭(Brook Pavilion)建在湖岸远伸处,三面是水。早起在那里读诗,水声似乎和着诗韵。山雨欲来,湖上漫漫飞卷的白云,亭中尤其看得真切。大雨初过,湖净如镜,山青如洗。云隙中霞光灿然四射,穿入水里,天光水影,一片融化在彩虹里,看不分明。光景的奇丽,是诗人画工,都不能描写得到的!

在不系舟上作书,我最喜爱,可惜并没有工夫做。只二十六日下午,在白浪推拥中,独自泛舟到对岸,写了几行。湖水泱泱,往返十里。回来风势大得很,舟儿起落之顷,竟将写好的一张纸,吹没在湖中。迎潮上下时,因着能力的反应,自己觉得很得意,而运桨的两臂,回来后隐隐作痛。

十天之后,又到了绮色佳(Ithaca)。

绮色佳真美!美处在深幽。喻人如隐士,喻季候如秋,喻花如菊。与泉相近,是生平第一次,新颖得很!林中行来,处处傍深涧。睡梦里也听着泉声!六十日的寄居,无时不有"百感都随流水去,一身还被浮名束"这两句,萦回于我的脑海!

在曲折跃下层岩的泉水旁读子书。会心处,悦意处,不是人世言语所能传达。——此外替美国人上了一夏天的坟,绮色佳四五处坟园我都游遍了!这种地方,深沉幽邃,是哲学的,是使人勘破生死观的。我一星期中至少去三次,抚着碑碣,摘去残花,我觉得墓中人很安适,不知墓中人以我为如何?

刻尤佳湖(Lake Cauaga)为绮色佳名胜之一,也常常在那里泛舟。湖大得很,明媚处较慰冰不如,从略。

八月二十八日,游尼革拉大瀑布(Niagara Falls)。三姊妹岩旁,银涛卷地而来,奔下马蹄岩,直向涡池而去。汹涌的泉涛,藏在微波缓流之下。我乘着小船雾姝号(The maid of mist)直到瀑底。仰望美利坚坎拿大两片大泉,坠云搓絮般的奔注! 夕阳下水影深蓝,岩石碎迸,水珠打击着头面。泉雷声中,心神悸动! 绮色佳之深邃温柔,幸受此万丈冰泉,洗涤冲荡。月下夜归,恍然若失!

　　九月二日,雨中到雪拉鸠斯(Syracuse),赴美东中国学生年会。本年会题,是"国家主义与中国",大家很鼓吹了一下。

　　年会中忙过十天,又回到波士顿来。十四夜心随车驰,看见了波士顿南站灿然的灯光,九十日的幻梦,恍然惊觉……

　　夜已深,楼上主人促眠。窗外雨仍不止。异乡的虫声在凄凄的叫着。万里外我敬与小朋友道晚安!

冰　心
一九二五年九月十七日夜,默特佛。

通讯二十七

小读者:

　　无端应了惠登大学（Wheaton College）之招，前天下午到梦野（Mansfield）去。

　　到了车站,看了车表,才知从波士顿到梦野是要经过沙穰的,我忽然起了无名的怅惘!

　　我离院后回到沙穰去看病友已有两次。每次都是很惘然,心中很怯,静默中强作微笑。看见道旁的落叶与枯枝,似乎一枝一叶都予我以"转战"的回忆! 这次不直到沙穰去,态度似乎较客观些,而感喟仍是不免! 我记得以前从医院的廊上,遥遥的能看见从林隙中穿过的白烟一线的火车。我记住地

冰　心
散 文 精 选

点,凝神远望,果然看见雪白的楼瓦,斜阳中映衬得如同琼宫玉宇一般……

清晨七时从梦野回来,车上又瞥见了! 早春的天气,朝阳正暖,候鸟初来。我记得前年此日,山路上我的飘扬的春衣! 那时是怎样的止水停云般的心情呵!

小朋友! 一病算得什么? 便值得这样的惊心? 我常常这般的问着自己。然而我的多年不见的朋友,都说我改了。虽说不出不同处在哪里,而病前病后却是迥若两人。假如这是真的呢? 是幸还是不幸,似乎还值得低徊罢!

昨天回来后,休息之余,心中只怅怅的,念不下书去。夜中灯下翻出病中和你们通讯来看。小朋友,我以一身兼作了得胜者与失败者,两重悲哀之中,我觉得我禁不住有许多欲说的话!

看见过力士搏狮么? 当他屏息负隅,张空拳于狰狞的爪牙之下的时候,他虽有震恐,虽有狂傲,但他决不暇有萧瑟与悲哀。等到一阵神力用过,倏忽中掷此百兽之王于死的铁门之内以后,他神志昏瞶的抱头颓坐。在春雷般的欢呼声中,他无力的抬起眼来,看见了在他身旁鬣毛森张,似余残喘的巨物。我信他必忽然起了一阵难禁的战栗,他的全身没在微弱与寂寞的海里!

一败涂地的拿破仑,重过滑铁卢,不必说他有无限的忿激,太息与激昂! 然而他的激感,是狂涌而不是深微,是一个人都可抵挡得住。而建了不世之功,退老闲居的惠灵吞,日暮出游,驱车到此战争旧地,他也有一番激感! 他仿佛中起了苍茫的怅惘,无主的伤神。斜阳下独立,这白发盈头的老将,在百番转战之后,竟受不住这闲却健儿身手的无边萧瑟! 悲哀,得胜者的悲哀呵!

小朋友,与病魔奋战期中的我,是怎样的勇敢与喜乐! 我作小孩子,我作 Eskimo,我"足踏枯枝,静听着树叶微语",我"试揭自然的帘幕,蹑足走入仙宫"。如今呢,往事都成陈迹! 我"终日矜持",我"低头学绣",我"如同缓流的水,半年来无有声响"。是的呵,"一回到健康道上,世事已接踵而来"! 虽然我曾应许"我至爱的母亲"说:"我既绝对的认识了生命,我便愿低首去领略。我便愿遍尝了人生中之各趣;人生中之各趣,我便愿遍尝! ——我甘心

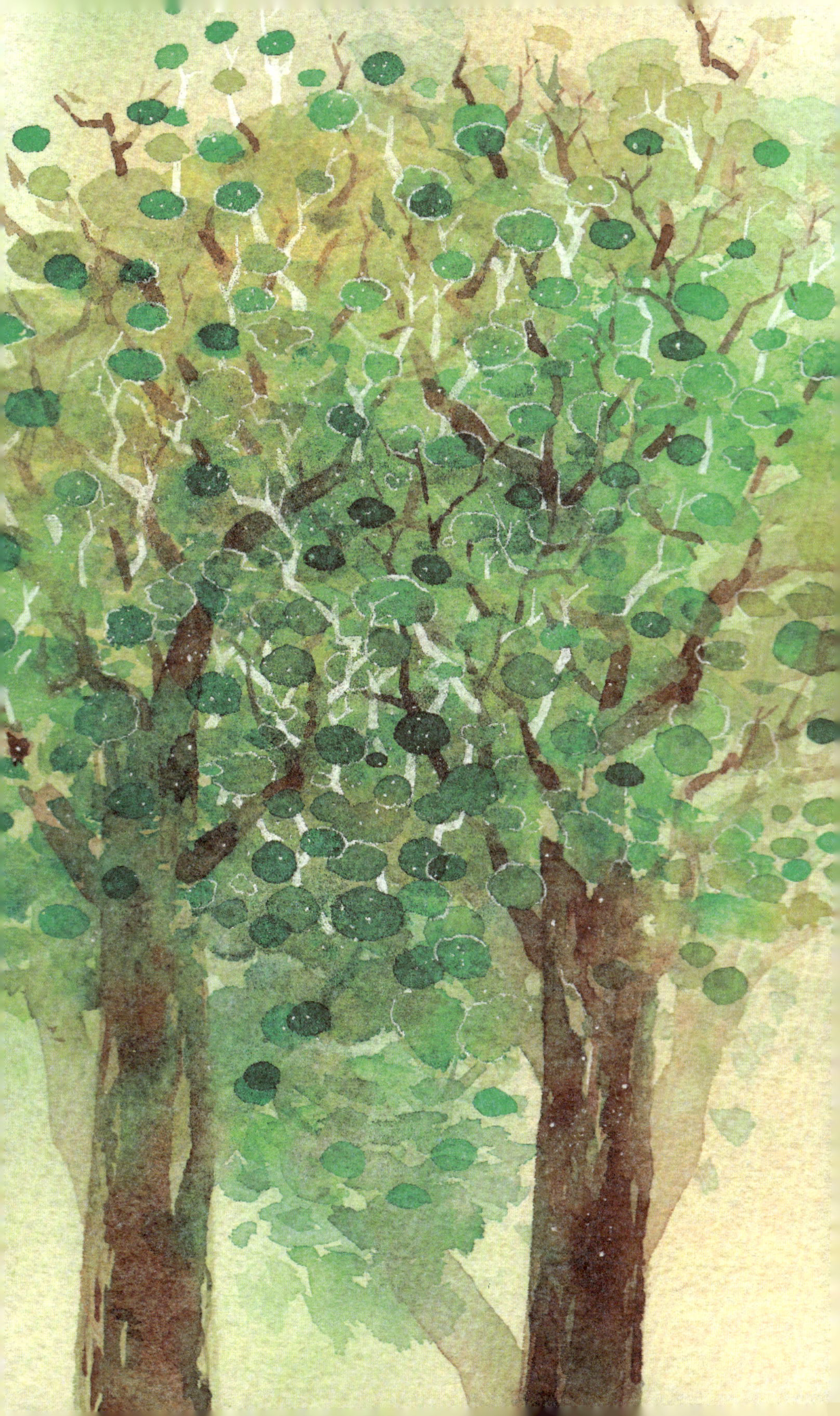

爱在左,
情在右,
在生命的两旁,
随时撒种,
随时开花,
将这一径长途点缀得花香弥漫,
使得穿花拂叶的行人,
踏着荆棘,
不觉痛苦,
有泪可挥,
不觉悲凉。

乐意以别的泪与病的血为贽,推开了生命的宫门。"我又应许小朋友说:"领略人生,要如滚针毡,用血肉之躯去遍挨遍尝,要它针针见血!……来日方长,我所能告诉小朋友的,将来或不止此。"而针针见血的生命中之各趣,是须用一片一片天真的童心去换来的。互相叠积传递之间,我还不知要预备下多少怯弱与惊惶的代价!我改了,为了小朋友与我至爱的母亲,我十分情愿屈服于生命的权威之下。然而我愿小朋友倾耳听一听这弱者,失败者的悲哀!

在我热情忠实的小朋友面前,略消了我胸中块垒之后,我愿报告小朋友一个大家欢喜的消息。这时我的母亲正在东半球数着月亮呢!再经过四次月圆,我又可在母亲怀里,便是小朋友也不必耐心的读我一月前,明日黄花的手书了!我是如何的喜欢呵!

小朋友,我觉得对不起!我又以悱恻的思想,贡献给你们。然而我的"诗的女神"只是一个

 满蕴着温柔,
 微带着忧愁

的,就让她这样的抒写也好。

敬祝你们的喜乐与健康!

冰 心

一九二六年三月十二日,娜安辟迦楼。

通讯二十九

最亲爱的小读者:

我回家了!这"回家"二字中我迸出了感谢与欢欣之泪!三年在外的光

阴,回想起来,曾不如流波之一瞥。我写这信的时候,小弟冰季守在旁边。窗外,红的是夹竹桃,绿的是杨柳枝,衬以北京的蔚蓝透彻的天。故乡的景物,一一回到眼前来了!

小朋友!你若是不曾离开中国北方,不曾离开到三年之久,你不会赞叹欣赏北方蔚蓝的天!清晨起来,揭帘外望,这一片海波似的青空,有一两堆洁白的云,疏疏的来往着,柳叶儿在晓风中摇曳,整个的送给你一丝丝凉意。你觉得这一种"冷处浓"的幽幽的乡情,是异国他乡所万尝不到的!假如你是一个情感较重的人,你会兴起一种似欢喜非欢喜,似怅惘非怅惘的情绪。站着痴望了一会子,你也许会流下无主,皈依之泪!

在异国,我只遇见了两次这种的云影天光。一次是前年夏日在新汉寿(New Hampshire)白岭之巅。我午睡乍醒,得了英伦朋友的一封书,是一封充满了友情别意,并描写牛津景物写到引人入梦的书。我心中杂糅着怅惘与欢悦,带着这信走上山巅去,猛然见了那异国的蓝海似的天!四围山色之中,这油然一碧的天空,充满了一切。漫天匝地的斜阳,酿出西边天际一两抹的绛红深紫。这颜色须臾万变,而银灰,而鱼肚白,倏然间又转成灿然的黄金。万山沉寂,因着这奇丽的天末的变幻,似乎太空有声!如波涌,如鸟鸣,如风啸,我似乎听到了那夕阳下落的声音。这时我骤然间觉得弱小的心灵被这伟大的印象,升举到高空,又倏然间被压落在海底!我觉出了造化的庄严,一身之幼稚,病后的我,在这四周艳射的景象中,竟伏于纤草之上,呜咽不止!

还有一次是今年春天,在华京(Washington D. C.)之一晚。我从枯冷的纽约城南行,在华京把"春"寻到! 在和风中我坐近窗户,那时已是傍晚,这国家妇女会(National Women's Party)舍,正对着国会的白楼。半日倦旅的眼睛,被这楼后的青天唤醒!海外的小朋友!请你们饶恕我,在我倏忽的惊叹了国会的白楼之前,两年半美国之寄居,我不曾觉出她是一个庄严的国度!

这白楼在半天矗立着,如同一座玲珑洞开的仙阁。被楼旁的强力灯逼

射着，更显得出那楼后的青空。两旁也是伟大的白石楼舍。楼前是极宽阔的白石街道。雪白的球灯，整齐的映照着。路上行人，都在那伟大的景物中，寂然无声。这种天国似的静默，是我到美国以来第一次寻到的。我寻到了华京与北京相同之点了！

我突起的乡思，如同一个波澜怒翻的海！把椅子推开，走下这一座万静的高楼，直向大图书馆走去。路上我觉得有说不出的愉快与自由。杨柳的新绿，摇曳着初春的晚风。熟客似的，我走入大阅书室，在那里写着日记。写着忽然忆起陆放翁的"唤作主人原是客，知非吾土强登楼"的两句诗来。细细咀嚼这"唤"字和"强"字的意思，我的意兴渐渐的萧索了起来！

我合上书，又洋洋的走了出去。出门来一天星斗。我长吁一口气。——看见路旁一辆手推的篷车，一个黑人在叫卖炒花生栗子。我从病后是不吃零食的，那时忽然走上前去，买了两包。那灯下黝黑的脸，向我很和气的一笑，又把我强寻的乡梦搅断！我何尝要吃花生栗子？无非要强以华京作北京而已！

写到此我腕弱了，小朋友，我觉得不好意思告诉你们，我回来后又一病逾旬，今晨是第一次写长信。我行程中本已憔悴困顿，到家后心里一松，病魔便乘机而起。我原不算是十分多病的人，不知为何，自和你们通讯，我生涯中便病忙相杂，这是怎么说的呢！

故国的新秋来了。新愈的我，觉得有喜悦的萧瑟！还有许多话，留着以后说罢，好在如今我离着你们近了！

你热情忠实的朋友，在此祝你们的喜乐！

冰　心
一九二六年八月三十一日，圆恩寺。

（收入通讯集《寄小读者》，1926年5月北新书局初版）

再寄小读者（1942—1944）

通 讯 一

亲爱的小朋友：

今天真是和你们重新通讯的光明的开始，山头满了阳光，日影从深密的松林中，穿射过来，幻成几根迷濛的光柱。晴光中，一双翠鸟，低贴着潭水飞来，娇婉的叫了几声，又掠入满缀着红豆的天青丛里。岩下远远的青峰，隔着淡淡的云影，稳静的重叠的排立着。嘉陵江，绿锦似的，宛宛的向东牵引。隔江的山城，无数淡白的屋顶，错杂的隐在淡雾里。眼前一切，都显出安静，光明和欢喜。

这正是象征着我这时的心境！自从民国十二年开始和小朋友通讯，一转眼又是二十年了。在这两次通讯中间，我又以活跃的童心，走了一大段充满了色，光，热的生命的旅途。我做了教师，做了主妇，又做了母亲。我多读了几本书，多认识了几个朋友，多走了几万里国内国外的道路。这二十年的生命中虽没有什么巨惊大险，极痛狂欢，而在我小小的心灵里，也有过晓晴般的怡悦，暮烟般的怅惘，中宵梵唱般的感悟，清晨鼓角般的奋兴。许多事实，许多心绪，可以告诉给我的最同情的小朋友的，容我在以后的通讯里，

慢慢的来陈述。

　　小朋友,这些年里,我收到你们许多信件,细小端楷的字迹,天真诚挚的言词,每次开函,都使我有无限的感谢和欢喜。为了这些信件,这几年来,我在病榻上,索居中,旅途里,永远不曾感到寂寞,因为我知道有这许多颗天真纯洁的心,南北东西的在包围追随着我!

　　因此,在民国三十二年元日,我借了大公报的篇幅,来开始答谢我的小读者。这通讯将不断的继续下去,希望因着更多的经验,我所能贡献给小朋友的,比从前可以更宽广深刻一些。

　　愿这第一封信,将我的开朗欢悦的心情,带给每个小读者!

　　愿抗战后的第六个新年,因着你们,而更加快乐,更见光明!

　　　　　　　　　　　　　　　你的朋友　冰　心
　　　　　　　　　　　一九四二年十二月十二日,歌乐山。

　　　　　　　通　讯　二

小朋友:

　　今天让我们来谈"友谊"。

　　友谊是人我关系中最可宝贵的一段因缘——朋友虽列于五伦之末,而朋友的范围却包括得最广,你的君,臣,(现在可以说是领袖,上司)父,子,兄,弟,夫,妇,同时都可以是你的朋友。

　　朋友是不分国籍,不限年龄,不拘性别的;只要理想相同,兴趣相近,情感相洽,意气相投的人,都可以很坚固的联结在一起。世界上有多少崇高理想的实现,艰巨事业的创立,伟大艺术的产生,都是一班志同道合的朋友,共同努力,相互切磋的结果。这种例子,在中外古今的历史上,是到处可以找到的。

　　同时,不但相似相同的人格,容易成为朋友,而朋友往往还是你空虚的填满，缺憾的补足，心灵的加深——你自己率直豪爽，你更佩服你朋友的谦退深沉；你自己热情好动，你更欣赏你朋友的冲淡静默；你自己多愁善病，你更羡慕你朋友的健硕欢欣。各种不同的人格，如同琴瑟上不同的弦子，和谐合奏，就能发出天乐般悦耳的共鸣。

交友是一种艺术。

热情，活泼，而富于同情心的人，常常能吸引许多朋友，而磁石只吸引着钢铁，月亮只吸引着海潮。

你能择友，则你的朋友将加倍的宝贵你的友情。

不要只想你能从朋友那里得到什么，也要想你的朋友能从你这里得到什么。

肯耕种的才有收获，能贡献的才配接受。

友谊是宁神药，是兴奋剂。

使你堕落，消沉的，不是你的好朋友。同时也要警惕，你是否在使你的朋友奋兴，向上？

友谊是大海中的灯塔，沙漠里的绿洲。

当你的心帆飘流于"理""欲"的三叉江口，波涛汹涌，礁石嶙峋，你要寻望你朋友的一点隐射的灵光，来照临，来指引。当你颠顿在人生枯燥炎热的旅途上，你的辛劳，你的担负，得不到一些酬报和支持的时候，你要奔憩在你朋友的亭亭绿荫之下，就饮于荡涤烦秽的甘泉。

古人有句说："最难风雨故人来"，——不但气候上有风雨，心灵上也有风雨！

你的心灵曾否走失于空山荒野之中，风吹雨打，四顾茫茫，忽然有你的朋友，开启了"同情"的柴扉，延请你进入他"爱"的茅庐，卸去你劳苦的蓑衣，拭去你脸上的泪雨，而把你推坐在"友情"的温暖炉火之前。

同时你也要常常开着同情的心门，生起友爱的炉火，在屋前瞭望。

友谊中只有快乐，只有慰安，只有奋兴，只有连结。

友谊中虽然也有痛苦,古人的诗文中,不少伤逝惜别之句,然而友谊是不死的,友谊是不因离别而断隔的。"海内存知己,天涯若比邻","得一知己,可以无恨",这痛苦里是没有"寂寞"的,因为我们已经享有了那些朋友的友情!"寂寞"——心灵上的孤独,才是世界上最可怕的东西!

小朋友,在人生路上,我们虽然是孤身启程,而沿途却逐渐加入了许多同行的好伴,形成了一个整齐的队伍,并肩携手,载欣载奔,使我们克服了世路的险峻崎岖,忘却了长行的疲乏劳顿,我们要如何感谢人世间有这一种关系,这一段因缘?

愿你们永远是我的好朋友,假如我配,就请你们也让我做你们的好朋友。

冰　心
一九四二年十二月二十二日,重庆。

通　讯　三

亲爱的小朋友:

昨夜还看见新月,今晨起来,却又是浓阴的天!空山万静,我生起一盆炭火,掩上斋门,在窗前桌上,供上腊梅一枝,名香一炷,清茶一碗,自己扶头默坐,细细的来忆念我的母亲。

今天是旧历腊八,从前是我的母亲忆念她的母亲的日子,如今竟轮到我了。

母亲逝世,今天整整十三年了,年年此日,我总是出外排遣,不敢任自己哀情的奔放。今天却要凭着"冷"与"静",来细细的忆念我至爱的母亲。

十三年以来,母亲的音容渐远渐淡,我是如同从最高峰上,缓步下山,但每一驻足回望,只觉得山势愈巍峨,山容愈静穆,我知道我离山愈远,而这座山峰,愈会无限度的增高的。

激荡的悲怀,渐归平靖,十几年来涉世较深,阅人更众,我深深的觉得我敬爱她,不只因为她是我的母亲,实在因为她是我平生所遇到的,最卓越的人格。

她一生多病,而身体上的疾病,并不曾影响她心灵的健康。她一生好静,而她常是她周围一切欢笑与热闹的发动者。她不曾进过私塾或学校,而她能欣赏旧文学,接受新思想,她一生没有过多余的财产,而她能急人之急,周老济贫。她在家是个娇生惯养的独女,而嫁后在三四十口的大家庭中,能敬上怜下,得每一个人的敬爱。在家庭布置上,她喜欢整齐精美,而精美中并不显出骄奢。在家人衣着上,她喜欢素淡质朴,而质朴里并不显出寒酸。她对子女婢仆,从没有过疾言厉色,而一家人都翕然的敬重她的言词。她一生在我们中间,真如父亲所说的,是"清风入座,明月当头",这是何等有修养,能包容的伟大的人格呵!

十几年来,母亲永恒的生活在我们的忆念之中。我们一家团聚,或是三三两两的在一起,常常有大家忽然沉默的一刹那,虽然大家都不说出什么,但我们彼此晓得,在这一刹那的沉默中,我们都在痛忆着母亲。

我们在玩到好山水时想起她,读到一本好书时想起她,听到一番好谈话时想起她,看到一个美好的人时,也想起她——假如母亲尚在,和我们一同欣赏,不知她要发怎样美妙的议论?要下怎样精确的批评?我们不但在快乐的时候想起她,在忧患的时候更想起她,我们爱惜她的身体,抗战以来的逃难,逃警报,我们都想假如母亲仍在,她脆弱的身躯,决受不起这样的奔波与惊恐,反因着她的早逝,而感谢上天。但我们也想到,假如母亲尚在,不知她要怎样热烈,怎样兴奋,要给我们以多大的鼓励与慰安——但这一切,现在都谈不到了。

在我一生中,母亲是最用精神来慰励我的一个人,十几年"教师","主妇","母亲"的生活中,我也就常用我的精神去慰励别人。而在我自己疲倦,烦躁,颓丧的时候,心灵上就会感到无边的迷惘与空虚!我想:假如母亲尚

在,纵使我不发一言,只要我能倚在她的身旁,伏在她的肩上,闭目宁神在她轻轻的摩抚中,我就能得到莫大的慰安与温暖,我就能再有勇气,再有精神去应付一切,但是:十三年来这种空虚,竟无法填满了,悲哀,失母的悲哀呵!

一朵梅花,无声的落在桌上。香尽,茶凉!炭火也烧成了灰,我只觉得心头起栗,站起来推窗外望,一片迷茫,原来雾更大了!雾点凝聚在松枝上。千百棵松树,千万条的松针尖上,挑着千万颗晶莹的泪珠……

恕我不往下写吧,——有母亲的小朋友,愿你永远生活在母亲的恩慈中。没有母亲的小朋友,愿你母亲的美华永远生活在你的人格里!

你的朋友 冰 心
一九四二年一月三日,歌乐山。

通 讯 四

亲爱的小朋友:

一位从军的小朋友,要我谈生命,这问题很费我思索。

我不敢说生命是什么,我只能说生命像什么。

生命像向东流的一江春水,它从最高处发源,冰雪是它的前身。它聚集起许多细流,合成一股有力的洪涛,向下奔注,它曲折的穿过了悬岩削壁,冲倒了层沙积土,挟卷着滚滚的沙石,快乐勇敢的流走,一路上它享乐着它所遭遇的一切——

有时候它遇到巉岩前阻,它愤激的奔腾了起来,怒吼着,回旋着,前波后浪的起伏催逼,直到它涌过了,冲倒了这危崖,它才心平气和的一泻千里。

有时候它经过了细细的平沙,斜阳芳草里,看见了夹岸红艳的桃花,它快乐而又羞怯,静静地流着,低低地吟唱着,轻轻的度过这一段浪漫的行程。

冰　　心
散 文 精 选

　　有时候它遇到暴风雨,这激电,这迅雷,使它心魂惊骇,疾风吹卷起它,大雨击打着它,它暂时浑浊了,扰乱了,而雨过天晴,只加给它许多新生的力量。

　　有时候它遇到了晚霞和新月,向它照耀,向它投影,清冷中带些幽幽的温暖:这时它只想憩息,只想睡眠,而那股前进的力量,仍催逼着它向前走……

　　终于有一天,它远远地望见了大海,呵!它已到了行程的终结,这大海,使它屏息,使它低头。她多么辽阔,多么伟大!多么光明,又多么黑暗!大海庄严的伸出臂儿来接引它。它一声不响的流入她的怀里。它消融了,归化了,说不上快乐,也没有悲哀!

　　也许有一天,它再从海上蓬蓬的雨点中升起,飞向西来,再形成一道江流,再冲倒两旁的石壁,再来寻夹岸的桃花。

　　然而我不敢说来生,也不敢信来生!

　　生命又像一棵小树,它从地底里聚集起许多生力,在冰雪下欠伸,在早春润湿的泥土中,勇敢快乐的破壳出来。它也许长在平原上,岩石中,城墙里,只要它抬头看见了天,呵,看见了天!它便伸出嫩叶来吸收空气,承受日光,在雨中吟唱,在风中跳舞。它也许受着大树的荫遮,也许受着大树的覆压,而它青春生长的力量,终使它穿枝拂叶的挣脱了出来,在烈日下挺立抬头!

　　它过着骄奢的春天,它也许开出满树的繁花,蜂蝶围绕着它飘翔喧闹,小鸟在它枝头欣赏唱歌,它会听见黄莺清吟,杜鹃啼血,也许还听见枭鸟的怪嗥。

　　它长到最茂盛的中年,它伸展出它如盖的浓荫,来荫庇树下的幽花芳草,它结出累累的果实,来呈现大地无尽的甜美与芳馨。

　　秋风起了,将它的叶子,由浓绿吹到绯红,秋阳下它再有一番的庄严灿烂,不是开花的骄傲,也不是结果的快乐,而是成功后的宁静的怡悦!

　　终于有一天,冬天的朔风,把它的黄叶干枝,卷落吹抖,它无力的在空中旋舞,在根下呻吟。大地庄严的伸出手儿来接引它,它一声不响的落在她

的怀里。它消融了,归化了,它说不上快乐,也没有悲哀!

也许有一天,它再从地下的果仁中,破裂了出来,又长成一棵小树,再穿过丛莽的严遮,再来听黄莺的歌唱。

然而我不敢说来生,也不敢信来生。

宇宙是一个大生命,我们是宇宙大气中之一息。江流入海,叶落归根,我们是大生命中之一叶,大生命中之一滴。

在宇宙的大生命中,我们是多么卑微,多么渺小,而一滴一叶,也有它自己的使命!

要知道:生命的象征是活动,是生长,一滴一叶的活动生长,合成了整个宇宙的进化运行。

要记住:不是每一道江流都能入海,不流动的便成了死湖;不是每一粒种子都能成树,不生长的便成了空壳!

生命中不是永远快乐,也不是永远痛苦,快乐和痛苦是相生相成的。等于水道要经过不同的两岸,树木要经过常变的四时。

在快乐中我们要感谢生命,在痛苦中我们也要感谢生命。快乐固然兴奋,苦痛又何尝不美丽?我曾读到一个警句,是:"愿你生命中有够多的云翳,来造成一个美丽的黄昏。"——(May there be enough clouds in your life to make a beautiful sunset.)

世界,国家和个人生命中的云翳,没有比今天再多的了。

小朋友,我们愿不愿意有一个成功后快乐的回忆,就是这位诗人所谓之"美丽的黄昏"?

祝福你的朋友　冰　心
一九四四年十二月一日,雨夜歌乐山。

(选自《冰心文集》第三卷,上海文艺出版社 1984 年版)

再寄小读者(1958)(节选)

通讯 二

亲爱的小朋友：

今年一月，我刚从埃及归来，趁我记忆犹新，来对小朋友说一些埃及的印象。

我们到埃及去，走的是北路，就是从北京坐飞机，经过蒙古人民共和国、苏联、捷克斯洛伐克，最后到达埃及的首都开罗。——在这里我想插一句话，世界局势发展得多快，在我回来后不到三个星期，埃及和叙利亚，已经联合组织了一个横跨亚非两洲的新国家阿拉伯联合共和国了！这是中东阿拉伯人民，在反对殖民主义、争取民族独立的愿望上，有了进一步的团结，这也是世界和平力量进一步发展的里程碑！

我们一路从机窗下望，都是冰天雪地莹白照眼，可是一到达开罗的上空，就是晴天万里，下面是长长的河道，支流四出，两旁是整齐翠绿的田野，一簇簇的密集的淡灰色的农舍，田垄上排列着一行一行的高大的枣椰树。但是在这河畔地区以外，就是茫茫无际的黄沙，浓绿淡黄，成一个鲜明的对照！

至三十二度，东经二十四度至三十七度之间，气候炎热，雨量极少，所

以尼罗河也是他们惟一的灌溉泉源。埃及人民亲切地称尼罗河为"尼罗河爸爸"就是这个缘故。

这使我想起二十几年前,我在意大利首都罗马的梵蒂冈——教皇城——的博物馆里,看见了一座尼罗河的雕像。在这里,尼罗河是一位慈祥的老人,他右臂斜倚着人面狮身像,侧卧在地上,旁边堆着一垛高高的麦穗和葡萄。最生动的是他的身上,身边,爬满围满了许多活泼嬉笑的、赤裸裸的小孩子!有的站在他的肩上,有的骑在他的臂上,有的坐在他身旁的麦堆上,有的三三两两地和他身边河水里的鳄鱼,撩拨嬉戏。这雕像给我的印象很深,但我决没有意识到,埃及的沙漠地区,占到全国境的百分之九十六,也不知道埃及的雨量少到:简单的农舍,不用盖屋顶,只用高粱秆盖遮遮就行。当我看到听到这些现象的时候,我对于尼罗河,也不禁热爱了!

我们在埃及境内,曾作过短期的旅行,就是坐火车往南走,一路沿着尼罗河,溯流而上。眼前旋转过去的,是润湿的田地,茂盛的庄稼,和裹着头巾穿着长袍的男男女女,锄地的、车水的、放羊的、赶驴的……同时也看见了道旁的农舍,屋子都像我们南方的"天井"一样,有窗有门,却没有屋顶。那时正是冬天,白日阳光满室,夜里顶着月亮和星星睡觉,空气清新,一定是十分舒畅的。

这在我是极其新鲜的事,但心里还转不过弯来,我问同行的埃及朋友:"夏天在屋顶盖上高粱秆,当然可以挡住炎热的太阳,但是恐怕挡不着大雨和久雨;万一,万一要下大雨,下久雨呢?"她笑了,说:"你过虑了,我们这里除了沿地中海一带,雨量较多之外,就是一万个,一万个也不下大雨和久雨!"

聪明勇敢的埃及人民,知道除了倚靠他们的"尼罗河爸爸"之外,还得不断地和气候土壤作艰苦的斗争,向大自然索取粮食。现在他们的兴修水利,开发沙漠的工作,正在广泛地展开。祝福他们吧,可爱的尼罗河的优秀儿女!

别的下封信再谈,祝你们三好!

你的朋友冰心
一九五八年三月十五日,北京。

冰　心
散文精选

通　讯　四

亲爱的小朋友：

　　自从三月二十一日离开祖国，时间不过十多天，在我仿佛已经过了多少年月！一来是这十多天之中，我们已经飞跃过好几个亚洲和欧洲的国家；二来是祖国的进步，一日千里。这十多天之中，不知又发现了多少新的资源，增多了多少个发明创造！这一切，都使国外的"游子"，不论何时想起，都有无限的兴奋！

　　欧洲本是我旧游之地，没有什么特别新鲜的感觉，现在只挑出途中最突出的奇丽的景物，来对小朋友们说一说。

　　首先是三月二十四日黄昏，从瑞士坐火车到意大利的一段，一路沿着阿尔卑斯山脚蜿蜒行来，山高接天，白雪皑皑，山顶上悬着一钩淡黄色的新月。火车飞速前进，窗外转过的一座雪山接着一座雪山，如同一架长长的大理石的屏风，横列在我们的眼前！天色渐渐地暗了下来，高高的雪山上，零乱地出现了星星点点的橘红色的灯光；一片清凉之中，给人以无限的温暖的感觉。

　　二十五日一觉醒来，我们已深入意大利的国境了。

　　意大利是南欧一个富有文化而又美丽的国家，它的地形，像一只伸入地中海的靴子，三面临海，气候温和。在瑞士山中还是雪深数寸的时候，这里的田野上已是桃李花开了！我们先到达意大利的京城——罗马。这是一座建在七座小山上的古城，街道高低起伏，到处可以看见古罗马的遗迹，颓垣断柱，杂立于现代建筑之间。街道上转弯抹角，到处还可以看见淙淙的喷泉，泉座上都有神、人、鱼、兽的雕像，在片片光影之中，栩栩如生。

　　二十六日晨我们到了意大利西海岸的那坡里城，这也是一座很美丽的海边城市。但是我要为小朋友描述的，却是离那坡里四十里远的旁贝，那是将近两千年前，被火山喷发的熔岩和热尘所掩埋的古城。在一八六〇年以

后,才被发掘出来的。

背山临海的旁贝城,在纪元前六世纪——我们春秋战国的时候——就已经建立起来了。到了纪元前八十年——我们的汉代——这里成为罗马贵族豪门的别墅区,人口多至两万五千人。纪元后七九年的八月,城后的维苏威火山,忽然爆发了!漫天的灼热的灰尘,和喷涌的沸腾的熔岩,在两三日之中,将这座豪华的市镇,深深地封闭了。大多数居民幸得突围而出,而老、弱、囚犯,葬身于热尘火海之中的,至少还有两千人左右。

我们在废墟上巡礼:这里的房舍,绝大部分,都没有屋顶了,只有根根的断柱,和扇扇的颓垣,矗立于阳光之下!石块铺成的道路,还有很深的车辙的痕迹。这市上有广场,有神庙,有大厅,有法院,有城堡……街道两旁还有酒店和浴堂。酒店里遗留着一排一排的陶制的酒缸;浴堂里有大理石砌成的冷热浴池,化妆室,按摩床,墙上还有石雕和壁画。屋宇尤其讲究:院里有喷泉,有雕像,层层的居室里,都有红黄黑三色画成的壁画,鲜艳夺目!后花园也很宽大,点缀的石像也很多,想当年花木葱茏的时节,景物一定很美。最使我感到惊奇的,就是这些房屋里,已经有铅制的水管和水龙头。导游的人告诉我,旁边的水道,是直通罗马的。

这里的博物院里,还看到发掘出来的,很精致的金银陶瓷和玻璃制成的日用器皿,以及金珠首饰。此外还有人兽的残骸,形状扭曲,可以想见临死前的挣扎和痛苦。

小朋友,上面的几段,是陆续写成的,中间已经过意大利南部和西西里岛的几个城市。沿途的海景,是描写不完的;而最难描述的,还是意大利人民对于中国的热爱和向往!我们到处受到最使人感动的欢迎,尤其是在中小城市,工农群众的款待,最为真挚而热烈!一束一束的递到我们手里的鲜花,如玫瑰,石竹,郁金香……替他们说出了许多话语。在群众的集会上,向我们献花的,都是最可爱的意大利小朋友。从他们嘴里叫出的"友谊"和"和平",那清脆的声音,几乎是神圣的,使我们不自主地涌上了感动的眼泪!

我们在昨天又渡海回到意大利本土,沿着地图上的靴尖、靴跟,直上到

冰　心
散　文　精　选

东海岸的巴利城。今夜又要回到罗马去了。趁着一天的访问日程还没有开始，面对着窗外晨光熹微的大海，和轻盈飞掠的海鸥，给小朋友们写完这一封信。我知道小朋友们是会关心我的旅程，而且是急待我的消息的，但是也请你们体谅到我们旅行的匆忙！外面有人在敲门，这信必须结束了，我的心永远和你们在一起，深深地祝福你们！

你的朋友　冰　心
一九五八年四月四日，意大利，巴利城。

（原载1958年4月23日《人民日报》）

通　讯　五

亲爱的小朋友：

在上一封信中，我曾提到了西西里岛的访问。这个岛我从前没有到过，因此我对它的印象也最深。这个被称为意大利靴尖上的足球的西西里，面积有两万五千平方公里，居民在五百万以上。在这里的一段旅程，我们和海结了不解之缘！我们住的旅馆，都是面临大海的，我们和意大利朋友聚餐的饭店，也都挑选海边名胜之地；枕上听得见鸥鸣和潮响，用饭的时候，仿佛也在啜咽着蔚蓝的水光。一路乘车，更是沿着迂回的海岸，一眼望去，不是无际的平沙，就是嶙峋的礁石，上面还有耸立的碉堡，而眼前一片无边的海水，更永远是反映着空阔的天光，变幻无极，仪态万千，海水是很蓝的；在晴朗的天空之下，更是像古诗上所说的："水如碧玉山如黛"，光艳得不可描画！那颜色是一层一层的，远处是深蓝，稍近是碧绿，遇有溪河入海处，这一层水色又是微黄的。唐诗有："一道残阳铺水中，半江瑟瑟半江红。"这两句写的极好，因为它不但写出斜阳，连江上的微风，也在"瑟瑟"两字中，表现出来了！

车窗的另一面,不是长着碧绿庄稼的整齐田地,便是长着上千盈百的杏树、桃树、橘柑树、橄榄树的山坡上的果园。陌上花开,风景如画。在这片丰饶美丽的土地上的居民,是使人艳羡的!

但是,昨天早晨,我在翻阅罗马"中东和东方学院"送给我们的一本意大利摄影画册,读到上面的序言,里面有:西西里岛,四面被地中海所围抱,也被希腊人、腓尼斯人、撒拉逊人聚居过,被德国人、法国人、西班牙人占领过……西西里岛上,曾是罗马帝国的军队骨干的农民,失去了他们的自由,在重利盘剥之下,他们失了土地,又被招募成为一支无地产的农奴队伍。地主住在城市里,只在夏天,才到他的田庄上来避暑,朝代更迭,土地易主,而直到今天,在意大利土地上辛苦劳动的,都不是土地的主人!这是多么悲惨的境遇!这个意大利靴尖上的足球,在外来的统治者脚上,踢来踢去,虽然在文化艺术上遗留了些精美的宫殿和教堂的建筑,里面都有最精致的宝石嵌镶的图案,和颜色鲜艳、神态如生的壁画,而当地的农民生活,却永远停留在半封建半开化的状态之中。"四海无闲田,农夫犹饿死"的惨状,在这里是还存在的!

在罗马的一个晚餐会上,意大利最著名的诗人卡罗·勒维坐在我的旁边。他滔滔不断地告诉我,在意大利南部,尤其是西西里一带,农民过着受压迫被剥削的生活。意大利北部的工业,是比较发达的,而南部的资源,却从未被开发过,于是南部饥饿失业的队伍,就成群地被招送到北方去做工,痛苦流离,成了他们千百年来的命运!

当诗人说这些话的时候,神情是激动的,眼光是悲愤的,使我的回忆中的西西里的水光山色,蒙上了一层阴沉的暗影!我又回忆到在岛上的一个小市镇——巴格里亚——的农民欢迎会上,另一位诗人卜提达,向我们致了最热烈的欢迎词。卜提达是巴格里亚市穷苦人民的儿子,他用西西里方言写诗,强烈地揭露了当地人民的黑暗生活。他送给我一本他的诗集:《面包就是面包》的法文译本,上面有卡罗·勒维写的序,说卜提达以钢铁般的坚强洪壮的声音,叫出了岛上人民的不幸。可惜我不懂得法文,只好等将来

冰　　心
散 文 精 选

请人读给我听了。

　　广大的人民是广阔的天空，人民的诗人就该像天空下透明的大海，它永远忠实地反映出天空的明暗阴晴，呼叫出人民的苦乐和希望。这样，他的诗里才有颜色，才有感情。勒维和卜提达都是大海般的诗人，我们应该向他们学习。

　　今天是复活节，一早醒起，就听到从四面传来的悠扬而嘹亮的钟声。罗马城里，大大小小有五百多座教堂；登高望时，金色、绿色、灰色的圆顶，在丛树中层层隐现。这几天来，罗马街上，尤其是商店的橱窗里，洋溢着节日的气氛，金彩辉煌的巧克力做成的大鸡蛋，到处都是。今天上午出去走了一走，因为明天要到佛劳伦斯去，先给你们发出这封信，罗马的古迹，等以后再谈吧！

　　今夜罗马大雷雨，电光闪闪，雷声大得像巨炮一般。现在祖国已是早晨，小朋友正走在上学的路上，向你们珍重地说声早安吧！

你的朋友　冰　心
一九五八年四月六日，意大利，罗马。

（原载 1958 年 5 月 29 日《人民日报》）

通　讯　六

亲爱的小朋友：

　　四月十二日，我们在微雨中到达意大利东海岸的威尼斯。

　　威尼斯是世界闻名的水上城市，常有人把它比作中国的苏州。但是苏州基本上是陆地上的城市，不过城里有许多河道和桥梁。威尼斯却是由一百多个小岛组成的，一条较宽的曲折的水道，就算是大街，其余许许多多纵横交织的小水道，就算是小巷。三四百座大大小小的桥，将这些小岛上的一

簇一簇的楼屋,穿连了起来。这里没有车马,只有往来如织的大小汽艇,代替了公共汽车和小卧车;此外还有黑色的、两端翘起、轻巧可爱的小游船,叫做 Gondola,译作"共渡乐",也还可以谐音会意。

这座小城,是极有趣的! 你们想象看:家家户户,面临着水街水巷,一开起门来,就看见荡漾的海水和飞翔的海鸥。门口石阶旁边,长满了厚厚的青苔,从石阶上跳上公共汽艇,就上街去了。这座城里,当然也有教堂,有宫殿,和其他的公共建筑,座座都紧靠着水边。夜间一行行一串串的灯火,倒影在颤摇的水光里,真是静美极了!

威尼斯是意大利东海岸对东方贸易的三大港口之一,其余的两个是它南边的巴利和北边的特利斯提。在它的繁盛的时代,就是公元后十三世纪,那时是中国的元朝,有个商人名叫马可波罗曾到过中国,在扬州做过官。他在中国住了二十多年,回到威尼斯之后,写了一本游记,极称中国文物之盛。在他的游记里,曾仔细地描写过卢沟桥,因此直到现在,欧洲人还把卢沟桥称作马可波罗桥。

国际间的贸易,常常是文化交流的开端,精美的商品的互换,促进了两国人民相互的爱慕与了解。和平劳动的人民,是欢迎这种"有无相通"的。近几年来,中意两国间的贸易,由于人为的障碍,大大地减少了。这几个港口的冷落,使得意大利的工商业者,渴望和中国重建邦交,畅通贸易,这种热切的呼声,是我们到处可以听到的。

这几天欧洲的气候,真是反常! 昨天在帕都瓦城,遇见大雪,那里本已是桃红似锦,柳碧如茵,而天空中的雪片,却是搓棉扯絮一般,纷纷下落。在雪光之中,看到融融的春景,在我还是第一次!

昨晚起雪化成雨,凉意逼人,现在我的窗外呼啸着呜呜的海风,风声中夹杂着悠扬的钟声;回忆起二十几年前的初春,我也是在阴雨中游了威尼斯,它的明媚的一面,我至今还没有看到! 今天又是星期六,在寂静的时间中,我极其亲切地想起了你们。住学校的小朋友们,现在都该回到家里了吧? 灯光之下,不知你们和家里人谈了些什么? 是你们学习的情况,还是奋

冰　心
散文精选

进的计划？又有几天没有看到祖国的报纸,消息都非常隔膜了。出国真不能走得太久,思想跟不上就使人落后！小朋友一定会笑我又"想家"了吧？——同行的人都冒雨出去参观,明天又要赶路,我独自留下,抽空再写几行,免得你们盼望,遥祝你们好好地度一个快乐的星期天！

你的朋友　冰　心

一九五八年四月十二日夜,意大利,威尼斯。

(原载 1958 年 6 月 2 日《人民日报》)

通　讯　七

亲爱的小朋友：

昨天我们从意大利又回到瑞士,明天要出发到英国去了,三星期的意大利之游,应当对你们作一个总结。

我们访问了意大利的大小二十个城市,说一句总话,我实在喜欢意大利,首先是它的首都罗马,和我们的北京一样,是个美丽雄伟的首都。它的古老的建筑,和博物馆里的雕刻、绘画,以及出土的文物,都和北京的建筑和博物馆一样,充分地呈现了它的劳动人民的惊人的智慧！关于意大利,将来有时间再详细地述说,如今先举出几个最突出的印象,给小朋友们画一个轮廓。

第一个是：欧洲人说,意大利是用石头建造起来的,这是古意大利建筑的一个特点。古意大利的教堂、宫殿、城堡、桥梁、街道……绝大部分都是用石头盖起铺起的,至少是建筑物外面都用的是石板、石片；仰顶和墙壁上都有各色花石宝石嵌镶的人物；屋顶上、喷泉上和广场上都有石像,一眼望去,给人一种坚洁清凉的感觉。意大利的美丽的建筑,可描写的真是太多了,我最喜欢的是比萨的斜塔、教堂和洗礼堂。这一簇简洁、玲珑而庄严的

白石建筑,相依相衬地排列在一角城墙的前面,使人看过永不会忘记!

第二个是:在意大利旅行,到处都离不了水。意大利的边界,有四分之三与水为邻,北部多山的地方,却有许多大大小小美丽的湖泊。各个城市里都有形形色色的喷泉,最奇丽的是罗马郊外的提伏里泉园。这座泉园原是皇家别墅,建造在小山上,园里大小有六千条喷泉,在山巅,在池上,在路旁……宽者如帘,细者如线,大的奔越下流,如同山间的瀑布,小的轻莹上喷,如同火树银花,一片清辉交织之中,再听到那"大珠小珠落玉盘"的大小错落的泉声,这个新奇的感受,也是使人永不忘记的!

但是,最使人不能忘却的,是意大利的可爱的人民!他们是才气横溢,热情奔放的;这表现在他们的天才的文艺创造上,科学的发明上;表现在他们为自由和独立的斗争上;表现在对朋友的热爱上。意大利人民把中国人民当作最好的朋友。他们关心我们、热爱我们,他们认为我们的成就,就是他们的成就;我们的胜利就是他们的胜利;中国人民一寸一尺的进步,都给他们以莫大的鼓舞。当我们离开意大利的前夕,在他们的英雄城市都灵,我们被邀到一个群众的集会——在这里应当补述一下:都灵城是在一九四五年,在它自己人民的艰苦斗争之下,得到解放的。这次的斗争,人民游击队死亡的数目,在百分之四十七以上!我们曾到烈士墓前,献过花束——这集会是在一个工人俱乐部召开的,会场上挤满了热情的男女老幼,台上横挂着"欢迎中国来宾"的中文标语(是意大利人自己写的),长桌上摆满了大大小小的酒杯。他们送给我们都灵市特产的蜜甜的巧克力糖,猩红的玫瑰花,给我们满满地斟上香醇的都灵酒。他们的欢迎词,是真挚而热烈的。我们的每一句答词,都得到春雷般的鼓掌与欢呼。在饮酒叙谈的中间,都不断地有群众过来和我们握手拥抱,不断地也有儿童们送上画片,要求我们签名——谈到意大利的儿童,他们真是可爱!他们是那样地天真活泼,又是那样地温文有礼。在以后的通讯里,我要对你们谈一个意大利小姑娘所给我的深刻的印象。我们又在整装待发之中。"且听下回分解"吧!

我们在意大利的访问,就在上述的高涨的热潮中结束。回到旅馆已是

冰　心
散文精选

半夜,我久久不能入睡!国际间劳动人民的和平友谊,是世界持久和平的最巩固的基础。在亚洲,在非洲,在欧洲,我们已有了亿万的和平宫的建筑工人,正在一砖一石地把屋基垒了起来。你们是我们的接班人,好好地继续努力吧!

祝你们健康快乐。

你的朋友　冰　心
一九五八年四月二十一日,瑞士,波尔尼。

(收入《小橘灯》,作家出版社1960年版)

通　讯　八

亲爱的小朋友:

来到英国已经十天了,访问的日程是忙碌的。我现在是在英国北部苏格兰首府的爱丁堡,一座旅馆的窗前,时间已过半夜,树影摇曳,满月的银光,射在我的信纸上,活泼而激越的苏格兰民歌的余音,还在我耳边荡漾。趁着我睡不着的时间,来给我所惦念的小朋友写几个字。

在第二次世界大战以前,一九三六年的冬天,我曾到过英国,那时只在伦敦住了一两星期,在牛津和剑桥两个大学作了很短的访问。这次重来,走的地方较多,接触的方面也较广,有许多感想,真不知从哪里说起——先从"一世之雄"的"大英帝国"说起吧!

英国——大不列颠,是由大不列颠岛北部的苏格兰,中南部的英格兰,西部的威尔士,和爱尔兰岛北部一角组成的。这个位置在欧洲西北部大西洋中的岛国,面积不过二十四万多平方公里,而它却占有着比本土大过一百五十倍的殖民地!原因是:在它十七世纪时期的资产阶级革命以后,十八

世纪,苏格兰工人瓦特又完成了蒸汽机的制造,从此英国进入工业革命后的大生产时期,林立的工厂,纵横交错的铁路,往来如梭的船只,使得"英国成了世界的工厂,世界成了英国的市场"!工商业的发展,海外贸易的发达,殖民地的侵占,资本的积累,使它掌握了海上的霸权。三百年中,它巧取豪夺,从殖民地榨取了无限的财富,来建设和供养它的本土。因此在英国土地上,到处可以看见外面被烟雾熏得灰暗而里面富丽堂皇的宫室、教堂、银行……等石头建筑;碧绿辽阔的,贵族地主的花园;近代化的华丽舒适的旅馆、俱乐部……"大英帝国"的统治者,在这里过着不劳而获,穷奢极欲的生活!

第一次世界大战以后,英国的海上霸权,逐渐转移到美国手里,它的经济实力就开始动摇了。第二次世界大战以后,亚洲和非洲的民族解放运动,更是风起云涌,殖民地和半殖民地的国家,一个一个地独立起来了。"大英帝国"在衰落解体之中,而英国广大劳动人民和进步人士,却坚持着在保卫和平、保卫劳动人民权利的斗争中,寻求正确而光明的出路!

以上是英国现在社会状况的一个轮廓,如今我带着小朋友,从伦敦起,游览一番吧。

伦敦是英国的首都,位置在泰晤士河入海处的两岸,人口将近九百万。这里有许多高大的建筑,平整的街道,但是我最欣赏的,是城里散布着的几个阔大的公园!西方的公园设计是:亭台楼阁少(或者没有),而树木花卉多。一大片一大片绿油油的草地,一大堆一大堆葱郁的树木,草地边缘种着各种各色鲜艳的花,这时正是春天,花园里盛开着黄色的迎春,紫色的丁香,红色的杜鹃……最爽心悦目的是红紫黄白各色的郁金香,一朵朵像玲珑的宝石制成的杯盏一样,在朝阳下承接着清露。树下和路旁,都安放着长椅,老人们在椅子上休息,看报,织活,小孩子们在草地上奔走游戏。中午下班的时候,更有许多职工人员,在草地上坐、卧、吃干粮、晒太阳——这当然是在春天有阳光的日子,一般说来,伦敦的晴天比北京的是少多了。

从伦敦一路往北走,坐汽车、坐火车,一路看见的也都是一绿无际的牧

冰　　心
散文精选

场和田野。英国虽然在纬度上和我们的黑龙江同一方位——北纬五十至六十度之间，只因它是海洋气候，潮湿多雨，宜于绿化，积雪化后，下面露出的却是绿茸茸的青草，因此在学校里，乡村中，到处都有一片一方的大草地，旁边种些杂花。这种花园或草场，对于居民的游息和健康，都有很大的好处。

苏格兰是田地少，牧场多。我们到了两个城市，就是格拉斯哥和爱丁堡。我很喜欢爱丁堡！这座城依山傍海，人口不过五十万，大街的设计是一边楼屋，一边花园，这样显得清旷而幽静，郊外的山间有许多小湖。我们看见故宫山后的广场上，张起几十个彩色的帐幕，旗帜飘扬。据说苏格兰的矿工，照例在五月的第一个星期一，在这里庆祝自己的节日。庆祝的节目中有游行，跳舞，各种工人体育竞赛，工人铜乐队和管乐队的竞赛等等。可惜我们昨天晚上就走了，没有能够参加。

苏格兰的管乐队是有名的，演奏者穿着民族服装——多褶的方格子短裙和长袜，长袜口上斜插一把小刀，腰间挂一个刻花的皮袋。他们演奏的常常是苏格兰最动人的民歌。谈到苏格兰民歌，昨天晚上在格拉斯哥城，英中友好协会的欢迎会上，听到许多首多半是十八世纪苏格兰诗人勃恩斯写的。勃恩斯是农民的儿子，苏格兰人民所最喜爱的诗人。他的诗都是用方言写的，富于人民性、正义感、淳朴、美丽，音乐性也极强。当手风琴拉起，短笛吹起，歌唱家唱起，刚唱过一两句，观众就会情不自禁地，眉飞色舞地和将起来，全场欢动，就这样一首又一首地几乎唱到夜半！今天晚上，有几位苏格兰诗人约我在一个小酒馆聚谈，又谈到民歌，正好隔座有几个青年学生，正在低声合唱，诗人们把其中一位少女，簇拥到我面前来请她为我这远客歌唱。她很羞涩地望着我，——一面放开她的清脆柔婉的歌喉，不到一会儿，那几个男女学生，以及许多客人，都围了上来，有的高声合唱，有的含笑静听，直到酒馆关门的时间——夜里十点钟——我们还从门内移到门外，踏着皎洁的月光，在马路边的树下，唱到半夜……

听人家唱民歌，使我亲切地回忆起许多我们自己的民歌，尤其是兄弟

民族同胞所唱的,翻身的和歌颂毛主席的热情奔放的民歌!回来一路在浓密的树影中穿行,月亮大得很,街上是一片静寂。今天又是五一节,这里没有放假,也没有游行,遥想祖国北京的天安门前,今夜正是灯月交辉,焰火烛天。小朋友,尽情地欢乐吧,社会主义新中国的青少年是幸福的!

在脑海里音乐浪潮的澎湃声中,我向我的小朋友说一句热情的晚安!

你的朋友 冰 心

一九五八年五月二日,英国,爱丁堡。

山中杂记(节选)
——遥寄小朋友

大夫说是养病,我自己说是休息,只觉得在拘管而又浪漫的禁令下,过了半年多。这半年中有许多在童心中可惊可笑的事,不足为大人道。只盼他们看到这几篇的时候,唇角下垂,鄙夷的一笑,随手的扔下。而有两三个孩子,拾起这一张纸,渐渐的感起兴味,看完又彼此嬉笑,讲说,传递;我就已经有说不出的喜欢!本来我这两天有无限的无聊。天下许多事都没有道理,比如今天早起那样的烈日,我出去散步的时候,热得头昏。此时近午,却又阴云密布,大风狂起。廊上独坐,除了胡写,还有什么事可作呢?

一九二四年六月二十三日,沙穰。

(一)我怯弱的心灵

我小的时候,也和别的孩子一样,非常的胆小。大人们又爱逗我,我的小舅舅说什么《聊斋》,什么《夜谈随录》,都是些僵尸,白面的女鬼等等。在他还说着的时候,我就不自然的惴惴的四顾,塞坐在大人中间,故意的咳嗽。睡觉的时候,看着帐门外,似乎出其不意的也许伸进一只鬼手来。我只这样想着,便用被将自己的头蒙得严严地,结果是睡得周身是汗!

十三四岁以后,什么都不怕了。在山上独自中夜走过丛冢,风吹草动,我只回头凝视。满立着狰狞的神像的大殿,也敢在阴暗中小立。母亲屡屡说我胆大,因为她像我这般年纪的时候,还是怯弱的很。

我白日里的心,总是很宁静,很坚强,不怕那些看不见的鬼怪。只是近来常常在梦中,或是在将醒未醒之顷,一阵悚然,从前所怕的牛头马面,都积压了来,都聚围了来。我呼唤不出,只觉得怕得很,手足都麻木,灵魂似乎蜷曲着。挣扎到醒来,只见满山的青松,一天的明月。洒然自笑,——这样怯弱的梦,十年来已绝不做了,做这梦时,又有些悲哀!童年的事都是有趣的,怯弱的心情,有时也极其可爱。

(七)说几句爱海的孩气的话

白发的老医生对我说:"可喜你已大好了。城市与你不宜,今夏海滨之行,也是取消了为妙。"

这句话如同平地起了一个焦雷!

学问未必都在书本上。纽约,康桥,芝加哥这些人烟稠密的地方,终身不去也没有什么,只是说不许我到海边去,这却太使我伤心了。

我抬头张目的说:"不,你没有阻止我到海边去的意思!"

他笑道:"是的,我不愿意你到海边去,太潮湿了,于你新愈的身体没有好处。"

我们争执了半点钟,至终他说:"那么你去一个礼拜罢!"他又笑说:"其实秋后的湖上,也够你玩的了!"

我爱慰冰,无非也是海的关系。若完全的叫湖光代替了海色,我似乎不大甘心。

可怜,沙穰的六个多月,除了小小的流泉外,连慰冰都看不见!山也是可爱的,但和海比,的确比不起,我有我的理由!

人常常说"海阔天空",只有在海上的时候,才觉得天空阔远到了尽量处。在山上的时候，走到岩壁中间，有时只见一线天光。即或是到了山顶，而因着天末是山，天与地的界线便起伏不平，不如水平线的齐整。

海是蓝色灰色的。山是黄色绿色的。拿颜色来比，山也比海不过，蓝色灰色含着庄严淡远的意味，黄色绿色却未免浅显小气一些。固然我们常以黄色为至尊，皇帝的龙袍是黄色的，但皇帝称为"天子"，天比皇帝还尊贵，而天却是蓝色的。

海是动的，山是静的；海是活泼的，山是呆板的。昼长人静的时候，天气又热，凝神望着青山，一片黑郁郁的连绵不动，如同病牛一般。而海呢，你看她没有一刻静止！从天边微波粼粼的直卷到岸边，触着崖石，更欣然的溅跃了起来，开了灿然万朵的银花！

四围是大海，与四围是乱山，两者相较，是如何滋味，看古诗便可知道。比如说海上山上看月出，古诗说："南山塞天地，日月石上生。"细细咀嚼，这两句形容乱山，形容得极好，而光景何等臃肿，崎岖，僵冷，读了不使人生快感。而"海上生明月，天涯共此时"，也是月出，光景却何等妩媚，遥远，璀璨！

原也是的，海上没有红白紫黄的野花，没有蓝雀红襟等等美丽的小鸟。然而野花到秋冬之间，便都萎谢，反予人以凋落的凄凉。海上的朝霞晚霞，天上水里反映到不止红白紫黄这几个颜色。这一片花，却是四时不断的。说到飞鸟，蓝雀红襟自然也可爱，而海上的沙鸥，白胸翠羽，轻盈的飘浮在浪花之上，"凌波微步，罗袜生尘"。看见蓝雀红襟，只使我联忆到"山禽自唤名"，而见海鸥，却使我联忆到千古颂赞美人，颂赞到绝顶的句子，是"婉若游龙，翩若惊鸿"！

在海上又使人有透视的能力，这句话天然是真的！你倚阑俯视，你不由自主的要想起这万顷碧琉璃之下，有什么明珠，什么珊瑚，什么龙女，什么鲛纱。在山上呢，很少使人想到山石黄泉以下，有什么金银铜铁。因为海水透明，天然的有引人们思想往深里去的趋向。

简直越说越没有完了，总而言之，统而言之，我以为海比山强得多。说句极端的话，假如我犯了天条，赐我自杀，我也愿投海，不愿坠崖。

争论真有意思！我对于山和海的品评，小朋友们愈和我辩驳愈好。"人心之不同，各如其面"，这样世界上才有个不同和变换。假如世界上的人都是一样的脸，我必不愿见人。假如天下人都是一样的嗜好，穿衣服的颜色式样都是一般的，则世界成了一个大学校，男女老幼都穿一样的制服。想至此不但好笑，而且无味！再一说，如大家都爱海呢，大家都搬到海上去，我又不得清静了！

(九)机器与人类幸福

小朋友一定知道机器的用处和好处，就是省人力，能在很短的时间内做很重大的工作。

在山中闲居，没有看见别的机器的机会，而山右附近的农园中的机器，已足使我赞叹。

他们用机器耕地，用机器撒种，以至于刈割等等，都是机器一手经理。那天我特地走到山前去，望见农人坐在汽机上，开足机力，在田地上突突爬走。很坚实的地土，汽机过处，都水浪似的，分开两边，不到半点钟工夫，很宽阔一片地，都已耕松了。

农人从衣袋里掏出表来一看，便缓缓的捩转汽机，回到园里去。我也自转身。不知为何，竟然微笑。农人运用大机器，而小机器的表，又指挥了农人。我觉得很滑稽！

我小的时候，家园墙外，一望都是麦地。耕种收割的事，是最熟见不过的了。农夫农妇，汗流浃背的蹲在田里，一锄一锄的掘，一镰刀一镰刀的割。我在旁边看着，往往替他们吃力，又觉得迟缓的可怜！

两下里比起来，我确信机器是增进人类幸福的工具。但昨天我对于此事又有点怀疑。

昨天一下午，楼上楼下几十个病人都没有睡好！休息的时间内，山前耕地的汽机，轧轧的声满天地。酷暑的檐下，蒸炉一般热的床上，听着这单调而枯燥,震耳欲聋的铁器声,连续不断,脑筋完全跟着它颠簸了。焦躁加上震动,真使人有疯狂的倾向!

楼上下一片喃喃怨望声,却无法使这机器止住。结果我自己头痛欲裂。楼下那几个日夜发烧到一百零三,一百零四度的女孩子,我真替她们可怜,更不知她们烦恼到什么地步!农人所节省的一天半天的工夫,和这几十个病人,这半日精神上所受的痛苦和损失,比较起来,相差远了!机器又似乎未必能增益人类的幸福。

想起幼年我的书斋只和麦地隔一道墙。假如那时的农人也用机器,简直我的书不用念了!

这声音直到黄昏才止息。我因头痛,要出去走走,顺便也去看看那害我半日不得休息的汽机。——走到田边,看见三四个农人正站着踌躇,手臂都叉在腰上,摇头叹息。原来机器坏了。这座东西笨重的很,十个人也休想搬得动,只得明天再开一座汽机来拉它。

我一笑就回来了——

(十)鸟兽不可与同群

女伴都笑茀玲是个傻子。而她并没有傻子的头脑,她的话有的我很喜欢。她说:"和人谈话真拘束,不如同小鸟小猫去谈。它们不扰乱你,而且温柔的静默的听你说。"

我常常看见她坐在樱花下,对着小鸟,自说自笑。有时坐在廊上,抚着小猫,半天不动。这种行径,我并不觉得讨厌,也许就是因此,女伴才赠她以傻子的徽号,也未可知。

和人谈话未必真拘束,但如同生人,大人先生等等,正襟危坐的谈起来,却真不能说是乐事。十年来正襟危坐谈话的时候,一天比一天的多。我虽也做惯了,但偶有机会,我仍想释放我自己。这半年我就也常常做傻子了!

第一乐事,就是拔草喂马。看着这庞然大物,温驯的磨动它的松软的大口,和齐整的大牙,在你手中吃嚼青草的时候,你觉得它有说不尽的妩媚。

每日山后牛棚,拉着满车的牛乳罐的那匹斑白大马,我每日喂它。乳车停住了,驾车人往厨房里搬运牛乳,我便慢慢的过去。在我跪伏在樱花底下,拔那十样锦的叶子的时候,它便侧转那狭长而良善的脸来看我,表示它的欢迎与等待。我们渐渐熟识了,远远的看见我,它便抬起头来。我相信我离开之后,它虽不会说话,它必每日的怀念我。

还有就是小狗了。那只棕色的,在和我生分的时候,曾经吓过我。那一天雪中游山,出其不意在山顶遇见它,它追着我狂吠不止,我吓得走不动。它看我吓怔了,才住了吠,得了胜似的,垂尾下山而去。我看它走了,一口气跑了回来。一夜没有睡好,心脉每分钟跳到一百十五下。

女伴告诉我,它是最可爱的狗,从来不咬人的。以后再遇见它,我先呼唤它的名字,它竟摇尾走了过来。自后每次我游山,它总是前前后后的跟着走。山林中雪深的时候,光景很冷静。它总算助了我不少的胆子。

此外还有一只小黑狗,尤其跳荡可爱。一只小白狗,也很驯良。

我从来不十分爱猫。因为小猫很带狡猾的样子,又喜欢抓人。医院中有一只小黑猫,在我进院的第二天早起刚开了门,它已从门隙塞进来,一跃到我床上,悄悄的便伏在我的怀前,眼睛慢慢的闭上,很安稳的便要睡着。我最怕小猫睡时呼吸的声音!我想推它,又怕它抓我。那几天我心里又难过,因此愈加焦躁。幸而看护妇不久便进来!我皱眉叫她抱出这小猫去。

以后我渐渐的也爱它了。它并不抓人。当它仰卧在草地上,用前面两只小爪,拨弄着玫瑰花叶,自惊自跳的时候,我觉得它充满了活泼和欢悦。

小鸟是怎样的玲珑娇小呵!在北京城里,我只看见老鸦和麻雀。有时也看见啄木鸟。在此却是雪未化尽,鸟儿已成群的来了。最先的便是青鸟。西方人以青鸟为快乐的象征,我看最恰当不过。因为青鸟的鸣声中,婉转的报着春的消息。

知更雀的红胸,在雪地上,草地上站着,都极其鲜明。小蜂雀更小到无可苗条,从花梢飞过的时候,竟要比花还小。我在山亭中有时抬头瞥见,只屏息静立,连眼珠都不敢动,我似乎恐怕将这弱不禁风的小仙子惊走了。

此外还有许多毛羽鲜丽的小鸟,我因找不出它们的中国名字,只得阙疑。早起朝日未出,已满山满谷的起了轻美的歌声。在朦胧的晓风之中,欹枕倾听,使人心魂俱静。春是鸟的世界,"以鸟鸣春"和"春眠不觉晓,处处闻啼鸟",这两句话,我如今彻底的领略过了!

我们幕天席地的生涯之中,和小鸟最相亲爱。玫瑰和丁香丛中更有青鸟和知更雀的巢,那巢都是筑得极低,一伸手便可触到。我常常去探望小鸟的家庭,而我却从不做偷卵捉雏等等破坏它们家庭幸福的事。我想到我自己不过是暂时离家,我的母亲和父亲已这样的牵挂。假如我被人捉去,关在笼里,永远不得回来呢,我的父亲母亲岂不心碎?我爱自己,也爱雏鸟,我爱我的双亲,我也爱雏鸟的双亲!

而且是怎样有趣的事,你看小鸟破壳出来,很黄的小口,毛羽也很稀疏,觉得很丑。它们又极其贪吃,终日张口在巢里啾啾的叫!累得它母亲飞去飞回的忙碌。渐渐的长大了,它母亲领它们飞到地上。它们的毛羽很蓬松,两只小腿蹒跚的走,看去比它们的母亲还肥大。它们很傻的样子,茫然的跟着母亲乱跳。母亲偶然啄得了一条小虫,它们便纷然的过去,啾啾的争着吃。早起母亲教给它们歌唱,母亲的声音极婉转,它们的声音,却很憨涩。这几天来,它们已完全的会飞了,会唱了,也知道自己觅食,不再累它们的母亲了。前天我去探望它们时,这些雏鸟已不在巢里,它们已筑起新的巢了,在离它们的父母的巢不远的枝上,它们常常来看它们的父母的。

还有虫儿也是可爱的。藕合色的小蝴蝶,背着圆壳的蜗牛,嗡嗡的蜜蜂,甚至于水里每夜乱唱的青蛙,在花丛中闪烁的萤虫,都是极温柔,极其孩气的。你若爱它,它也爱你们。因为它们太喜爱小孩子。大人们太忙,没有工夫和它们玩。

(连载于 1924 年 8 月 8 日—10 日《晨报副镌》)

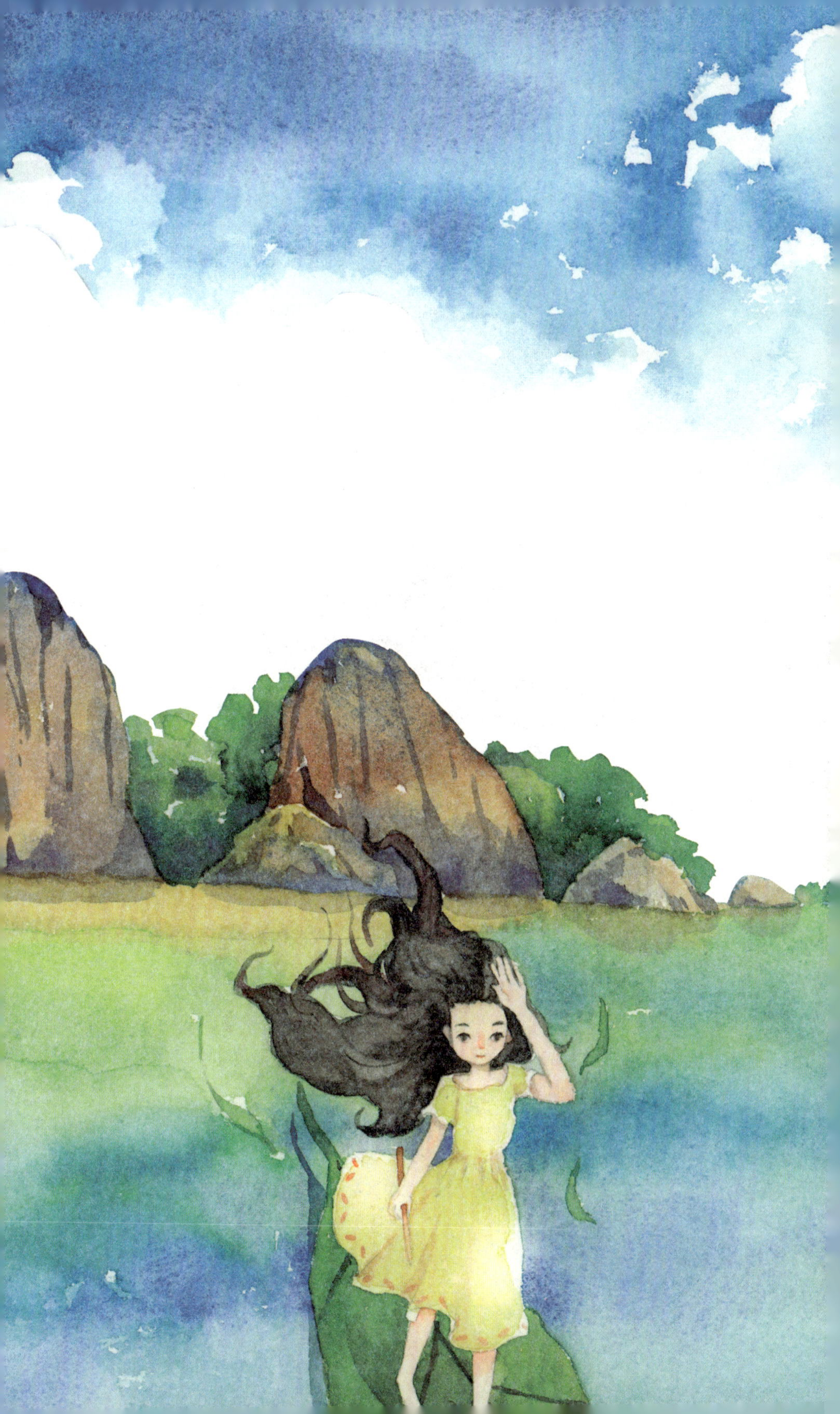

一般的碧绿，
只多些温柔。
西湖呵，
你是海的小妹妹么？

南归
——贡献给母亲在天之灵

去年秋天,楫自海外归来,住了一个多月又走了。他从上海十月三十日来信说:"……今天下午到母亲墓上去了,下着大雨。可是一到墓上,阳光立刻出来。母亲有灵!我照了六张相片。照完相,雨又下起来了。姊姊!上次离国时,母亲在床上送我,嘱咐我,不想现在是这样的了!……"

我的最小偏怜的海上漂泊的弟弟!我这篇《南归》,早就在我心头,在我笔尖上。只因为要瞒着你,怕你在海外孤身独自,无人劝解时,得到这震惊的消息,读到这一切刺心刺骨的经过。我挽住了如澜的狂泪,直待到你归来,又从我怀中走去。在你重过漂泊的生涯之先,第一次参拜了慈亲的坟墓之后,我才来动笔!你心下一切都已雪亮了。大家颤栗相顾,都已做了无母之儿,海枯石烂,世界上慈怜温柔的恩福,是没有我们的分了!我纵然尽写出这深悲极恸的往事,我还能在你们心中,加上多少痛楚?!我还能在你们心中,加上多少痛楚?!

现在我不妨解开血肉模糊的结束,重理我心上的创痕。把心血呕尽,眼泪倾尽,和你们恣情开怀的一恸,然后大家饮泣收泪,奔向母亲要我们奔向的艰苦的前途!

我依据着回忆所及,并参阅藻的日记,和我们的通信,将最鲜明,最灵

冰　　心
散 文 精 选

活,最酸楚的几页,一直写记了下来。我的握笔的手,我的笔儿,怎想到有这样运用的一天!怎想到有这样运用的一天!

前冬十二月十四日午,藻和我从城中归来,客厅桌上放着一封从上海来的电报,我的心立刻震颤了。急忙的将封套拆开,上面是"……母亲云,如决回,提前更好",我念完了,抬起头来,知道眼前一片是沉黑的了!

藻安慰我说:"这无非是母亲想你,要你早些回去,决不会怎样的。"我点点头。上楼来脱去大衣,只觉得全身战栗,如冒严寒。下楼用饭之先,我打电话到中国旅行社买船票。据说这几天船只非常拥挤,须等到十九日顺天船上,才有舱位,而且还不好。我说无论如何,我是走定了。即使是猪圈,是狗窦,只要能把我渡过海去,我也要蜷伏几宵——就这样的定下了船票。

夜里如同睡在冰穴中,我时时惊跃。我知道假如不是母亲病的危险,父亲决不会在火车断绝,年假未到的时候,催我南归。他拟这电稿的时候,虽然有万千的斟酌使词气缓和,而背后隐隐的着急与悲哀是掩不住的——藻用了无尽的言语来温慰我;说身体要紧,无论怎样,在路上,在家里,过度的悲哀与着急,都与自己母亲是无益有害的。这一切我也知道,便饮泪收心的睡了一夜。

以后的几天,便消磨在收拾行装,清理剩余手续之中。那几天又特别的冷。朔风怒号,楼中没有一丝暖气。晚上藻和我总是强笑相对,而心中的怔忡,孤悬,恐怖,依恋,在不语无言之中,只有钟和灯知道了!

杰还在学校里,正预备大考。南归的消息,纵不能瞒他,而提到母亲病的推测,我们在他面前,总是很乐观的,因此他也还坦然。天晓得,弟弟们都是出乎常情的信赖我。他以为姊姊一去,母亲的病是不会成问题的。可怜的孩子,可祝福的无知的信赖!

十八日的下午四时二十五分的快车,藻送我到天津。这是我们蜜月后的第一次同车,虽然仍是默默的相挨坐着,而心中的甜酸苦乐,大不相同了!窗外是凝结的薄雪,窗隙吹进砭骨的冷风,斜日黯然,我已经觉得腹痛。怕藻着急,不肯说出,又知道说了也没用,只不住的喝热茶。七点多钟到天

津,下了月台,我已痛得走不动了。好容易挣出站来,坐上汽车,径到国民饭店,开了房间,我一直便躺在床上。藻站在床前,眼光中露出无限的惊惶:"你又病了?"我呻吟着点一点头。——我以后才发现这病是慢性的盲肠炎。这病根有十年了,一年要发作一两次。每次都痛彻心腑,痛得有时延长至十二小时。行前为预防途中复发起见,曾在协和医院仔细验过,还看不出来。直到以后从上海归来,又患了一次,医生才绝对的肯定,在协和开了刀,这已是第二年三月中的事了。

这夜的痛苦,是逐秒逐分的加紧,直到夜中三点。我神志模糊之中,只觉得自己在床上起伏坐卧,呕吐,呻吟,连藻的存在都不知道了。中夜以后,才渐渐的缓和,转过身来对坐在床边拍抚着我的藻,作颓乏的惨笑。他也强笑着对我摇头不叫我言语。慢慢的替我卸下大衣,严严的盖上被。我觉得刚一闭上眼,精魂便飞走了!

醒来眼里便满了泪:病后的疲乏,临别的依恋,眼前旅行的辛苦,到家后可能的恐怖的事实,都到心上来了。对床的藻,正做着可怜的倦梦。一夜的劳瘁,我不忍唤醒他,望着窗外天津的黎明,依旧是冷酷的阴天!我思前想后,除了将一切交给上天之外,没有别的方法了!

这一早晨,我们又相倚的坐着。船是夜里十时开,藻不能也不敢说出不让我走的话,流着泪告诉我:"你病得这样!我是个穷孩子,忍心的丈夫。我不能陪你去,又不能替你预备下好舱位,我让你自己在这时单身走!……"他说着哽咽了。我心中更是甜酸苦辣,不知怎么好,又没有安慰他的精神与力量,只有无言的对泣。

还是藻先振起精神来,提议到梁任公家里,去访他的女儿周夫人,我无力的赞成了。到那里蒙他们夫妇邀去午饭。席上我喝了一杯白兰地酒,觉得精神较好。周夫人对我提到她去年的回国,任公先生的病以及他的死。悲痛沉挚之言,句句使我闻之心惊胆跃,最后实在坐不住,挣扎着起来谢了主人。发了一封报告动身的电报到上海,两点半钟便同藻上了顺天船。

房间是特别官舱,出乎意外的小!又有大烟囱从屋角穿过。上铺已有一位广东太太占住,箱儿篓儿,堆满了一屋。幸而我行李简单,只一副卧具,一个手提箱。藻替我铺好了床,我便蜷曲着躺下。他也蜷伏着坐在床边。门外是笑骂声,叫卖声,喧呶声,争竞声;杂着油味,垢腻味,烟味,咸味,阴天味;一片的拥挤,窒塞,纷扰,叫嚣!我忍住呼吸,闭着眼。藻的眼泪落在我的脸上:"爱,我恨不能跟了你去!这种地方岂是你受得了的!"我睁开眼,握住他的手:"不妨事,我原也是人类中之一!"

直挨到夜中九时,烟囱旁边的横床上,又来了一位女客,还带着一个小女儿。屋里更加紧张拥挤了,我坐了起来,拢一拢头发,告诉藻:"你走罢,我也要睡一歇,这屋里实在没有转身之地了!"因着早晨他说要坐三等车回北平去,又再三的嘱咐他:"天气冷,三等车上没有汽炉,还是不坐好。和我同甘苦,并不在于这情感用事上面!"他答应了我,便从万声杂沓之中挤出去了。

——到沪后,得他的来信说:"对不起你,我毕竟是坐了三等车。试想我看着你那样走的,我还有什么心肠求舒适?即此,我还觉得未曾分你的辛苦于万一!更有一件可喜的事,我将剩下的车费在市场的旧书摊上,买了几本书了……"

这几天的海行,窗外只看见塘沽的碎裂的冰块,和大海的洪涛。人气蒸得模糊的窗眼之内,只听得人们的呕吐。饭厅上,茶房连迭声叫"吃饭咧!"以及海客的谈时事声,涕唾声。这一百多钟头之中,我已置心身于度外,不饮不食,只求能睡,并不敢想到母亲的病状。睡不着的时候,只瞑目遐思夏日蜜月旅行中之西湖莫干山的微蓝的水,深翠的竹,以求超过眼前地狱景况于万一!

二十二日下午,船缓缓的开进吴淞口,我赶忙起来梳头着衣,早早的把行装收拾好。上海仍是阴天!我推测着数小时到家后可能的景况,心灵上只有战栗,只有祈祷!江上的风吹得萧萧的。寒星般的万船樯头的灯火,照映在黄昏的深黑的水上,画出弯颤的长纹。晚六时,船才缓缓的停在浦东。我又失望,又害怕,孤身旅行,这还是第一次。这些脚夫和接水,我连和他们说

话的胆量都没有,只把门紧紧的关住,等候家里的人来接。直等到七点半,客人们都已散尽,连茶房都要下船去了。无可奈何,才开门叫住了一个中国旅行社的接客,请他照应我过江。

我坐在颠簸的摆渡上,在水影灯光中,只觉得不时摇过了黑而高大的船舷下,又越过了几只横渡的白篷带号码的小船。在料峭的寒风之中,淋漓精湿的石阶上,踏上了外滩。大街楼顶广告上的电灯联成的字,仍旧追逐闪烁着。电车仍旧是隆隆不绝的往来的走着。我又已到了上海!万分昏乱的登上旅行社运箱子的汽车,连人带箱子从几个又似迅速又似疲缓的转弯中,便到了家门口。

按了铃,元来开门,我头一句话,是"太太好了么?"他说:"好一点了。"我顾不得说别的,便一直往楼上走。父亲站在楼梯的旁边接我。走进母亲屋里,华坐在母亲床边,看见我站了起来。小菊倚在华的膝旁,含羞的水汪汪的眼睛直望着我。我也顾不得抱她,我俯下身去,叫了一声:"妈!"看母亲时,真病得不成样子了!所谓"骨瘦如柴"者,我今天才理会得!比较两月之前,她仿佛又老了二十岁。额上似乎也黑了。气息微弱到连话也不能说一句,只用悲喜的无主的眼光看着我……

父亲告诉我电报早接到了。涵带着苑从下午五时便到码头去了,不知为何没有接着。这时小菊在华的推挽里,扑到我怀中来,叫了一声"姑姑"。小脸比从前丰满多了,我抱起她来,一同伏到母亲的被上。这时我的眼泪再也止不住了,赶紧回头走到饭厅去。

涵不久也回来了,脸冻得通红——我这时方觉得自己的腿脚,也是冰块一般的僵冷。——据说是在外滩等到七时。急得不耐烦,进到船公司去问,公司中人待答不理的说:"不知船停在哪里,也许是没有到罢!"他只得转了回来。

饭桌上大家都默然。我略述这次旅行的经过,父亲凝神看着我,似乎有无限的过意不去。华对我说发电叫我以后,才告诉母亲的,只说是我自己要来。母亲不言语,过一会儿说:"可怜的,她在船上也许时刻提心吊胆的想到自己已是没娘的孩子了！"

饭后涵华夫妇回到自己的屋里去。我同父亲坐在母亲的床前。母亲半闭着眼，我轻轻的替她拍抚着。父亲悄声的问："你看母亲怎样？"我不言语，父亲也默然，片晌，叹口气说："我也看着不好，所以打电报叫你，我真觉得四无依傍——我的心都碎了！……"

此后的半个月，都是侍疾的光阴了。不但日子不记得，连昼夜都分不清楚了！一片相连的是母亲仰卧的瘦极的睡容，清醒时低弱的语声和憔悴的微笑，窗外的阴郁的天，壁炉中发爆的煤火，凄绝静绝的半夜炉台上滴答的钟声，黎明时四壁黯然的灰色，早晨开窗小立时濛濛的朝雾！在这些和泪的事实之中，我如同一个无告的孤儿，独自赤足拖踏过这万重的火焰！

在这一片昏乱迷糊之中，我只记得侍疾的头儿天，我是每天晚上八点就睡，十二点起来，直至天明。起来的时候，总是很冷。涵和华摩挲着忧愁的倦眼，和我交替。我站在壁炉边穿衣裳，母亲慢慢的侧过头来说："你的衣服太单薄了，不如穿上我的黑骆驼绒袍子，省得冻着！"我答应了，她又说："我去年头一次见藻，还是穿那件袍子呢。"

她每夜四时左右，总要出一次冷汗，出了汗就额上冰冷。在那时候，总要喝南枣北麦汤，据说是止汗滋补的。我恐她受凉，又替她缝了一块长方的白绒布，轻轻的围在额上。母亲闭着眼微微的笑说："我像观世音了。"我也笑说："也像圣母呢！"

因着骨痛的关系，她躺在床上，总是不能转侧。她瘦得只剩一把骨了，褥子嫌太薄，被又嫌太重。所以褥子底下，垫着许多棉花枕头，鸭绒被等，上面只盖着一层薄薄的丝绵被头。她只仰着脸在半靠半卧的姿势之下，过了我和她相亲的半个月，可怜的病弱的母亲！

夜深人静，我偎卧在她的枕旁。若是她精神较好，就和我款款的谈话，语音轻得似天半飘来，在半朦胧半追忆的神态之中，我看她的石像似的脸，我的心绪和眼泪都如潮涌上。她谈着她婚后的暌离和甜蜜的生活，谈到幼

年失母的苦况,最后便提到她的病,她说:"我自小千灾百病的,你父亲常说:'你自幼至今吃的药,总集起来,够开一间药房的了。'真是我万想不到,我会活到六十岁!男婚女嫁,大事都完了。人家说,'久病床前无孝子',我这次病了五个月,你们真是心力交瘁!我对于我的女儿,儿子,媳妇,没有一毫的不满意。我只求我快快的好了,再享两年你们的福……"我们心力交瘁,能报母亲的恩慈于万一么?母亲这种过分爱怜的话语,使听者伤心得骨髓都碎了!

如天之福,母亲临终的病,并不是两月前的骨风。可是她的老病"胃痛"和"咳嗽"又回来了。在每半小时一吃东西之外,还不住的要服药,如"胃活""止咳丸"之类,而且服量要每次加多。我们知道这些药品都含有多量的麻醉性的,起先总是竭力阻止她多用。几天以后,为着她的不能支持的痛苦,又渐渐的知道她的病是没有痊愈的希望,只得咬着牙,忍着心肠,顺着她的意思,狂下这种猛剂,节节的暂时解除她突然袭击的苦恼。

此后她的精神愈加昏弱了,日夜在半醒不醒之间。却因着咳嗽和胃痛,不能睡得沉稳,总得由涵用手用力的替她揉着,并且用半催眠的方法,使她入睡。十二月二十四夜,是基督降生之夜。我伏在母亲的床前,终夜在祈祷的状态之中!在人力穷尽的时候,宗教的倚天祈命的高潮,淹没了我的全意识。我觉得我的心香一缕勃勃上腾,似乎是哀求圣母,体恤到婴儿爱母的深情,而赐予我以相当的安慰。那夜街上的欢呼声,爆竹声不停。隔窗看见我们外国邻人的灯彩辉煌的圣诞树,孩子们快乐的歌唱跳跃,在我眼泪模糊之中,这些都是针针的痛刺!

半夜里父亲低声和我说:"我看你母亲的身后一切该预备了,旧式的种种规矩,我都不懂。而且我看也没有盲从的必要。关于安葬呢——你想还回到故乡去么?山遥水隔的,你们轻易回不去,年深月久,倒荒凉了,是不是?不过这须探问你母亲的意思。"我说:"父亲说出这话来,是最好不过的了。本来这些迷信禁忌的办法,我们所以有时曲从,都是不忍过拂老人家的意思。如今父亲既不在乎这些,母亲又是个最新不过的人。纵使一切犯忌都有后验,只要母亲身后的事能舒舒服服的办过去,千灾五毒,都临到我们四个姊弟身上,我们也是甘心情愿的!"

——第二天我们便托了一位亲戚到万国殡仪馆接洽一切,钢棺也是父亲和我亲自选定的。这些以后在我寄藻和杰的信中,都说得很详细。——

这样又过了几天。母亲有时稍好,微笑的躺着。小菊爬到枕边,捧着母亲的脸叫"奶奶"。华和我坐在床前,谈到秋天母亲骨痛的时候,有时躺在床上休息,有时坐在廊前大椅上晒太阳,旁边几上总是供着一大瓶菊花。母亲说:"是的,花朵儿是越看越鲜,永远不使人厌倦的。病中阳光从窗外进来,照在花上,我心里便非常的欢畅!"母亲这种爱好天然的性情,在最深的病苦中,仍是不改。她的骨痛,是由指而臂,而肩背,而膝骨,渐渐下降,全身僵痛,日夜如在桎梏之中,偶一转侧,都痛彻心腑。假如我是她,我要痛哭,我要狂呼,我要咒诅一切,弃掷一切。而我的最可敬爱的母亲,对于病中的种种,仍是一样的接受,一样的温存。对于儿女,没有一句性急的话语;对于奴仆,却更加一倍的体恤慈怜。对于这些无情的自然,如阳光,如花卉,在她的病的静息中,也加倍的温煦馨香。这是上天赐予,惟有她配接受享用的一段恩福!

我们知道母亲决不能过旧历的新年了,便想把阳历的新年,大大的点缀一下。一清早起来,先把小菊打扮了,穿上大红缎子棉袍,抱到床前,说给奶奶拜年。桌上摆上两盘大福桔,炉台窗台上的水仙花管,都用红纸条束起,又买了十几盏小红纱灯,挂在床角上,炉台旁,电灯下。我们自己也略略的妆扮了,——我那时已经有十天没有对镜梳掠了!我觉得平常过年,我们还没有这样的起劲!到了黄昏我将十几盏纱灯点起挂好之后,我的眼泪,便不知是从哪里来的,一直流个不断了!

有谁经过这种的痛苦?你的最爱的人,抱着最苦恼的病,要在最短的时间内从你的腕上臂中消逝;同时你要佯欢诡笑的在旁边伴着,守着,听着,看着,一分一秒的爱惜恐惧着这同在的光阴!这样的生活,能使青年人老,老年人死,在天堂上的人,下了地狱!世界有这样痛苦的人呵,你们都有了

我的最深极厚的同情!

　　裁缝来了,要裁做母亲装裹的衣裳。我悄悄的把他带到三层楼上。母亲平时对于穿着,是一点不肯含糊的。好的时候遇有出门,总是把要穿的衣服,比了又比,看了又看,熨了又熨。所以这次我对于母亲寿衣的材料,颜色,式样,尺寸,都不厌其详的叮咛嘱咐了。告诉他都要和好人的衣裳一样的做法。若含糊了要重做的。至于外面的袍料,帽子,袜子,手套等,都是我偷出睡觉的时间来,自己去买的。那天上海冷极,全市如冰。而我的心灵,更有万倍的僵冻!

　　回来脱了外衣,走到母亲跟前。她今天又略好了些,问我:"睡足了么?"我笑说:"睡足了。"因又谈起父亲的生日——阳历一月三日,阴历十二月四日——快到了。父亲是在自己生日那天结婚的。因着母亲病了,父亲曾说过不做生日,而父母亲结婚四十年的纪念,我们却不能不庆祝。这时父亲涵华等都在床前,大家凑趣谈笑,我们便故作娇痴的佯问母亲做新娘时的光景。母亲也笑着,眼里似乎闪烁着青春的光辉。她告诉我们结婚的仪式,赠嫁的妆奁,以及佳礼那天怎样的被花冠压得头痛。我们都笑了。爬在枕边的小菊看见大家笑,也莫名其妙的大声娇笑。这时,眼前一切的悲怀,似乎都忘却了。

　　第二天晚上为父亲暖寿。这天母亲又不好,她自己对我说:"我这病恐怕不能好了。我从前看弹词,每到人临危的时候总是说'一日轻来一日重,一日添症八九分',便是我此时的景象了。"我们都忙笑着解释,说是天气的关系,今天又冷了些。母亲不言语。但她的咳嗽,愈见艰难了,吐一口痰,都得有人使劲的替她按住胸口。胃痛也更剧烈了,每次痛起,面色惨变。——晚上,给父亲拜寿的子侄辈都来了。涵和华忙着在楼下张罗。我仍旧守在母亲旁边。母亲不住的催我,快拢拢头,换换衣服,下楼去给父亲拜寿。我含着泪答应了。草草的收拾毕,下得楼来,只看见寿堂上红烛辉煌,父亲坐在上面,右边并排放着一张空椅子。我一跪下,眼泪突然的止不住了,一翻身赶

冰　心
散文精选

紧就上楼去,大家都默然相视无语。

　　夜里母亲忽然对我提起她自己儿时侍疾的事了:"你比我有福多了,我十四岁便没了母亲!你外祖母是痨病,那年从九月九卧床,就没有起来。到了腊八就去世了。病中都是你舅舅和我轮流伺候着。我那时还小,只记得你外祖母半夜咽了气,你外祖父便叫老妈子把我背到前院你叔祖母那边去了。从那时起,我便是没娘的孩子了。"她叹了一口气,"腊八又快到了。"我那时真不知说什么好。母亲又说:"杰还不回来——算命的说我只有两孩子送终,有你和涵在这里,我也满意了。"

　　父亲也坐在一边,慢慢的引她谈到生死,谈到故乡的茔地。父亲说:"平常我们听说的'狐死首丘',其实也不是……"母亲便接着说:"其实人死了,只剩一个躯壳,丢在哪里都是一样。何必一定要千山万水的运回去,将来糊口四方的子孙们也照应不着。"

　　现在回想,那时母亲对于自己的病势,似乎还模糊,而我们则已经默晓了,在轮替休息的时间内,背着母亲,总是以眼泪洗面。我知道我的枕头永远是湿的。到了时候,走到母亲面前,却又强笑着,谈些不要紧的宽慰的话。涵从小是个浑化的人,往常母亲病着,他并不会怎样的小心服侍。这次他却使我有无限的惊奇!他静默得像医生,体贴得像保姆。我在旁静守着,看他喂橘汁,按摩,那样子不像儿子服侍母亲,竟像父亲调护女儿!他常对我说:"病人最可怜,像小孩子,有话说不出来。"他说着眼眶便红了。

　　这使我如何想到其余的两个弟弟!杰是夏天便到塘沽工厂实习去了。母亲的病态,他算是一点没有看见。楫是十一月中旬走的。海上漂流,明年此日,也不见得会回来。母亲对于楫,似乎知道是见不着了,并没有怎样的念叨他。却常常的问起杰:"年假快到了,他该回来了罢?"一天总问起三四次,到了末几天,她说:"他知道我病,不该不早回!做母亲的一生一世的事……"我默然,母亲哪里知道可怜的杰,对于母亲的病还一切蒙在鼓里呢!

　　十二月三十一夜,除夕。母亲自己知道不好,心里似乎很着急,一天对我说了好几次:"到底请个大医生来看一看,是好是坏,也叫大家定定心。"

其实那时隔一两天,总有医生来诊。照样的打补针,开止咳的药,母亲似乎腻烦了。我们立刻商量去请 V 大夫,他是上海最有名的德国医生,秋天也替她看过的。到了黄昏,大夫来了。我接了进来,他还认得我们,点首微笑。替母亲听听肺部,又慢慢的扶她躺下,便走到桌前。我颤声的问:"怎么样?"他回头看了看母亲,"病人懂得英文么?"我摇一摇头,那时心胆已裂!他低声说:"没有希望了,现时只图她平静的度过最后的几天罢了!"

本来是我们意识中极明了的事,却经大夫一说破,便似乎全幕揭开了。一场悲惨的现象,都跳跃了出来!送出大夫,在甬道上,华和我都哭了,却又赶紧的彼此解劝说:"别把眼睛哭红了,回头母亲看出,又惹她害怕伤心。"我们拭了眼泪,整顿起笑容,走进屋里,到母亲床前说:"医生说不妨事的,只要能安心静息,多吃东西,精神健朗起来,就慢慢的会好了。"母亲点一点头。我们又说:"今夜是除夕,明天过新历年了,大家守岁罢。"

领略人生,可是一件容易事?我曾说过种种无知,痴愚,狂妄的话语,我说:"我愿遍尝人生中的各趣,人生中的各趣,我都愿遍尝。"又说:"领略人生,要如滚针毡,用血肉之躯,去遍挨遍尝,要它针针见血。"又说:"哀乐悲欢,不尽其致时,看不出生命之神秘与伟大。"其实所谓之"神秘""伟大",都是未经者理想企望的言词,过来人自欺解嘲的话语!我宁可做一个麻木,白痴,浑噩的人,一生在安乐,卑怯,依赖的环境中过活。我不愿知神秘,也不必求伟大!

话虽如此,而人生之逼临,如狂风骤雨。除了低头闭目战栗承受之外,没有半分方法。待到雨过天青,已另是一个世界。地上只有衰草,只有落叶,只有曾经风雨的凋零的躯壳与心灵。霎时前的浓郁的春光,已成隔世!那时你反要自诧!你曾有何福德,能享受了从前种种怡然畅然,无识无忧的生活!

我再不要领略人生,也更不要领略如十九年一月一日之后的人生!那种心灵上惨痛,脸上含笑的生活,曾碾我成微尘,绞我为液汁。假如我能为力，当自此斩情绝爱，以求免重过这种的生活，重受这种的苦恼！但这又有谁知道！

　　一月三日，是父亲的正寿日。早上便由我自到市上，买了些零吃的东西，如果品，点心，熏鱼，烧鸭之类。因为我们知道今晚的筵席，只为的是母亲一人。吃起整桌的菜来，是要使她劳乏的。到了晚上，我们将红灯一齐点起；在她床前，摆下一个小圆桌；桌上满满的分布着小碟小盘；一家子团团的坐下。把父亲推坐在母亲的旁边，笑说："新郎来了。"父亲笑着，母亲也笑了！她只尝了一点菜，便摇头叫"撤去罢，你们到前屋去痛快的吃，让我歇一歇"。我们便把父亲留下，自己到前头匆匆的胡乱的用了饭。到我回来，看见父亲倚在枕边，母亲朦朦胧胧的似乎睡着了。父亲眼里瞒了泪！我知道他觉得四十年的春光，不堪回首了！

　　如此过了两夜。母亲的痛苦，又无限量的增加了。肺部狂热，无论多冷，被总是褪在胸下；炉火的火焰，也隔绝不使照在脸上（这总使我想到《小青传》中之"痰灼肺然，见粒而呕"两语）。每一转动，都喘息得接不过气来。大家的恐怖心理，也无限量的紧张了。我只记得我日夜口里只诵祝着一句祈祷的话，是："上帝接引这纯洁的灵魂！"这时我反不愿看母亲多延日月了，只求她能恬静平安的解脱了去！到了夜半，我仍半跪半坐的伏在她床前，她看着我喘息着说："辛苦你了……等我的事情过去了，你好好的睡几夜，便回到北平去，那时什么事都完了。"母亲把这件大事说得如此平凡，如此稳静！我每次回想，只有这几句话最动我心！那时候我也不敢答应，喉头已被哽咽塞住了！

　　张妈在旁边，抚慰着我。母亲似乎又入睡了。张妈坐在小凳上，悄声的和我谈话，她说："太太永远是这样疼人的！秋天养病的时候，夜里总是看通宵的书，叫我只管睡去。半夜起来，也不肯叫我。我说：'您可别这样自己挣扎，回头摔着不是玩的。'她也不听。她到天亮才能睡着。到了少奶奶抱着

菊姑娘过来,才又醒起。"

谈到母亲看的书,真是比我们家里什么人看的都多。从小说,弹词,到杂志,报纸,新的,旧的,创作的,译述的,她都爱看。平常好的时候,天天夜里,不是做活计,就是看书。总到十一二点才睡。晨兴绝早,梳洗完毕,刀尺和书,又上手了。她的针线匣里,总是有书的。她看完又喜欢和我们谈论,新颖的见解,总使我们惊奇。有许多新名词,我们还是先从她口中听到的,如"普罗文字"之类。我常默然自惭,觉得我们在新思想上反像个遗少,做了落伍者!

一月五夜,父亲在母亲床前。我困倦已极,侧卧在父亲床上打盹,被母亲呻吟声惊醒,似乎母亲和父亲大声争执。我赶紧起来,只听见母亲说:"你行行好罢,把安眠药递给我,我实在不愿意再俄延了!"那时母亲辗转呻吟,面红气喘。我知道她的痛苦,已达极点!她早就告诉过我,当她骨痛的时候,曾私自写下安眠药名,藏在袋里,想到了痛苦至极的时候,悄悄的叫人买了,全行服下,以求解脱——这时我急忙走到她面前,万般的劝说哀求。她摇头不理我,只看着父亲。父亲呆站了一会,回身取了药瓶来,倒了两丸,放在她嘴里。她连连使劲摇头,喘息着说:"你也真是……又不是今后就见不着了!"这句话如同兴奋剂似的,父亲眉头一皱,那惨肃的神宇,使我起栗。他猛然转身,又放了几粒药丸在她嘴里。我神魂俱失,飞也似的过去攀住父亲的臂儿,已来不及了!母亲已经吞下药,闭上口,垂目低头,仿佛要睡。父亲颓然坐下,头枕在她肩旁,泪下如雨。我跪在床边,欲呼无声,只紧紧的牵着父亲的手,凝望着母亲的睡脸。四周惨默,只有时钟滴答的声音。那时是夜中三点,我和父亲战栗着相倚至晨四时。母亲睡容惨淡,呼吸渐渐急促,不时的干咳,仍似日间那种咳不出来的光景,两臂向空抱捉。我急忙悄悄的去唤醒华和涵,他们一齐惊起,睡眼矇眬的走到床前,看见这景象,都急得哭了。华便立刻要去请大夫,要解药,父亲含泪摇头。涵过去抱着母亲,替她抚着胸口。我和华各抱着她一只手,不住的在她耳边轻轻的唤着。母亲如同

103

冰　心
散　文　精　选

失了知觉似的,垂头不答。在这种状态之下,延至早晨九时。直到小菊醒了,我们抱她过来坐到母亲床上,教她抱着母亲的头,摇撼着频频的唤着"奶奶"。她唤了有几十声,在她将要急哭了的时候,母亲的眼皮,微微一动。我们都跃然惊喜,围拢了来,将母亲轻轻的扶起。母亲仍是朦朦胧胧的,只眼皮不时的动着。在这种状态之下,又延至下午四时。这一天的工夫,我们也没有梳洗,也不饮食,只围在床前,悬空挂着恐怖希望的心! 这一天比十年还要长,一家里连雀鸟都住了声息!

四时以后母亲才半睁开眼,长呻了一声,说:"我要死了!"她如同从浓睡中醒来一般,抬眼四下里望着。对于她服安眠药一事,似乎全不知道。我上前抱着母亲,说:"母亲睡得好罢?"母亲点点头,说:"饿了!"大家赶紧将久炖在炉上的鸡露端来,一匙一匙的送在她嘴里。她喝完了又闭上眼休息着。我们才欢喜的放下心来,那时才觉得饥饿,便轮流去吃饭。

那夜我倚在母亲枕边,同母亲谈了一夜的话。这便是三十年来末一次的谈话了! 我说的话多,母亲大半是听着。那时母亲已经记起了服药的事,我款款的说:"以后无论怎样,不能再起这个服药的念头了! 母亲那种咳不出来,两手抓空的光景,别人看着,难过不忍得肝肠都断了。涵弟直哭着说:'可怜母亲不知是要谁?有多少话说不出来!'连小菊也都急哭了。母亲看……"母亲听着,半晌说:"我自己一点不觉得痛苦,只如同睡了一场大觉。"

那夜,轻柔得像湖水,隐约得像烟雾。红灯放着温暖的光。父亲倦乏之余,睡得十分甜美。母亲精神似乎又好,又是微笑的圣母般的瘦白的脸。如同母亲死去复生一般,喜乐充满了我的四肢。我说了无数的憨痴的话:我说着我们欢乐的过去,完全的现在,繁衍的将来,在母亲迷糊的想象之中,我建起了七宝庄严之楼阁。母亲喜悦的听着,不时的参加两句。……到此我要时光倒流,我要诅咒一切,一逝不返的天色已渐渐的大明了!

一月七晨,母亲的痛苦已到了终极了! 她厉声的拒绝一切饮食。我们从来不曾看见过母亲这样的声色,觉得又害怕,又胆怯,只好慢慢轻轻的劝说。她总是闭目摇头不理,只说:"放我去罢,叫我多挨这几天痛苦做什么!"

父亲惊醒了,起来劝说也无效。大家只能围站在床前,看着她苦痛的颜色,听着她悲惨的呻吟!到了下午,她神志渐渐昏迷,呻吟的声音也渐渐微弱。医生来看过,打了一次安眠止痛的针。又拨开她的眼睑,用手电灯照了照,她的眼光已似乎散了!

这时我如同痴了似的,一下午只两手抱头,坐在炉前,不言不动,也不到母亲跟前去。只涵和华两个互相依傍的,战栗的,在床边坐着。涵不住的剥着桔子,放在母亲嘴里,母亲闭着眼都吸咽了下去。到了夜九时,母亲脸色更惨白了。头摇了几摇,呼吸渐渐急促。涵连忙唤着父亲。父亲跪在床前,抱着母亲在腕上。这时我才从炉旁慢慢的回过头来,泪眼模糊里,看见母亲鼻子两边的肌肉,重重的抽缩了几下,便不动了。我突然站起过去,抱住母亲的脸,觉得她鼻尖已经冰凉。涵俯身将他的银表,轻轻的放在母亲鼻上,战兢的拿起一看,表壳上已没有了水汽。母亲呼吸已经停止了。他突然回身,两臂抱着头大哭起来。那时正是一月七夜九时四十五分。我们从此是无母之人了,呜呼痛哉!

关于这以后的事,我在一月十一晨寄给藻和杰的信中,说的很详细,照录如下:

亲爱的杰和藻:

我在再四思维之后,才来和你们报告这极不幸极悲痛的消息。就是我们亲爱的母亲,已于正月七夜与这苦恼的世界长辞了!她并没有多大的痛苦,只如同一架极玲珑的机器,走的日子多了,渐渐停止。她死去时是那样的柔和,那样的安静。那快乐的笑容,使我们竟不敢大声的哭泣,仿佛恐怕惊醒她一般。那时候是夜中九时四十五分。那日是阴历腊八,也正是我们的外祖母,她自己亲爱的母亲,四十六年前离世之日!

至于身后的事呢,是你们所想不到的那样庄严,清贵,简单。当母亲病重的时候,我们已和上海万国殡仪馆接洽清楚,在那里预备了一具美国的钢棺。外面是银色凸花的,内层有整块的玻璃盖子,白绫捏花的里子。至于衣衾鞋帽一切,都是我去备办的,件数不多,却和生人一般的齐整讲究。……

经过是这样:在母亲辞世的第二天早晨,万国殡仪馆便来一辆汽车,如同接送病人的卧车一般,将遗体运到馆中。我们一家子也跟了去。当我们在休息室中等候的时候,他们在楼下用药水灌洗母亲的身体。下午二时已收拾清楚,安放在一间紫色的屋子里,用花圈绕上,旁边点上一对白烛。我们进去时,肃然得连眼泪都没有了!堂中庄严,如入寺殿。母亲安稳的仰卧在矮长榻之上,深棕色的锦被之下,脸上似乎由他们略用些美容术,觉得比寻常还好看。我们俯下去偎着母亲的脸,只觉冷彻心腑,如同石膏制成的悬像一般!我们开了门,亲友们上前行礼之后,便轻轻将母亲举起,又安稳装入棺内,放在白绫簇花的枕头上,齐肩罩上一床红缎绣花的被,盖上玻璃盖子。棺前仍旧点着一对高高的白烛。紫绒的桌罩下立着一个银十字架。母亲慈爱纯洁的灵魂,长久依傍在上帝的旁边了!

五点多钟诸事已毕。计自逝世至入殓,才用十七点钟。一切都静默,都庄严,正合母亲的身份。客人散尽,我们回家来,家里已洒扫清楚。我们穿上灰衫,系上白带,为母亲守孝。家里也没有灵位。只等母亲放大的相片送来后,便供上鲜花和母亲爱吃的果子,有时也焚上香。此外每天早晨合家都到殡仪馆,围立在棺外,隔着玻璃盖子,瞻仰母亲如睡的慈颜!

这次办的事,大家亲友都赞成,都艳美,以为是没有半分糜费。我们想母亲在天之灵一定会喜欢的。异地各戚友都已用电报通知。楫弟那里,因为他远在海外,环境不知怎样,万一他若悲伤过度,无人劝解,可以暂缓告诉。至于杰弟,因为你病,大考又在即,我们想来想去,终以为恐怕这消息是终久瞒不住的,倘然等你回家以后,再突然告诉,恐怕那时突然的悲痛和失望,更是难堪。杰弟又是极懂事极明白的人。你是母亲一块肉,爱惜自己,就是爱母亲。在考试的时候,要镇定,就凡事就

序,把书考完再回来,你别忘了你仍旧是能看见母亲的!

我们因为等你,定二月二日开吊,三日出殡。那万国公墓是在虹桥路。草树葱茏,地方清旷,同公园一般。上海又是中途,无论我们下南上北,或是到国外去,都是必经之路,可以随时参拜,比回老家去好多了。

藻呢,父亲和我都二十分希望你还能来。母亲病时曾说:"我的女婿,不知我还能见着他否?"你如能来,还可以见一见母亲。父亲又爱你,在悲痛中有你在,是个慰安。不过我顾念到你的经济问题,一切由你自己斟酌。

这事的始末是如此了。涵仍在家里,等出殡后再上南京。我们大概是都上北平去,为的是父亲离我们近些,可以照应。杰弟要办的事很多,千万要爱惜精神,遏抑感情,储蓄力量。这方是孝。你看我写这信时何等安静,稳定?杰弟是极有主见的人,也当如此,是不是?

此信请留下,将来寄梓!

永远爱你们的冰心
正月十一晨

我这封信虽然写的很镇定,而实际上感情的掀动,并不是如此!一月七夜九时四十五分以后,在茫然昏然之中,涵、华和我都很早就寝,似乎积劳成倦,睡得都很熟。只有父亲和几个表兄弟在守着母亲的遗体。第二天早起,大家乱哄哄的从三层楼上,取下预备好了的白衫,穿罢相顾,不禁失声!下得楼来,又看见饭厅桌上,摆着厨师父从早市带来的一筐蜜桔——是我们昨天黄昏,在厨师父回家时,吩咐他买回给母亲吃的。才有多少时候?蜜桔买来,母亲已经去了!

小菊穿着白衣,系着白带,白鞋白袜,戴着小蓝呢白边帽子,有说不出的飘逸和可爱。在殡仪馆大家没有工夫顾到她,她自在母亲榻旁,摘着花圈上的花朵玩耍。等到黄昏事毕回来,上了楼,尽了梯级。正在大家彷徨无主,不知往哪里走,不知说什么好的时候,她忽然大哭说:"找奶奶,找奶奶。奶

冰　心
散文精选

奶哪里去了？怎么不回来了！"抱着她的张妈，忍不住先哭了，我们都不由自主的号啕大哭起来。

吃过晚饭，父亲很早就睡下了。涵，华和我在父亲床前炉边。默然的对坐。只见炉台上时钟的长针，在凄清的滴答声中，徐徐移动。在这针徐徐的将指到九点四十分的时候，涵突然站起，将钟摆停了，说："姊姊，我们睡罢！"他头也不回，便走了出去。华和我望着他的背影，又不禁滚下泪来。九时四十五分！又岂只是他一个人，不忍再看见这炉台上的钟，再走到九时四十五分！

天未明我就忽然醒了，听见父亲在床上转侧。从前窗下母亲的床位，今天从那里透进微明来，那个床没有了，这屋里是无边的空虚，空虚，千愁万绪，都从晓枕上提起。思前想后，似乎世界上一切都临到尽头了！

在那几天内，除了几封报丧的信之外，关于母亲，我并没有写下半个字。虽然有人劝我写哀启，我以为不但是"语无伦次"之中，不能写出什么来，而且"先慈体素弱"一类的文字，又岂能表现母亲的人格于万一？母亲的聪明正直，慈爱温柔，从她做孙女儿起，至做祖母止，在她四围的人对她的疼怜，眷恋，爱戴，这些情感，在我知识内外的，在人人心中都是篇篇不同的文字了。受过母亲调理、栽培的兄姊弟侄，个个都能写出一篇最真挚最沉痛的哀启。我又何必来敷衍一段，使他们看了觉得不完全不满意的东西？

虽然没有写哀启，我却在父亲下泪搁笔之后，替他凑成一副挽联。我觉得那却是字字真诚，能表现那时一家的情感！联语是：

　　教养全赖卿贤，五个月病榻呻吟，最可怜娇儿爱婿，死别生离，儿辈伤心失慈母。
　　晚近方知我老，四十载春光顿歇，哪忍看稚孙弱媳，承欢强笑，举家和泪过新年。

在那几天内，除了每天清晨，一家子从寓所走到殡仪馆参谒母亲的遗

容之外,我们都不出门。从殡仪馆归来,照例是阴天。进了屋子,刚擦过的地板,刚旺上来的炉火——脱了外面的衣服,在炉边一坐,大家都觉得此心茫茫然无处安放!我那几天的日课,是早晨看书,做活计。下午多有戚友来看,谈些时事,一天也就过去。到了夜里,不是呆坐,就是写信。夜中的心情,现在追忆已模糊了,为写这篇文章,检出旧信,觉得还可以寻迹:

藻:

　　真想不到现在才能给你写这封长信。藻,我从此是没有娘的孩子了!这十几天的辛苦,失眠,落到这么一个结果。我的悲痛,我的伤心,岂是千言万语所说得尽?前日打起精神,给你和杰弟写那一封慰函,也算是肝肠寸断。……这两天家中倒是很安静,可是更显出无边的空虚,孤寂。我在父亲屋中,和他作伴。白天也不敢睡,怕他因寂寞而伤心,其实我躺下也睡不着。中夜惊醒,尤为难过,……

——摘录一月十三信

　　母亲死后的光阴真非人过的!就拿今晚来说,父亲出门访友去了;涵和华在他们屋里;我自己孤零零的坐在母亲屋内。四周只有悲哀,只有寂寞,只有凄凉。连炉炭爆发的声音,都予我以辛酸的联忆。这种一人独在的时光,我已过了好几次了,我真怕,彻骨的怕,怎么好?

　　因着母亲之死,我始惊觉于人生之极短。生前如不把温柔尝尽,死后就无从追讨了。我对于生命的前途,并没有一点别的愿望,只愿我能在一切的爱中陶醉,沉没。这情爱之杯,我要满满的斟,满满的饮。人生何等的短促,何等的无定,何等的虚空呵!

　　千言万语仍回到一句话来,人生本质是痛苦,痛苦之源,乃是爱情过重。但是我们仍不能不饮鸩止渴,仍从生痛苦之爱情中求慰安。何等的痴愚呵,何等的矛盾呵!

　　写信的地方,正是母亲生前安床之处。我愈写愈难过了,愈写愈糊

冰　心
散文精选

涂了。若再写下去，我连气息也要窒住了！

——摘录一月十八夜信

一月二十六夜，因为杰弟明天到家，我时时惊跃，终夜不寐，想到这可怜的孩子，在风雪中归来，这一路哀思痛哭的光景，使我在想象中，心胆俱碎！二十七日下午，报告船到。涵驱车往接，我们提心吊胆的坐候着，将近黄昏，听得门外车响，大家都突然失色。华一转身便走回她屋里。接着楼梯也响着。涵先上来，一低头连忙走入他屋里去了。后面是杰，笑容满面，脱下帽子在手里，奔了进来。一声叫"妈"，我迎着他，忍不住哭了起来。他突然站住呆住了！那时惊痛骇疾的惨状，我这时追思，一枝秃笔，真不能描写于万一！雷驰电掣一般，他垂下头便倒在地上，双手抱住父亲的腿，猛咽得闭过气去。缓了一缓，他才哭喊了出来，说："你们为什么不早告诉我！你们为什么不早告诉我！"这时一片哭声之中涵和华也从他们屋里哭着过来。父亲拉着杰，泪流满面。婢仆们渐渐进来，慢慢的劝住，大家停了泪。杰立刻便要到殡仪馆去，看看母亲的遗容。父亲和涵便带了他去。回来问起母亲病中情状，又重新哭泣。在这几天内，杰从满怀的希望与快乐中，骤然下堕。他失魂落魄似的，一天哭好几次。我们只有勉强劝慰。幸而他有主见，在昏迷之中，还能支拄，我才放下了心。

二月二日开吊。礼毕，涵因有紧急的公事，当晚就回到南京去了。母亲曾说命里只有两个孩子送她，如今送葬又只剩我和杰了。在涵未走之前，我们大家聚议，说下葬之后，我们再看不见母亲了，应该有些东西殉葬，只当是我们自己永远随侍一般。我们随各剪下一缕头发，连父亲和小菊的，都装在一个小白信封里。此外我自己还放入我头一次剃下来的胎发（是母亲珍重的用红线束起收存起来的）以及一把"斐托斐"（Phi Tau Phi）名誉学位的金钥匙。这钥匙是我在大学毕业时得到的，上面刻有年月和姓名。我平时不大带它，而在我得到之时，却曾与母亲以很大的喜悦。这使我觉得我的一切珍饰，都是母亲所赐与，只有这个，是我自己以母亲栽培我的学力得来的。

我愿意以此寄托我的坚逾金石的爱感的心,在我未死之前,先随侍母亲于九泉之下!

二月三日,下午二时,我们一家收拾了都到殡仪馆。送葬的亲朋,也陆续的来了。我将昨夜封好了的白信封儿,用别针别在棺盖里子的白绫花上。父亲俯在玻璃盖上,又痛痛的哭了一场。我们扶起父亲,拭去了盖上的眼泪,珍重的将棺盖掩上。自此我们再无从瞻仰母亲的柔静慈爱的睡容了!

父亲和杰及几个伯叔弟兄,轻轻的将钢棺抬起,出到门外,轻轻的推进一辆堆满花圈的汽车里。我们自己以及诸亲友,随后也都上了汽车,从殡仪馆徐徐开行。路上天阴欲雨,我紧握着父亲的手,心头一痛,吐出一口血来。父亲惨然的望着我。

二时半到了虹桥万国公墓,我们又都跟着下车,仍由父亲和杰等抬着钢棺。执事的人,穿着黑色大礼服,静默前导。到了坟地上,远远已望见地面铺着青草似的绿毡。中央坟穴里嵌放着一个大水泥框子。穴上地面放着一个光耀射目的银框架。架的左右两端,横牵着两条白带。钢棺便轻轻的安稳的放在白带之上。父亲低下头去,左右的看周正了。执事的人,便肃然的问我说:"可以了罢?"我点一点首,他便俯下去,拨开银框上白带机括。白带慢慢的松了,盛着母亲遗体的钢棺,便平稳的无声的徐徐下降。这时大家惨默的凝望着,似乎都住了呼吸。在钢棺降下地面时,万千静默之中,小菊忽然大哭起来,挣出张妈的怀抱,向前走着说:"奶奶掉下去了!我要下去看看,我要下去看看!"华一手拉住小菊,一手用手绢掩上脸。这时大家又都支持不住,忽然都背过脸去,起了无声的幽咽!

钢棺安稳平正的落在水泥框里,又慢慢的抽出白带来。几个人夫,抬过水泥盖子来,平正的盖上。在四周合缝里和盖上铁环的凹处,都抹上灰泥。水泥框从此封锁。从此我们连盛着母亲遗体的钢棺也看不见了!

堆掩上黄土,又密密的绕覆上花圈。大家向着这一抔香云似的土丘行过礼。这简单严静的葬礼,便算完毕了。我们谢过亲朋,陆续的向着园门走。这时林青天黑,松梢上已洒上丝丝的春雨。走近园门,我回头一望。蜿蜒的

冰　　心
散　文　精　选

灰色道上,阴沉的天气之中,松荫苍苍,杰独自落后,低头一步一跛的拖着自己似的慢慢的走。身上是灰色的孝服,眉宇间充满了绝望,无告,与迷茫!我心头刺了一刀似的!我止了步,站着等着他。可怜的孩子呵!我们竟到了今日之一日!

回家以后,呵,回家以后!家里到处都是黑暗,都是空虚了。我在二月五夜寄给藻的信上说:

我从前有一个心,是个充满幸福的心。现在此心是跟着我最宝爱的母亲葬在九泉之下了。前天两点半钟的时候,母亲的钢棺,在光彩四射的银架间,由白带上徐徐降下的时光,我的心,完全黑暗了。这心永远无处捉摸了,永远不能复活了!……

不说了,爱,请你预备着迎接我,温慰我。我要飞回你那边来。只有你,现在还是我的幻梦!

以后的几个月中,涵调到广州去,杰和我回校,父亲也搬到北平来。只有海外的楫,在归舟上,还做着"偎依慈怀的温甜之梦"。

九月七日晨,阴。我正发着寒热,楫归来了。轻轻推开屋门,站在我的床前。我们握着手含泪的勉强的笑着。他身材也高了,手臂也粗了,胸脯也挺起了,面目也黧黑了。海上的辛苦与风波,将我的娇生惯养的小弟弟,磨练成一个忍辱耐劳的青年水手了!我是又欢喜,又伤心。他只四面的看着,说了几句不相干的话,才款款的坐在我床沿,说:"大哥并没有告诉我。船过香港,大哥上来看我,又带我上岸去吃饭,万分恳挚爱怜的慰勉我几句话。送我走时,他交给我一封信,叫我给二哥。我珍重的收起。船过上海,亲友来接,也没有人告诉我。船过芝罘,停了几个钟头,我倚阑远眺。那是母亲生我之地!我忽然觉得悲哀迷惘,万不自支,我心血狂涌,颠顿的走下舱去。我素来不拆阅弟兄们的信,那时如有所使,我打开箱子,开视了大哥的信函。里面赫然的是一条系臂的黑纱,此外是空无所有了!……"他哽咽了,俯下来,

埋头在我的衾上,"我明白了一大半,只觉得手足冰冷!到了天津,二哥来接我,我们昨夜在旅馆里,整整的相抱的哭了一夜!"他哭了,"你们为什么不早告诉我?我一道上做着万里来归,偎倚慈怀的温甜的梦,到得家来,一切都空了!忍心呵,你们!"我那时也只有哭的份儿。是呵,我们都是最弱的人,父亲不敢告诉我;藻不敢告诉杰;涵不敢告诉楫;我们只能战栗着等待这最后的一天!忍心的天,你为什么不早告诉我们,生生的突然的将我们慈爱的母亲夺去了!

  完了,过去这一生中这一段慈爱,一段恩情,从此告了结束。从此宇宙中有补不尽的缺憾,心灵上有填不满的空虚。只有自家料理着回肠,思想又思想,解慰又解慰。我受尽了爱怜,如今正是自己爱怜他人的时候。我当永远勉励着以母亲之心为心。我有父亲和三个弟弟,以及许多的亲眷。我将永远拥抱爱护着他们。我将永远记着楫二次去国给杰的几句话:"母亲是死去了,幸而还有爱我们的姊姊,紧紧的将我们搂在一起。"

  窗外是苦雨,窗内是孤灯。写至此觉得四顾彷徨,一片无告的心,没处安放!藻迎面坐着,也在写他的文字。温静沉着者,求你在我们悠悠的生命道上,扶助我,提醒我,使我能成为一个像母亲那样的人!

一九三一年六月三十日夜,燕南园,海淀,北平。

(收入《冰心散文集》,北新书局1932年版)

关于女人

一　我最尊敬体贴她们

以一个男士而写关于女人的题目，似乎总觉有些不大"那个"，人们会想"内容莫不是讥讽吧？""莫不是单恋吧？"仿佛女人的问题，只应该由女人来谈似的。其实，我以为女人的问题，应该是由男人来谈，因为男人在立场上，可以比较客观，男人的态度，可以比较客气。

在二万万零一个男人之中，我相信我是一个最尊敬体贴女性的男子。认得我的人，且多称誉我是很女性的，因为我有女性种种的优点，如温柔、忍耐、细心等等，这些我都觉得很荣幸。同时我是二万万零一个人之中，最不配谈女人的，因为除了母亲以外，我既无姊妹，又未娶妻。我所认得的只是一些女同学，几个女同事，以及朋友们的妻女姊妹，没有什么深切的了解与认识。但是因为既无姊妹又未娶妻的缘故，谈到女人的时候就特别多。比如说有许多朋友的太太，总是半带好意半开玩笑的说："×先生，你是将近四十岁的人，做着很好的事，又颇有点名气，为什么还不娶个太太？"这时我总觉得很惶恐，只得呐呐的说："还没有碰到合适的人……"于是那些太太们说："您的条件怎么样？请略说一二，我们好替您物色物色。"这时我最窘

了,这条件真不容易说出,要归纳你平日的许多标准,许多理想,除非上帝特意为你创造这么一个十全十美的女人。我有一个朋友,年纪比我还轻,十年以前,就有二十六个择偶的条件。到了十年之末,他只剩了一个条件——"只要是一个女人就行"。结果是一个女人也没有得到。他死了,朋友替他写传记中有很惨的四个字:"尚未娶妻"。上帝祝福他的灵魂!

我以为男子要谈条件,第一件事就得问问自己是否也具有那些条件。比如我们要求对方"容貌美丽",就得先去照照镜子,看看自己是不是一个漂亮的男子。我们要求对方"性情温柔",就得反躬自省,自己是否一个绝不暴躁而又讲理的人。我们从办公室里回来,总希望家里美观清洁,饭菜甘香可口,孩子们安静听话,太太笑脸相迎,嘘寒问暖。万一上面的条件没有具备,我们就会气腾腾的把帽子一摔,棍子一扔,皱起眉头,一语不发。倘若孩子再围上来要糖要饼,太太再来和你谈米又涨价,菜不好买,佣人闹脾气等等……你简直就会头痛,就会发狂,就会破口大骂。骂完,自己跑到一旁,越想越伤心起来——想到今天在办公室里所受的种种的气,想到昨夜因为孩子哭闹,没有睡好,这一家穿的是谁,吃的是谁,你的太太竟不体恤你一点——可是你总根本没有想到孩子没有一个不淘气,佣人没有一个没有问题,米也没有一天不涨价的!你的温柔的太太,整天整夜的在这炼狱中间,怕你不得好睡,办事没有精神,脾气也会变坏,而她自己昨夜则于你蒙眬之中,起来了七八次之多,既怕孩子挨骂,又怕你受委屈。孩子哭是因为肚子痛,肚子痛是因为刘妈给他生水喝。而刘妈则是没有受过近代训练的佣人,跟她怎样说都不会记得。这年头,连个帮工都不容易请,奉承她还来不及,哪还敢说一个"换"字……她也许思前想后,一夜无眠,今早起来,她还得依旧支撑。家长里短的事,女人不管,谁来管呀?她一忙就累,一累就也有气,满心只想望你中午或晚上回来,凡事有你商量,有你安慰。倘若你回来了,看见她的愁眉,看见她的黑眼圈,你说一两句安慰的话,她也许就把旧恨新愁,全付汪洋大海,否则她只有在你的面前或背后,掉下一两滴可怜无告的眼泪。你也许还觉得"女人,除了哭,还会什么!……"

冰　　心
散文精选

　　男子的条件中,有时还要对方具有经济生产的能力,这个问题就更大了。我知道有许多职业妇女,在结婚之前,总要百转千回的考虑。倘若她或不幸而被恋爱征服,同时又对事业不忍放弃,那这两股绳索就会把她绞死!我有一对朋友,是夫妇同在一个机关里面办事的(妻的地位似乎比丈夫还高)。每次我到他们家里去拜访,或是他们请我吃饭,假如一切顺利,做丈夫和做妻子的就都兴高采烈。假如饭生菜不熟,或小孩子喧哗吵闹,做丈夫的就会以责备的眼光看太太,太太却以抱歉的眼光来看我们两个,我只好以悲悯的眼光看天。我心里真想同那做丈夫的说:"天哪,她不是和你一样,一天坐八小时的办公室吗?"——我不是说一天坐了八小时的办公室,请客时就应当饭生菜不熟,不过至少他们应当以抱歉的眼光对看,或且同以抱歉的眼光看我。至于把这责任完全推给太太的办法,则连我这一个女性的男子,也看不过了。

　　谈到职业妇女,在西洋的机器文明世界,兼主妇还不感到十分困难。在中国则一切须靠佣人。人比机器难弄得多,尤其是在散离流亡的抗战时代。我看见过多少从前在沿海口岸,摩登城市,养尊处优的妇女们,现在内地,都是荆钗布裙栉风沐雨的工作,不论家里或办公室里,都能弄得井井有条。对于这种女人,我只有五体投地。假如抗战提高了中国的地位,提高了军人、司机、乃至一般工人的地位,则我以为提得最高的,还是我们那些忍得住痛耐得住苦的妇女。

　　话又说得远了,我所要说的关于女人的话,还未说到十分之一。有一个朋友看到了这一段,以为像我这样尊敬体贴女人的人,可以做个模范丈夫,必不难找个合式的太太。连我自己也纳闷,这是怎么说的呢?天晓得!

(原载1941年1月5日重庆版《星期评论》第8期)

二　我的择偶条件

新近搬了一次"家",居然能从五个人合住的一间屋子,搬到一间卧室,一间书房连客厅的房子里来,虽然仍有一个"屋伴",在重庆算是不容易的了。这两间屋子,略加布置,尚属雅洁。窗明几净,常有不少的朋友来陪我闲谈;大家总觉得既有这么雅洁的屋子,更应当有个太太了,于是谈锋又转到了择偶的条件。随谈随写,居然也有二十几条,如下:

一　因为我自己是在北方长大的南方人,所以我希望对方不是"北人南相"——此条可以商量。

二　因为我是学文学的,所以希望对方至少能够欣赏文艺。

三　因为我是将近四十岁的人,所以希望对方不在二十五岁以下。

四　因为我自己是个瘦子,所以希望对方不是一个胖子。

五　因为我自己不搽润面油、司丹康,所以希望对方也不浓施脂粉,厚抹口红。

六　因为我自己从未穿过西装,所以希望对方也不穿着洋服——东方女子穿西服,十个有九个半难看!

七　因为我有几个外国朋友,所以希望对方懂得几句外国语言。

八　因为我自己好客,所以希望对方不是一个见了生人说不出话的女子。

九　因为我很择客,所以希望对方也不招致许多无聊的男女朋友,哼哼洋歌,嚼嚼瓜子,把橘子皮扔得满地。

十　因为我颇有洁癖,所以希望对方也相当的整齐清洁——至少不会翻乱我的书籍,弄脏我的衣冠。

十一　因为我怕香花,所以希望对方不戴白玉兰,不在屋子里插些丁香、珍珠梅之类。

十二　因为我喜欢雅淡,所以希望对方不穿浓艳及颜色不调和的衣服,我总忘不了黄莘田先生的两句诗:"颜色上伊身便好,带些黯淡大家风。"

十三　我自己曾经享受过很舒服的衣食住行,而在抗战期内,绝口不提从前的幸福!我觉得流离痛苦是该受的。因此,我希望对方不是整天的叹气着说:"从前在北平的时候呀,""这仗打到什么时候才完呀。"一类的废话。

十四　因为我喜欢旅行,所以希望对方也不以旅行为苦。

十五　因为我喜欢海,所以我希望对方也爱泅水,不怕海风。

十六　因为我喜欢山居,所以希望对方不怕山居的寂寞。

十七　因为我喜听京戏——虽然并不常去,所以希望对方不把国剧看得一钱不值。

十八　我喜欢看美人,无论是真人或图画,希望对方能够谅解。我只是赞叹而已。倘若她也和我一样,也只爱"看"美男子,我决予以鼓励。

十九　因为我自觉是个"每逢大事有静气"的汉子,(看见或摸着个把臭虫时除外,但此不是大事),所以希望对方遇有小惊小怕时,不作电影明星式的捧心高叫。

二十　我对于屋内的挂幅,选择颇严,希望对方不在案侧或床头,挂些低级趣味的裸体画,或明星照片。

二十一　我很喜欢炉中的微火和烛火,以为在柔软的光影中清谈,是最惬心的事,希望对方也能欣赏,至少不至喜欢强烈直射的灯光。

二十二　我喜欢微醺的情境;在微醉后谈话作文,都更觉有兴致。因此,我希望对方不反对人喝"一点"酒。但若甜酒——如杂果酒,喝到两杯以上,白酒五杯以上,黄酒十杯以上,亲爱的,请你阻止我!

二十三　因为我在北方长大,能吃大葱大蒜,所以希望对方虽不与我同嗜,至少也不厌恶这种气味。

二十四　因为我喜听音乐,所以希望对方不在音乐会场内,高声谈笑或睡觉。

二十五　因为我喜欢生物,所以希望对方不反对我养狗或养鸽。

二十六……

一个朋友把我叫住了,说:"你曾笑你那位死去的朋友,提出了二十六个择偶的条件,如今你竟快要打破他的记录了。"我说我的条件实和他的不同,都是就我已有的本钱来讨代价,并不曾作过分的要求,纵不能抛玉引玉,也还是抛砖引砖,条件再多些谅也无妨。而且我注意的只是嗜好与习惯上的小节,至于她的容貌性情以及经济生产能力等等,我都可以随遇而安,不加苛求的。另一个朋友说:"嗜好习惯太相同了,反无互相吸引之力,生活在一起没有兴趣。而且像你这样的斤斤于小节,只有让你自己再变成为一个女人,来配你自己吧。"天哪,假如我真是个女人,恐怕早已结婚,而且是已有了两三个孩子了!

(原载 1941 年 2 月 21 日重庆版《星期评论》第 12 期)

三 我的母亲

谈到女人,第一个涌上我的心头的,就是我的母亲,因在我的生命中,她是第一个对我失望的女人。

在我以前,我有两个哥哥,都是生下几天就夭折的,算命的对她说:"太太,你的命里是要先开花后结果的,最好能先生下一个姑娘,庇护以后的少爷。"因此,在她怀我的时候,她总希望是一个女儿。她喜欢头生的是一个姑娘,会帮妈妈看顾弟妹、温柔、体贴、分担忧愁。不料生下我来,又是一个儿子。在合家欢腾之中,母亲只是默然的躺在床上。祖父同我的姑母说:"三嫂真怪,生个儿子还不高兴!"

母亲究竟是母亲,她仍然是不折不扣的爱我,只是常常念道:"你是儿子兼女儿的,你应当有女儿的好处才行。"我生后三天,祖父拿着我的八字去算命。算命的还一口咬定这是女孩的命,叹息着说:"可惜是个女孩子,否则准作翰林。"母亲也常常拿我取笑说:"如今你是一个男子,就应当真作个

冰　心
散　文　精　选

翰林了。"幸而我是生在科举久废的新时代，否则，以我的才具而论，哪有三元及第荣宗耀祖的把握呢？

在我底下，一连串的又来了三个弟弟，这使母亲更加失望。然而这三个弟弟倒是个个留住了。当她抱怨那个算命的不灵的时候，我们总笑着说，我们是"无花果"，不必开花而即累累结实的。

母亲对于我的第二个失望，就是我总不想娶亲。直至去世时为止，她总认为我的一切，都能使她满意，所差的就是我竟没有替她娶回一位，有德有才而又有貌的媳妇。其实，关于这点，我更比她着急，只是时运不济，没有法子。在此情形之下，我只有竭力鼓励我的弟弟们先我而娶，替他们介绍"朋友"，造就机会。结果，我的二弟，在二十一岁大学刚毕业时就结了婚。母亲跟前，居然有了一个温柔贤淑的媳妇，不久又看见了一个孙女的诞生，于是她才相当满足地离开了人世。

如今我的三个弟弟都已结过婚了，他们的小家庭生活，似乎都很快乐。我的三个弟妇，对于我这老兄，也都极其关切与恭敬。只有我的二弟妇常常笑着同我说："大哥，我们做了你的替死鬼，你看在这兵荒马乱米珠薪桂的年头，我们这五个女孩子怎么办？你要代替我们养一两个才行。"她怜惜的抚摩着那些黑如鸦羽的小头。她哪里舍得给我养呢！那五个女孩子围在我的膝头，一齐抬首的时候，明艳得如同一束朝露下的红玫瑰花。

母亲死去整整十年了。去年父亲又已逝世。我在各地漂泊，依然是个孤身汉子。弟弟们的家，就是我的家，那里有欢笑，有温情，有人照应我的起居饮食，有人给我缝衣服补袜子。我出去的时候，回来总在店里买些糖果，因为我知道在那栏杆上，有几个小头伸着望我。去年我刚到重庆，就犯了那不可避免的伤风。头痛得七八天睁不开眼，把一切都忘了。一天早晨，航空公司给我送来一个包裹，是几个小孩子寄来的，其中的小包裹是从各地方送到，在香港集中的。上面有一个卡片，写着："大伯伯，好些日子不见信了，圣诞节你也许忘了我们，但是我们没有忘了你！"我的头痛立刻好了，漆黑的床前，似乎竖起了一棵烛光辉煌的圣诞树！

回来再说我的母亲吧。自然,天下的儿子,至少有百分之七十,认为他的母亲乃是世界上最好的母亲。我则以为我的母亲,乃是世界上最好的母亲中最好的一个。不但我如此想,我的许多朋友也如此说。她不但是我的母亲,而且是我的知友。我有许多话不敢同父亲说的,敢同她说;不能对朋友提的,能对她提。她有现代的头脑,稳静公平的接受现代的一切。她热烈的爱着"家",以为一个美好的家庭,乃是一切幸福和力量的根源。她希望我早点娶亲,目的就在愿意看见我把自己的身心,早点安置在一个温暖快乐的家庭里面。然而,我的至爱的母亲,我现在除了"尚未娶妻"之外,并没有失却了"家"之一切!

我们的家,确是一个安静温暖而又快乐的家。父亲喜欢栽花养狗;母亲则整天除了治家之外,不是看书,就是做活,静悄悄的没有一点声息。学伴们到了我们家里,自然而然的就会低下声来说话。然而她最鼓励我们运动游戏,外院里总有秋千、杠子等等设备。我们学武术,学音乐(除了我以外,弟弟们都有很好的成就)。母亲总是高高兴兴的,接待父亲和我们的朋友。朋友们来了,玩得好,吃得好,总是欢喜满足的回去。却也有人带着眼泪回家,因为他想起了自己死去的母亲,或是他的母亲,同他不曾发生什么情感的关系。

我的父亲是大家庭中的第三个儿子。他的兄弟姊妹很多,多半是不成材的,于是他们的子女的教养,就都堆在父亲的肩上。对于这些,母亲充分的帮了父亲的忙,父亲付与了一份的财力,母亲贴上了全副的精神。我们家里总有七八个孩子同住,放假的时候孩子就更多。母亲以孱弱的身体,来应付支持这一切,无论多忙多乱,微笑没有离开过她的嘴角。我永远忘不了母亲逝世的那晚,她的床侧,昏倒了我的一个身为军人的堂哥哥!

母亲又有知人之明,看到了一个人,就能知道这人的性格。故对于父亲和我们的朋友的选择,她都有极大的帮助。她又有极高的鉴赏力,无论屋内的陈设,园亭的布置,或是衣饰的颜色和式样等,经她一调动,就显得新异不俗。我记得有一位表妹,在赴茶会之前,打扮得花枝招展的,到了我们的家里;母亲把她浑身上下看了一遍,笑说:"元元,你打扮得太和别人一样了。人家抹红嘴唇,你也抹红嘴唇,人家涂红指甲,你也涂红指甲,这岂非反不引起他人的注意?你要懂得'万朵红莲礼白莲'的道理。"我们都笑了,赞同母亲的意见。表妹立刻在母亲妆台前洗净铅华,换了衣饰出去;后来听说她是那晚茶会中,被人称为最漂亮的一个。

母亲对于政治也极关心。三十年前,我的几个舅舅,都是同盟会的会员,平常传递消息,收发信件,都由母亲出名经手。我还记得在我八岁的时候,一个大雪夜里,帮着母亲把几十本《天讨》,一卷一卷的装在肉松筒里,又用红纸条将筒口封了起来,寄了出去。不久收到各地的来信说:"肉松收到了,到底是家制的,美味无穷。"我说:"那些不是书吗?……"母亲轻轻的捏了我一把,附在我的耳朵上说:"你不要说出去。"

辛亥革命时,我们正在上海,住在租界旅馆里。我的职务,就是天天清早在门口等报,母亲看完了报就给我们讲。她还将她所仅有的一点首饰,换成洋钱,捐款劳军。我那时才十岁,也将我所仅有的十块压岁钱捐了出去,是我自己走到申报馆去交付的。那两纸收条,我曾珍重的藏着,抗战起来以后不知丢在哪里了。

五四以后,她对新文化运动又感了兴趣。她看书看报,不让时代把她丢下。她不反对自由恋爱,但也注重爱情的专一。我的一个女同学,同人"私奔"了,当她的母亲走到我们家里"垂涕而道"的时候,父亲还很气愤,母亲却不做声。客人去后,她说:"私奔也不要紧,本来仪式算不了什么,只要他们始终如一就行。"

诸如此类,她的一言一动,成了她的儿子们的南针。她对我的弟弟们的择偶,从不直接说什么话,总说:"只要你们喜爱的,妈妈也就喜爱。"但是我们的性格品味已经造成了,妈妈不喜爱的,我们也决不会喜爱。

她已死去十年了。抗战期间,母亲若还健在,我不知道她将做些什么事情,但我至少还能看见她那永远微笑的面容,她那沉静温柔的态度,她将以卷《天讨》的手,卷起她的每一个儿子的畏惧懦弱的心!

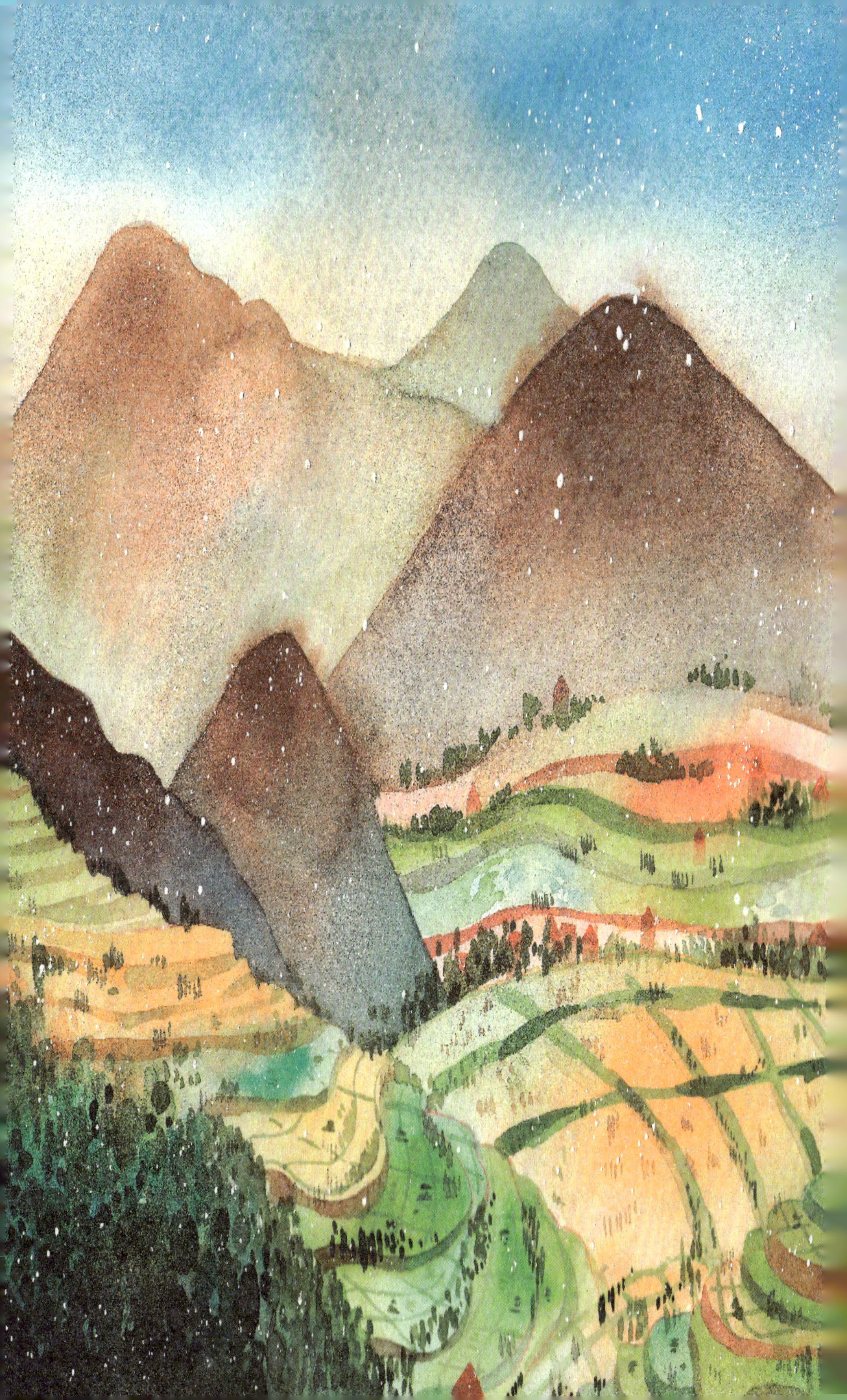

井栏上,
听潺潺山下的河流 --
料峭的天风,
吹着头发;
天边 -- 地上,
一回头又添几颗光明,
是星儿,
还是灯儿?

她是一个典型的贤妻良母,至少母亲对于我们解释贤妻良母的时候,她以为贤妻良母,应该是丈夫和子女的匡护者。

关于妇女运动的各种标语,我都同意,只有看到或听到"打倒贤妻良母"的口号时,我总觉得有点逆耳刺眼。当然,人们心目中"妻"与"母"是不同的,观念亦因之而异。我希望她们所要打倒的,是一些怯弱依赖的软体动物,而不是像我的母亲那样的女人。

(原载1941年3月7日重庆版《星期评论》第14期)

四　我的教师

第二个女人,我永远忘不掉的,是T女士,我的教师。

我从小住在偏僻的乡村里,没有机会进小学,所以只在家塾里读书,国文读得很多,历史地理也还将就得过,吟诗作文都学会了,且还能写一两千字的文章。只是算术很落后,翻来覆去,只做到加减乘除,因为塾师自己的算学程度,也只到此为止。

十二岁到了北平,我居然考上了一个中学,因为考试的时候,校长只出一个"学然后知不足"的论说题目。这题目是我在家塾里做过的,当时下笔千言,一挥而就,校长先生大为惊奇赞赏,一下子便让我和中学一年生同班上课。上课两星期以后,别的功课我都能应付裕如,作文还升了一班,只是算术把我难坏了。中学的算术是从代数做起的,我的算学底子太坏,脚跟站不牢,昏头眩脑,踏着云雾似的上课,T女士便在这云雾之中,飘进了我的生命中来。

她是我们的代数和历史教员,那时也不过二十多岁吧。"螓首蛾眉,齿如编贝"这八个字,就恰恰的可以形容她。她是北方人,皮肤很白嫩,身材很窈窕,又很容易红脸,难为情或是生气,就立刻连耳带颈都红了起来,我最怕的是她红脸的时候。

冰　心
散　文　精　选

　　同学中敬爱她的,当然不止我一人,因为她是我们的女教师中间最美丽,最和平,最善诱的一位。她的态度,严肃而又和蔼,讲述时简单而又清晰。她善用譬喻;我们每每因着譬喻的有趣,而连带的牢记了原理。

　　第一个月考,我的历史得九十九分,而代数却只得了五十二分,不及格!当我下堂自己躲在屋角流泪的时候,觉得有只温暖的手,抚着我的肩膀,抬头却见T女士挟着课本,站在我的身旁。我赶紧擦了眼泪,站了起来。她温和的问我道:"你为什么哭?难道是我的分数打错了?"我说:"不是的,我是气我自己的数学底子太差。你出的十道题目,我只明白一半。"她就软款温柔的坐下,仔细问我的过去。知道了我的家塾教育以后,她就恳切的对我说:"这不能怪你。你中间跳过了一大段!我看你还聪明。补习一定不难,以后你每天晚一点回家,我替你补习算术吧。"

　　这当然是她对我格外的爱护,因为算术不曾学过的,很有退班的可能;而且她很忙,每天匀出一个钟头给我,是额外的恩惠。我当时连忙答允,又再三的道谢。回家去同母亲一说,母亲尤其感激,又仔细的询问T女士的一切,她觉得T女士是一位很好的教师。

　　从此我每天下课后,就到她的办公室,补习一个钟头的算术,把高小三年的课本,在半年以内赶完了。T女士逢人便称道我的神速聪明。但她不知道我每天回家以后,用功直到半夜,因着习题的烦难,我曾流过许多焦急的眼泪,在泪眼模糊之中,灯影下往往涌现着T女士美丽慈和的脸,我就仿佛得了灵感似的,擦去眼泪,又赶紧往下做。那时我住在母亲的套间里,冬天的夜里,烧热了砖炕,点起一盏煤油灯,盘着两腿坐在炕桌边上,读书习算。到了夜深,母亲往往叫人送冰糖葫芦,或是赛梨的萝卜,来给我消夜。直到现在,每逢看见孩子做算术,我就会看见T女士的笑脸,脚下觉得热烘烘的,嘴里也充满了萝卜的清甜气味!

　　算术补习完毕,一切难题,迎刃而解,代数同几何,我全是不费功夫的做着;我成了同学们崇拜的中心,有什么难题,他们都来请教我。因着T女士的关系,我对于算学真是心神贯注,竟有几个困难的习题,是在夜中苦

想,梦里做出来的。我补完算术以后,母亲觉得对于 T 女士应有一点表示,她自己跑到福隆公司,买了一件很贵重的衣料,叫我送去。T 女士却把礼物退了回来,她对我母亲说:"我不是常替学生补习的,我不能要报酬。我因为觉得令郎别样功课都很好,只有算学差些,退一班未免太委屈他。他这样的赶,没有赶出毛病来,我已经是很高兴的了。"母亲不敢勉强她,只得作罢。有一天我在东安市场,碰见 T 女士也在那里买东西。看见摊上挂着的挖空的红萝卜里面种着新麦秧,她不住地夸赞那东西的巧雅,颜色的鲜明,可是因为手里东西太多,不能再拿,割爱了。等她走后,我不曾还价,赶紧买了一只萝卜,挑在手里回家。第二天一早又挑着那只红萝卜,按着狂跳的心,到她办公室去叩门。她正预备上课,开门看见了我和我的礼物,不觉嫣然的笑了,立刻接了过去,挂在灯上,一面说:"谢谢你,你真是细心。"我红着脸出来,三步两跳跑到课室里,嘴里不自觉的唱着歌,那一整天我颇觉得有些飘飘然之感。

因着补习算术,我和她对面坐的时候很多,我做着算题,她也低头改卷子。在我抬头凝思的时候,往往注意到她的如云的头发,雪白的脖子,很长的低垂的睫毛,和穿在她身上稳称大方的灰布衫,青裙子,心里渐渐生了说不出的敬慕和爱恋。在我偷看她的时候,有时她的眼光正和我的相值,出神的露着润白的牙齿向我一笑,我就要红起脸,低下头,心里乱半天,又喜欢,又难过,自己莫名其妙。

从校长到同学,没有一个愿意听到有人向 T 女士求婚的消息。校长固不愿意失去一位好同事,我们也不愿意失去一位好教师,同时我们还有一种私意,以为世界上根本就没有一个男子,配作 T 女士的丈夫,然而向 T 女士求婚的男子,那时总在十个以上,有的是我们的男教师,有的是校外的人士。我们对于 T 女士的追求者,一律的取一种讥笑鄙夷的态度。对于男教师们,我们不敢怎么样,只在背地里替他们起上种种的绰号,如"癞虾蟆"、"双料癞虾蟆"之类。对于校外的人士,我们的胆子就大一些,看见他们坐在会议室里或是在校门口徘徊,我们总是大声咳嗽,或是从他们背后投些很小的石子，他们回头看时，我们就三五成群的哄哄笑着，昂然走过。

Ｔ女士自己对于追求者的态度，总是很庄重很大方。对于讨厌一点的人，就在他们的情书上，打红叉子退了回去。对于不大讨厌的，她也不取积极的态度，仿佛对于婚姻问题不感着兴趣。她很孝，因为没有弟兄，她便和她的父亲守在一起，下课后常常看见她扶着老人，出来散步，白发红颜，相映如画。

在这里，我要供招一件很可笑的事实，虽然在当时并不可笑。那时我们在圣经班里，正读着"所罗门雅歌"，我便模仿雅歌的格调，写了些赞美Ｔ女士的句子，在英文练习簿的后面，一页一页的写下叠起。积了有十几篇，既不敢给人看，又不忍毁去。那时我们都用很厚的牛皮纸包书面，我便把这十几篇尊贵的作品，折存在两层书皮之间。有一天被一位同学翻了出来，当众诵读，大家都以为我是对于隔壁女校的女生，发生了恋爱，大家哄笑。我又不便说出实话，只好涨红着脸，赶过去抢来撕掉。从此连雅歌也不敢写了，那年我是十五岁。

我从中学毕业的那一年，Ｔ女士也离开了那学校，到别地方作事去了，但我们仍常有见面的机会。每次看见我，她总有勉励安慰的话，也常有些事要我帮忙，如翻译些短篇文字之类，我总是谨慎将事，宁可将大学里功课挪后，不肯耽误她的事情。

她做着很好的事业，很大的事业，至死未结婚。六年以前，以牙疾死于上海，追悼哀殄她的，有几万人。我是在从波士顿到纽约的火车上，得到了这个消息。车窗外飞掠过去的一大片枫林秋叶，尽消失了艳红的颜色，我忽然流下泪来，这是母亲死后第一次的流泪。

(原载1941年4月25日重庆版《星期评论》第21期)

五　叫我老头子的弟妇

第三个女人，我要写的，本是我的奶娘。刚要下笔，编辑先生忽然来了

一封信,特烦我写"我的弟妇"。这当然可以,只是我有三个弟妇,个个都好,叫我写哪一个呢?把每个人都写一点吧,省得她们说我偏心!

我常对我的父亲说:"别人家走的都是儿子的运,我们家走的却是儿媳妇的运,您看您这三位少奶奶,看着叫人心里多么痛快!"父亲一面笑眯眯的看着她们,一面说:"你为什么不也替我找一位痛快的少奶奶来呢?"于是我的弟弟和弟妇们都笑着看我。我说:"我也看不出我是哪点儿不如他们,然而我混了这些年,竟混不着一位太太。"弟弟们就都得意的笑着说:"没有梧桐树,招不了凤凰来。只因你不是一棵梧桐树,所以你得不着一只凤凰!"这也许是事实,我只好忍气吞声地接受了他们的讥诮。那是廿六年六月,正值三弟新婚后到北平省亲,人口齐全,他提议照一张合家欢的相片,却被我严词拒绝了。我不能看他们得意忘形的样子,更不甘看相片上我自己旁边没有一个女人,这提议就此作罢。时至今日,我颇悔恨,因为不到一个月,卢沟桥事变起,我们都星散了。父亲死去,弟弟们天南地北,"海内风尘诸弟隔,天涯涕泪一身遥"是我常诵的句子,而他们的集合相片,我竟没有一张!

我的二弟妇,原是我的表妹,我的舅舅的女儿,大排行第六,只比我的二弟小一个月。我看着他们长大,真是青梅竹马,两小无猜。在他们的回忆里,有许多甜蜜天真的故事,倘若他们肯把一切事情都告诉我,一定可以写一本很好的小说。我曾向他们提议,他们笑说:"偏不告诉你,什么话到你嘴里,都改了样,我们不能让你编排!"

他们在七八岁上,便由父母之命定了婚;定婚以后,舅母以为未婚男女应当避嫌,他们的踪迹便疏远了。然而我们同舅家隔院而居,早晚出入,总看得见,岁时节序,家宴席上,也不能避免。他们那种忍笑相视的神情,我都看在眼里,我只背地里同二弟取笑,从来不在大人面前提过一句,恐怕舅母又来干涉,太煞风景。

有一年,正是二弟在唐山读书,六妹在天津上学,一个春天的早晨,我忽然接到"男士先生亲启"的一封信,是二弟发的,赶紧拆来一看,里面说:"大哥,我想和六妹通信,……已经去了三封信,但她未曾复我,请你帮忙疏

冰　心
散 文 精 选

通一下，感谢不尽。"我笑了，这两个十五岁的孩子，春天来到他们的心里了！我拿着这封信，先去给母亲看，母亲只笑了一笑，没说什么。我知道最重要的关键还是舅母，于是我又去看舅母。寒暄以后，轻闲的提起，说二弟在校有时感到寂寞，难为他小小的年纪，孤身在外，我们都常给他写信，希望舅母和六妹也常和他通信，给他一点安慰和鼓励。舅母迟疑了一下，正要说话，我连忙说："母亲已经同意了。这个年头，不比从前，您若是愿意他们小夫妻将来和好，现在应当让他们多多交换意见，联络感情。他俩都是很懂事有分寸的孩子，一切有我来写包票。"舅母思索了一会，笑着叹口气说："这是哪儿来的事！也罢，横竖一切有你做哥哥的负责。"我也不知道我负的是什么责任，但这交涉总算办得成功。我便一面报告了母亲，一面分函他们两个，说："通信吧，一切障碍都扫除了，没事别再来麻烦我！"

他们廿一岁的那年，我从国外回来，二弟已从大学里毕业，做着很好的事，拉得一手的好提琴，身材比我还高，翩翩年少，相形之下，我觉得自己真是老气横秋了。六妹也长大了许多，俨然是一个大姑娘了。在接风的家宴席上，她也和二弟同席，谈笑自如。夜阑人散，父母和我亲热的谈着，说到二弟和六妹的感情，日有进步，虽不像西洋情人之形影相随，在相当的矜持之下，他们是互相体贴，互相勉励；母亲有病的时候，六妹是常在我们家里，和弟弟们一同侍奉汤药，也能替母亲料理一点家事。谈到这里，母亲就说："真的，你自己的终身大事怎样了？今年腊月是你父亲的六十大寿，我总希望你能带一个媳妇回来，替我做做主人。如今你一点动静都没有，二弟明夏又要出国，三弟四弟还小，我几时才做得上婆婆？"我默然一会，笑着说："这种事情着急不来。您要做个婆婆却容易；二弟尽可于结婚之后再出国。刚才我看见六妹在这里的情形，俨然是个很能干的小主妇，照说廿一岁也不算小了，这事还得我同舅母去说。"母亲仿佛没有想到似的，回头笑对父亲说："这倒也是一个办法。"

第二天同二弟提起，他笑着没有异议。过几天同舅母提起，舅母说："我倒是无所谓，不过六妹还有一年才能毕业大学，你问她自己愿意不愿意。"

我笑着去找六妹。她正在廊下织活,看见我走来,便拉一张凳子,让我坐下。我说:"六妹,有一件事和你商量,请你务必帮一下忙。"她睁着大眼看着我。我说:"今年父亲大寿的日子,母亲要一个人帮她作主人,她要我结婚,你说我应当不应当听话?"她高兴得站了起来,"你?结婚?这事当然应当听话。几时结婚?对方是谁?要我帮什么忙?"我笑说:"大前提已经定了,你自己说的,这事当然应当听话。我不知道我在什么时候才可以结婚,因为我还没有对象。我已把这责任推在二弟身上了,我请你帮他的忙。"她猛然明白了过来,红着脸回头就走,嘴里说:"你总是爱开玩笑!"我拦住了她,正色说:"我不是同你开玩笑,这事母亲舅母和二弟都同意了,只等候你的意见。"她站住了,也严肃了起来,说:"二哥明年不是要出国吗?"我说:"这事我们也讨论过,正因为他要出国,我又不能常在家,而母亲身边又必须有一个得力的人,所以只好委屈你一下。"她低头思索了一会,脸上渐有笑容。我知道这个交涉又办成功了,便说:"好了,一切由我去备办,你只预备作新娘子吧!"她啐了一口,跑进屋去。舅母却走了出来,笑说:"你这大伯子老没正经——不过只有三四个月的工夫了,我们这些人老了,没有用,一切都拜托你了。"

父亲生日的那天,早晨下了一场大雪,我从西郊赶进城来。当天,他们在欧美同学会举行婚礼,新娘明艳得如同中秋的月!吃完喜酒,闹哄哄的回到家里来,摆上寿筵。拜完寿,前辈客人散了大半,只有二弟一班朋友,一定要闹新房,父母亲不好拦阻,三弟四弟乐得看热闹,大家一哄而进。我有点乏了,自己回东屋去吸烟休息。我那三间屋子是周末养静之所,收拾得相当整齐,一色的藤床竹椅,花架上供养着两盆腊梅,书案上还有水仙,掀起帘来,暖香扑面。我坐了一会,翻起书本来看,正神往于万里外旧游之地,猛抬头看钟,已到十二时半,南屋新房里还是人声鼎沸。我走进去一看,原来新房正闹到最热烈的阶段,他们请新娘做的事情,新娘都一一遵从了,而他们还不满意,最后还要求新娘向大家一笑,表示逐客的意思,大家才肯散去。新娘大概是乏了,也许是生气了,只是绷着脸不肯笑,两下里僵着,二弟也不好说什么,只是没主意的笑着四顾。我赶紧找枝铅笔,写了个纸条,叫伴娘偷偷的送了过去,上面是:"六妹,请你笑一笑,让这群小土匪下了台,我把他们赶到我屋里去!"忙乱中新娘看了纸条,在人丛中向我点头一笑,大家哄笑了起来,认为满意。我就趁势把他们都让到我的书室里。那夜,我的书室是空前的凌乱,这群"小土匪"在那里喝酒、唱歌、吃东西、打纸牌,直到天明。

不到几天,新娘子就喧宾夺主,事无巨细,都接收了过去,母亲高高在上,无为而治,脸上常充满着"做婆婆"的笑容。我每周末从西郊回来,做客似的,受尽了小主妇的招待。她生活在我们中间,仿佛是从开天辟地就在我们家里似的,那种自然,那种合适。第二年夏天,二弟出国,我和三四弟教书的教书,读书的读书,都不能常在左右,只有她是父母亲朝夕的慰安。

十几年过去了,她如今已是五个孩子的母亲,不过对于"大哥",她还喜欢开点玩笑,例如:她近来不叫我"大哥",而叫我"老头子"了!

(原载 1941 年 6 月 20 日重庆版《星期评论》第 29 期)

七 使我心疼头痛的弟妇

提到四弟和四弟妇,真使我又心疼,又头痛。这一对孩子给我不少的麻烦,也给我最大的快乐。四弟是我们四个兄弟中最神经质的一个,善怀、多感、急躁、好动。因为他最小,便养得很任性,很娇惯。虽然如此,他对于父母和哥哥的话总是听从的,对我更是无话不说。我教书的时候,他还是在中学。他喜欢养生物,如金鱼、鸽子、蟋蟀之类,每种必要养满一百零八只,给它们取上梁山泊好汉的绰号。例如他的两只最好勇斗狠的蟋蟀,养在最讲究的瓦罐里的,便是"豹子头林冲"和"行者武松"。他料到父亲不肯多给他钱买生物的时候,便来跟我要钱;定要磨到我答允了为止。

他的恋爱的对象是 H,我们远亲家里的一个小姑娘。他们是同日生的,她只小四弟一岁。那几年我们住在上海,我和三弟四弟,每逢年暑假必回家省亲。H 的家也在上海,她的父亲认为北平的中学比上海的好,就托我送她

入北平的女子中学,年暑假必结伴同行。我们都喜欢海行,又都不晕船,在船上早晚都在舱面散步、游戏。四弟就在那时同她熟识了起来。我只觉得她们很和气,决不想到别的。

过了半年,四弟忽然沉默起来,说话总带一点忧悒,功课上也不用心。他的教师多半是我的同学,有的便来告诉我说:"你们老四近来糊涂得很,莫不是有病吧?"我得到这消息,便特地跑进城去,到他校里,发现他没有去上课,躺在宿舍床上,哼哼唧唧的念《花间集》。问他怎么了,他说是头痛。看他的确是瘦了,又说不出病源。我以为是营养不足,便给他买一点鱼肝油,和罐头牛奶之类,叫他按时服用,自己又很忧虑的回来。

不久就是春假了,我约三四弟和 H 同游玉泉山。我发现四弟和 H 中间仿佛有点"什么",笑得那么羞涩,谈话也不自然。例如上台阶的时候,若是我或三弟搀 H,她就很客气的道谢;四弟搀她的时候,她必定脸红,有时竟摔开手。坐在泉边吃茶闲谈的时候,我和三弟问起四弟的身体,四弟叹息着说些悲观的话,而且常常偷眼看 H。H 却红着脸,望着别处,仿佛没有听见似的。这与她平常活泼客气的态度大不相同,我心里就明白了一大半。从玉泉山回来,送 H 走后,我便细细的盘问四弟,他始而吞吐支吾,继而坦白的承认他在热爱着 H,求我帮忙。我正色的对他说:"恋爱不是一件游戏,你年纪太小,还不懂得什么叫做恋爱。再说,H 是个极高尚极要强的姑娘,你因着爱她,而致荒废学业,不图上进,这真是缘木求鱼,毫无用处!"四弟默然,晚风中我送他回校,路上我们都不大说话。

四弟功课略有进步,而身体却更坏了。我忽然想起叫他停学一年,一来叫他离 H 远点,可有时间思索;二来他在母亲身旁,可以休息得好。因此便写一封长信报告父母,只说老四身体不大好,送他回去休息一年,一面匆匆的把他送走。

暑假回家去,看他果然壮健了一些。有一天,母亲背地和我说:"老四和 H 仿佛很好,这些日子常常通信。"这却有点出我意外,我总以为他是在单恋着!于是我便把过去一切都对母亲说了,母亲很高兴,说:"H 是我们亲戚中最好的姑娘,她能看上老四,是老四的福气。"我说:"老四也得自己争气才行,否则岂不辱没了人家的姑娘!"母亲怫然说:"我们老四也没有什么太不好处!"我也只好笑了一笑。

那时英国利物浦一个海上学校,正招航海学生,父亲可以保送一名,回家来在饭桌上偶然谈起,四弟非常兴奋,便想要去。父亲说:"航海课程难得很,工作也极辛苦,去年送去三个学生,有两个跑了回来,我不是舍不得你去,是怕你吃不了苦,中途辍学,丢我的脸。"母亲也没有言语。饭后四弟拉着三弟到我屋里来,要我替他向父亲请求,准他到英国去。我说:"父亲说的很明白,不是舍不得你。我担保替你去说,你也得担保不中途辍学。"四弟很难过地说:"只要你们大家都信任我,同时H也不当我作一个颓废的人,我就有这一股勇气。我和你们本是同父一母生的,我相信我若努力;也决不会太落后!"我看他说得坚决可怜,便和三弟商量,一面在父亲面前替他说项,一面找个机会和H谈话,说:"四弟要出国去了,他年纪小,工作烦难,据说他憋下这一股横劲,为的是你。假如你能爱他,就请予以鼓励,假如你没有爱他的可能,请你明白告诉他,好让他死心离去。"H红着脸没有回答,我也不便追问,只好算了。然而四弟是很高兴,很有勇气地走的,我相信他已得了鼓励了。

爱情真是一件奇怪的东西,四弟到了船上,竟变了一个人,刻苦、耐劳、活泼、勇敢。他的学伴,除了英国人之外,还有北欧的挪威、丹麦等国的孩子,个个都是魁梧慓悍,粗鲁爽直,他在这群玩童中间混了五年,走遍了世界上的海口,历尽了海上的风波。五年之末,他带着满面的风尘,满身的筋骨,满心的喜乐,和一张荣誉毕业证书回来。

这几年中,H也入了大学,做了我的学生,见面的机会很多。我常常暗地夸奖四弟的眼光不错,他挑恋爱的对手,也和他平时挑衣食住行的对象一样,那么高贵精致。H是我眼中所看到的最好的小姑娘,稳静大方,温柔活泼,在校里家中,都做了她周围人们爱慕的对象,这一点是母亲认为万分满意的。五年分别之中,她和四弟也有过几次吵架,几次误会,每次出了事故,四弟必立刻飞函给我,托我解围。我也不便十分劝说,常常只取中立严

正的态度。情人的吵架是不会长久的,撒过了娇,流过了眼泪,旁人还在着急的时候,他们自己却早已是没事人了。经过了几次风波,我也学了乖,无论情势如何紧张,我总不放在心上。只有一次,H 有大半年不回四弟的信,我问她也问不出理由,同时每星期得到四弟的万言书,贴着种种不同的邮票,走遍天涯给我写些人生无味的话,似乎有投海的趋势,那时我倒有点恐慌!

四弟回国来,到北平家里不到一个钟头,就到西郊来找我,在我那里又不到一个钟头,就到女生宿舍去找 H,从此这一对小情人,常常在我客厅里谈话。在四弟到上海去就事的前一天,我们三个人从城里坐小汽车回来,刚到城外,汽车抛了锚,在司机下车修理机件之顷,他们忽然一个人拉着我的一只手,告诉我,他们已经订婚了。这似乎是必然的事,然而我当时也有无限的欢悦。

第二年暑假,H 毕业于研究院,四弟北上道贺,就在北平结婚。三弟刚从美国回来,正赶上做了伴郎。他们在父亲那里住了几天,就又回到上海去。我同三弟到车站送行,看火车开出多远,他们还在车窗里挥手。出了车站,我们信步行来,进入中原公司小吃部,脱帽坐下,茶房过来,笑问:"两位先生要冰淇淋吧?"我似乎觉得很凉快,就说:"来两碗热汤面吧。"吃完了面,我们又到欧美同学会,赴表妹元元订婚的跳舞茶会。在三弟同许多漂亮女郎跳舞的时候,我却走到图书室,拿起一张信纸来,给这一对新夫妇写了一封信,我说:"阿 H 同四弟,你们走后,老三和我感到无限的寂寞,心里一凉,天气也不热了。我们是道地中国人,在中原小吃部没吃冰淇淋,却吃了两碗热汤面!"

五六年来,他们小巧精致的家,做了我的行宫,南下北上,或是夏天避暑,总在他们那里小驻。白天各人做各人的事,晚上常是点起蜡烛来听无线电音乐。有时他们也在烛影中撒娇打架,向大哥诉苦,更有时在餐馆屋顶花园,介绍些年轻女友,来同大哥认识。这些事也很有趣,在我冷静严肃的生活之中,是个很温柔的变换。

上星期又得他们一封信说:"我们的船全被英国政府征用了,从此不能开着小炮,追击日本的走私船只,如何可惜!但是,老头子,我们也许要调到重庆来,你头痛不头痛?"

我真的头痛了,但这头痛不是急出来的!

(原载 1941 年 7 月 4 日重庆版《星期评论》第 31 期)

八　我的奶娘

我的奶娘也是我常常怀念的一个女人,一想到她,我童年时代最亲切的琐事,都活跃到眼前来了。

奶娘是我们故乡的乡下人,大脚,圆脸,一对笑眼(一笑眼睛便闭成两道缝),皮肤微黑,鼻子很扁。记得我小的时候很胖,人家说我长的像奶娘,我已觉得那不是句恭维的话。母亲生我之后,病了一场,没有乳水,祖父很着急的四处寻找奶妈,试了几个,都不合式,最后她来了,据说是和她的婆婆怄气出来的,她新死了一个三个月的女儿,乳汁很好。祖父说我一到她的怀里就笑,吃了奶便安稳睡着。祖父很欢喜说:"胡嫂,你住下吧,荣官和你有缘。"她也就很高兴的住下了。

世上叫我"荣官"的只有两个人,一个是我的祖父,一个便是我的奶娘。我总记得她说:"荣官呀,你要好好读书,大了中举人,中进士,做大官,挣大钱,娶个好媳妇,儿孙满堂,那时你别忘了你是吃了谁的奶长大的!"她说这话的时候,我总是在玩着,觉得她粗糙的手,摸在我脖子上,怪解痒的,她一双笑眼看着我,我便满口答允了。如今回想,除了我还没有忘记,"是吃了谁的奶长大的"之外,既未做大官,又未挣大钱;至于"娶个好媳妇"这一段,更恐怕是下辈子的事了!

我们一家人,除了佣人之外,都欢喜她,祖父因为宠我,更是宠她。奶娘一定要吃好的,为的是使乳水充足;要穿新的,为的是要干净。父亲不常回来,回来时看见我肥胖有趣,也觉得这奶妈不错。母亲对谁都好,对她更是

格外的宽厚。奶娘常和我说:"你妈妈是个菩萨,做好人没有错处,修了个好丈夫,好儿子。就是一样,这班下人都让她惯坏了,个个作恶营私,这些没良心的人,老天爷总有一天睁开眼!"

那时我母亲主持一个大家庭,上下有三十多口,奶娘既以半主自居,又非常的爱护我母亲,便成了一般婢仆所憎畏的人。她常常拿着秤,到厨房里去称厨师父买的菜和肉,夜里拍我睡了以后,就出去巡视灯火,察看门户。母亲常常婉告她说:"你只看管荣官好了,这些事用不着你操心,何苦来叫人家讨厌你。"她起先也只笑笑,说多了就发急。记得有一次,她哭了,说:"这些还不是都为你!你是一位菩萨,连高声说话都没说过,眼看这一场家私都让人搬空了,我看不过,才来帮你一点忙,你还怪我。"她一边数落,一边擦眼泪。母亲反而笑了,不说什么。父亲忍着笑,正色说:"我们知道你是好心,不过你和太太说话,不必这样发急,'你'呀'我'的,没了规矩!"我只以为她是同我母亲拌嘴,便在后面使劲的捶她的腿,她回头看看,一把拉起我来,背着就走。

说也奇怪,我的抗日思想,还是我的奶娘给培养起来的。大约是在八九岁的时候,有一位堂哥哥带我出去逛街,看见一家日本的御料理,他说要请我吃"鸡素烧",我欣然答应。脱鞋进门,地板光滑,我们两人拉着手溜走,我已是很高兴。等到吃饭的时候,我和堂哥对跪在矮几的两边,上下首跪着两个日本侍女,擦着满脸满脖子的怪粉,梳着高高的髻,油香逼人。她们手忙脚乱,烧鸡调味,殷勤劝进,还不住的和我们说笑。吃完饭回来,我觉得印象很深,一进门便一五一十的告诉了我的奶娘。她素来是爱听我的游玩报告的,这次却睁大了眼睛,沉着脸,说:"你哥哥就不是好人,单拉你往那些地方跑!下次再去,我就告诉你的父亲打你!"我吓得不敢再说。过了许多日子,偶然同母亲提起,母亲倒不觉得这是一件坏事,还向奶娘解释,说:"侄少爷不是一个荒唐人,他带荣官去的地方是日本饭馆子;日本的规矩,是侍女和客人坐在一起的。"奶娘扭过头去说:"这班不要脸的东西!太太,您大门不出,二门不迈的,哪里知道这些事呀!告诉您听吧,东洋人就没有一个

冰　心
散　文　精　选

好的：开馆子的、开洋行的、卖仁丹的，没有一个安着好心，连他们的领事都是他们一伙，而且就是贼头。他们的饭馆侍女，就是窑姐，客人去吃一次，下次还要去。洋行里卖胃药，一吃就上瘾。卖仁丹的，就是眼线，往常到我们村里，一次、两次、三次，头一次画下了图，第二次再来察看，第三次就竖起了仁丹的大板牌子。他们画图的时候，有人在后面偷偷看过，那地方有树，那地方有井……都记得清清楚楚。您记着我的话，将来我们这里，要没有东洋人造反，您怎样罚我都行！"父亲在旁边听着，连连点头，说："她这话有道理，我们将来一定还要吃日本人的亏。"奶娘因为父亲赞成她，更加高兴了，说："是不是？老爷也知道，我们那儿亩地，那一间杂货铺，还不是让日本人强占去的？到东洋领事那里打了一场官司，我们孩子的爸爸回来就气死了，临死还叫了一夜：'打死日本人，打死东洋鬼。'您看，若不是……我还不至于……"她兴奋得脸也红了，嘴唇哆嗦着，眼里也充满了泪光。母亲眼眶也红了。父亲站了起来，说："荣官，你带奶娘回屋歇一歇吧。"我那时只觉得又愤激又抱愧，听见父亲的话，连忙拉她回到屋里。这一段话，从来没听见她说过，等她安静下来，我又问她一番。她叹口气抚摩着我说："你看我的命多苦，只生了一个女儿，还长不大。只因我没有儿子，我的婆婆整天哭她的儿子，还诅咒我，说她儿子的仇，一辈子没人报了。我一赌气，便出来当奶娘。我想奶一个大人家的少爷，将来像薛仁贵似的跨海征东，堵了我婆婆的嘴，出了我那死鬼男人的气。你大了……"我赶紧搂着她的脖子说："你放心，我大了一定去跨海征东，打死日本人，打死东洋鬼！"眼泪滚下了她的笑脸，她也紧紧的搂着我，轻轻的摇晃着，说："这才是我的好宝贝！"

从此我恨了日本人，每次奶娘带我到街上去，遇见日本人，或经过日本人的铺子，我们互搀着的手，都不由的捏紧了起来。我从来不肯买日本玩具，也不肯接受日货的礼物。朋友们送给我的日俄战争图画，我把上面的日本旗帜，都用小刀刺穿。稍大以后，我很用心的读日本地理，看东洋地图，因为我知道奶娘所厚望于我的，除了"做大官，挣大钱，娶个好媳妇"以外，还有"跨海征东"这一件事。

我的奶娘,有气喘的病,不服北方的水土,所以我们搬到北平的时候,她没有跟去。不过从祖父的信里,常常听到她的消息,她常来看祖父,也有时在祖父那里做些短工。她自己也常常请人写信来,每信都问荣官功课如何,定婚了没有。也问北方的佣人勤谨否。又劝我母亲驭下要恩威并济,不要太容纵了他们。母亲常常对我笑说:"你奶娘到如今还管着我,比你祖父还仔细。"

母亲按月寄钱给她零用,到了我经济独立以后,便由我来供给她。我们在家里,常常要想到她,提到她,尤其是在国难期间,她的恨声和眼泪,总悬在我的眼前。在日本提出二十一条和五四那年,学生游行示威的时候,同学们在高呼"打倒日本帝国主义",我却心里在喊"打死东洋鬼"。仿佛我的奶娘在牵着我的手,和我一同走,和我一同喊似的。

抗战的前两年,我有一个学生到故乡去做调查工作,我托他带一笔款子送给我的奶娘,并托他去访问,替她照一张相片。学生回来时,带来一封书信,一张相片,和一只九成金的戒指。相片上的奶娘是老得多了,那一双老眼却还是笑成两道缝。信上是些不满意于我的话,她觉得弟弟们都结婚了,而我将近四十岁还是单身,不是一个孝顺的长子。因此她寄来一只戒指,是预备送给我将来的太太的。这只戒指和一只母亲送给我的手表,是我仅有的贵重物品,我有时也带上它,希望可以做一个"娶媳妇"的灵感!

抗战后,死生流转,奶娘的消息便隔绝了。也许是已死去了吧,我辗转都得不到一点信息。我的故乡在两月以前沦陷了,听说焚杀得很惨,不知那许多牺牲者之中,有没有我那良善的奶娘?我倒希望她在故乡沦陷以前死去。否则她没有看得见她的荣官"跨海征东",却赶上了"东洋人造反",我不能想象我的亲爱的奶娘那种深悲狂怒的神情……

安息吧,这良善的灵魂。抗战已进入了胜利阶段,能执干戈的中华民族的青年,都是你的儿子,跨海征东之期,不在远了!

(原载 1941 年 9 月 15 日重庆版《星期评论》第 34 期)

十五 张 嫂

可怜,在"张嫂"上面,我竟不能冠以"我的"两个字,因为她不是我的任何人!她既不是我的邻居,也不算我的佣人,她更不承认她是我的朋友,她只是看祠堂的老张的媳妇儿。

我住在这祠堂的楼上,楼下住着李老先生夫妇,老张他们就住在大门边的一间小屋里。

祠堂的小主人,是我的学生,他很殷勤的带着我周视祠堂前后,说:"这里很静,×先生正好多写文章。山上不大方便,好在有老张他们在,重活叫他做。"老张听见说到他,便从门槛上站了起来,露着一口黄牙向我笑。他大约四十上下年纪,个子很矮,很老实的样子。我的学生问:"张嫂呢?"他说:"挑水去了。"那学生又陪我上了楼,一边说:"张嫂是个能干人,比她老板伶俐得多,力气也大,有话宁可同她讲。"

为着方便,我就把伙食包在李老太太那里,风雨时节,省得下山,而且村店里苍蝇太多,夏天尤其难受。李老夫妇是山西人,为人极其慈祥和蔼。老太太自己烹调,饭菜十分可口。我早晨起来,自己下厨房打水洗脸,收拾房间,不到饭时,也少和他们见面。这一对老人,早起早睡,白天也没有一点声音,院子里总是静悄悄的,同城内 M 家比起来,真有天渊之别,我觉得十分舒适。

住到第三天,我便去找张嫂,请她替我洗衣服。张嫂从黑暗的小屋里钻了出来,阳光下我看得清楚:稀疏焦黄的头发,高高的在脑后挽一个小髻,面色很黑,眉间布满了风吹日晒的裂纹;嘴唇又大又薄,眼光很锐利;个子不高,身材也瘦,却有一种短小精悍之气。她迎着我,笑嘻嘻的问:"你家有事吗?"我说:"烦你洗几件衣服,这是白的,请你仔细一点。"她说:"是了,你们的衣服是讲究的——给我一块洋碱!"

李老太太倚在门边看,招手叫我进去,悄悄地说:"有衣服宁可到山下

找人洗,这个女人厉害得很,每洗一次衣服,必要一块胰皂,使剩的她都收起来卖——我们衣服都是自己洗。"我想了一想,笑说:"这次算了,下次再说吧。"

第二天清早,张嫂已把洗好的衣服被单,送了上来——洗的很洁白,叠的也很平整——一摞的都放在我的床上,说"×先生,衣服在这里,还有剩下的洋碱。"我谢了她,很觉得"喜出望外",因此我对她的印象很好。

熟了以后,她常常上楼来扫地、送信、取衣服、倒纸篓。我的东西本来简单,什么东西放在哪里她都知道。我出去从不锁门,却不曾丢失过任何物件,如银钱、衣服、书籍等等。至于火柴、点心、毛巾、胰皂,我素来不知数目,虽然李老太太说过几次,叫我小心,我想谁耐烦看守那些东西呢?拿去也不值什么,张嫂收拾屋子,干净得使我喜欢,别的也无所谓了。

张嫂对我很好,对李家两老,就不大客气。比方说挑水,过了三天两天就要涨价,她并不明说,只以怠工方式处之。有一两天忽然看不见张嫂,水缸里空了,老太太就着急,问老张:"你家里呢?"他笑说:"田里帮工去了。"叫老张,"帮忙挑一下水吧。"他答应着总不动身。我从楼上下来,催促了几遍,他才慢腾腾的挑起桶儿出去。在楼栏边,我望见张嫂从田里上来,和老张在山脚下站着说了一会话。老张挑了两桶水,便躺了下去,说是肚子痛。第二天他就不出来。老先生气了,说:"他们真会拿捏人,他以为这里就没有人挑水了!我自己下山去找!"老先生在茶馆里坐了半天,同乡下人一说起来,听说是在山上,都摇头笑说:"山上呢,好大的坡儿,你家多出几个钱吧!"等他们一说出价钱,老先生又气得摇着头,走上山来,原来比张嫂的价目还大。

我悄悄的走下山去,在田里找到了张嫂,我说:"你回去挑桶水吧,喝的水都没有了。"她笑说:"我没有空。"我也笑说:"你别胡说!我懂得你的意思,以后挑水工钱跟我要好了,反正我也要喝要用的。"她笑着背起筐子,就跟我上山——从此,就是她真农忙,我们也没有缺过水,——除了她生产那几天,是老张挑的。

冰　　心
散文精选

　　我从不觉得张嫂有什么异样,她穿的衣服本来宽大,更显不出什么。只有一天,李老太太说:"张嫂的身子重了,关于挑水的事,您倒是早和老张说一声,省得他临时不干。"我也不知应当如何开口,刚才还看见张嫂背着一大筐的豆子上山,我想一时不见得会分娩,也就没提。

　　第二天早起,张嫂没有上来扫地。我们吃早饭的时候,看见老张提着一小篮鸡蛋逾门。我问张嫂如何不见？他笑嘻嘻地说:"昨晚上养了一个娃儿！"我们连忙给他道贺,又问他是男是女。李老太太就说:"他们这些人真有本事,自己会拾孩子。这还是头一胎呢,不声不响的就生下来了,比下个蛋还容易！"我连忙上楼去,用红纸包了五十块钱的票子,交给老张,说:"给张嫂买点红糖吃。"李老太太也从屋里拿出一个红纸包出去,老张笑嘻嘻的都接了,嘴里说:"谢谢你家了——老太太去看看娃儿吗？"李老太太很高兴的就进到那间黑屋里去。

　　我同李老先生坐在堂屋里闲谈。老太太一边摇着头,一边笑着,进门就说:"好大的一个男孩子,傻大黑粗的！你们猜张嫂在那里做什么？她坐在床板上织渔网呢,今早五更天生的,这么一会儿的工夫,她又做起活来了。她也不乏不累,你说这女人是铁打的不是！"因此就提到张嫂从十二岁,就到张家来做童养媳,十五岁圆的房。她婆婆在的时候,常常把她打得躲在山洞里去哭。去年婆婆死了,才同她良懦的丈夫,过了一年安静的日子,算起来,她今年才廿五岁。

　　这又是一件出乎我意外的事，我以为她已是三四十岁的人,"劳作"竟把她的青春,洗刷得不留一丝痕迹！但她永远不发问,不怀疑,不怨望。日出而作,日入而息——挑水、砍柴、洗衣、种地,一天里风车儿似的,山上山下的跑——只要有光明照在她的身上,总是看见她在光影里做点什么。有月亮的夜里,她还打了一夜的豆子！

　　从那天起,一连下了五六天的雨。第七天,天晴了,我们又看见张嫂背着筐子,拿着镰刀出去。从此我们常常看见老张抱着孩子,哼哼唧唧的坐在门洞里。有时张嫂回来晚了,孩子饿得不住的哭,老张就急得在门口转磨。

我们都笑说："不如你下地去，叫她抱着孩子，多省事。她回来又得现做饭，奶孩子，不要累死人。"老张摇着头笑说："她做得好，人家要她，我不中用！"老张倒很坦然的，我却常常觉得惭愧。每逢我拿着一本闲书，悠然的坐在楼前，看见张嫂匆匆的进来，忙忙的出去，背上、肩上、手里、腰里、总不空着，她不知道她正在做着最实在，最艰巨的后方生产的工作。我呢，每逢给朋友写信，字里行间，总要流露出劳乏，流露出困穷，流露出萎靡，而实际的我，却悠然的坐在山光松影之间，无病而呻！看着张嫂高兴勤恳的，鞠躬尽瘁的样儿，我常常猛然的扔下书站了起来——

那一天，我的学生和他一班宣传队的同学，来到祠堂门口贴些标语，上面有"前方努力杀敌，后方努力生产"等字样。张嫂站在人群后面，也在呆呆望着。回头看见我，便笑嘻嘻的问："这上面说的是谁？"我说："上半段说的是你们在前线打仗的老乡，下半段说的是你。"她惊讶地问："×先生，你呢？"我不觉低下头去，惭愧地说："我吗？这上面没有我的地位！"

写于1943年春

（收入《关于女人》，天地出版社1943年9月初版。）

像真理一样朴素的湖

因为我喜欢水，我爱看一切的江河湖海。我这一辈子，在国内国外，看见过许许多多美丽的、值得记忆的湖：有的是山遮月映，加上湖边楼台的灯火，明媚得像仙境；有的是远岛青青，惊涛拍岸，壮阔得像大海；有的是雪山回抱，湖水在凝冷的云气之下，深沉得像一片紫晶；有的是丛林掩映，繁花夹岸，湖水显得比青天还蓝，比碧玉还翠……这些湖都可以用笔画它，用诗的散文，或散文的诗去描写它。独有在去年十一月十一日的黄昏，我在苏联的列宁格勒城西北三十多里，所看到的拉兹列夫湖，是难以形容的！这个湖，既不深，也不大，它是一对泛滥潴水的姊妹泽沼——拉兹列夫，俄文是泛滥的意思——我去的那天，是冬天阴雾的黄昏，既没有晚霞落照，也没有月光星光，湖水静得没有一点声音，周围长着很高的芦苇，深深的薄雾之中，看不到边际。但是它给我的印象——我说印象是不对的，因为不能说我在欣赏它，乃是它自己，这个世界上最美丽、最伟大、最朴素、"像真理一样朴素"的湖，把我包围在它里面去了。自从看见过它，我再也忘不掉它。它不是供人欣赏游玩的湖，它是受着世界上千千万万人民参谒瞻仰的湖，因为它在一九一七年八月以后，阿芙乐尔船上一声炮响不久以前，曾经亲炙过一个最伟大、最朴素、"像真理一样朴素"的人——列宁！湖边树林里，曾是

这位伟大的人的"绿色的办公室"。这个办公室的"仰顶"是蔚蓝的青天,"地板"是松软的沙土和厚厚的落叶。办公室的桌子和椅子是一高一矮的两座树根,就在这个最伟大最朴素的办公室里,列宁写出天才的著作:《国家与革命》,和其他经典文件。离开这书桌不远,两根树杈支着一根横木,上面吊着一把铁壶。这把铁壶,我再也忘不了,因为它和北京常用的铁壶一模一样,是在户户人家的炉上都能看到的、黑色的、最平凡最朴素的水壶。就在这铁壶的下面,列宁架起枯枝,点上火,然后再回到办公桌上去,执笔凝思,一面静待着壶水的沸声。树林的后面,一个用厚厚的草搭成的、仅容一人躺卧的尖顶草棚,就是这位割草工人——伊凡洛夫(列宁的化名)夜里容身之地。他日中写作,清晨和黄昏,就在湖边散步。他不但在这最寂静、最平凡、最朴素的湖边,会见了他最亲密的战友,计划着怎样掀起这个石破天惊的十月红色风暴,他也在这个长满了芦苇,人迹罕到的湖边,独自欣赏着晚霞和新月。

这是一个多么幸福的湖,和伟大的列宁多么相称的一个最朴素的湖!

我在苏联前后两个多月访问期间,在我所看过的地方,所接触的人物,以及所读所听的一切的背后,都站着一位巨人:宽大而凸出的前额,宽阔的肩膀,智慧的眼睛,仁慈的嘴……他和平凡的普通人民一样,也最得他们的敬爱。他不做作,不矜持,他没有一点癖好。他没有工夫想到自己。他居住的地方,无论是在斯莫尔尼宫、克里姆林宫、哥尔克的将军别墅……他的卧室、餐室、办公室,都是那么仄小,那么朴素。他在最平凡的卧室梳妆台上也能写作,在小小的藤椅上也能久坐办公,在他书桌对面,他给来访的客人准备的却是很舒适的沙发椅子……一切的一切,都使我们深刻地体会到:一个能最好的为人民服务的人,总是最能忘掉自己的人。伟大的列宁就是那样完全地、出乎自然地、时时刻刻无微不至地想到俄罗斯以及世界上千千万万受压迫受剥削的劳动人民。他日日夜夜用最缜密的思考,替他们计划着最幸福的将来。我常常在想,在他那宽大而凸出的前额里,不知道也想过他自己没有?

一想到今天世界上有三分之一的人的幸福自由的生活,就是建立于这位伟大的人的朴素生活之上,我们对于他的朴素生活的遗迹更加百倍的珍贵。这中间,最使我永远不忘的,是他的这个充满了野趣的宽阔崇高的绿色办公室,和办公室旁边的一个朴素的"像真理一样朴素"的湖。

一九五九年二月

(原载1959年3月1日《北京日报》)

小橘灯

这是十几年以前的事了。

在一个春节前一天的下午,我到重庆郊外去看一位朋友。她住在那个乡村的乡公所楼上,走上一段阴暗的仄仄的楼梯,进到一间有一张方桌和几张竹凳、墙上装着一架电话的屋子,再进去就是我的朋友的房间,和外间只隔一幅布帘。她不在家,窗前桌上留着一张条子,说是她临时有事出去,叫我等着她。

我在她桌前坐下,随手拿起一张报纸来看,忽然听见外屋板门吱地一声开了,过了一会,又听见有人在挪动那竹凳子。我掀开帘子,看见一个小姑娘,只有八九岁光景,瘦瘦的苍白的脸,冻得发紫的嘴唇,头发很短,穿一身很破旧的衣裤,光脚穿一双草鞋,正在登上竹凳想去摘墙上的听话器,看见我似乎吃了一惊,把手缩了回来。我问她:"你要打电话吗?"她一面爬下竹凳,一面点头说:"我要××医院,找胡大夫,我妈妈刚才吐了许多血!"我问:"你知道××医院的电话号码吗?"她摇了摇头说:"我正想问电话局……"我赶紧从机旁的电话本子里找到医院的号码,就又问她:"找到了大夫,我请他到谁家去呢?"她说:"你只要说王春林家里病了,她就会来的。"

我把电话打通了,她感激地谢了我,回头就走。我拉住她问:"你的家远

冰　　心
散　文　精　选

吗？"她指着窗外说："就在山窝那棵大黄果树下面，一下子就走到的。"说着就登、登、登地下楼去了。

我又回到里屋去，把报纸前前后后都看完了，又拿起一本《唐诗三百首》来，看了一半，天色越发阴沉了，我的朋友还不回来。我无聊地站了起来，望着窗外浓雾里迷茫的山景，看到那棵黄果树下面的小屋，忽然想去探望那个小姑娘和她生病的妈妈。我下楼在门口买了几个大红橘子，塞在手提袋里，顺着歪斜不平的石板路，走到那小屋的门口。

我轻轻地叩着板门，刚才那个小姑娘出来开了门，抬头看了我，先愣了一下，后来就微笑了，招手叫我进去。这屋子很小很黑，靠墙的板铺上，她的妈妈闭着眼平躺着，大约是睡着了，被头上有斑斑的血痕，她的脸向里侧着，只看见她脸上的乱发，和脑后的一个大髻。门边一个小炭炉，上面放着一个小沙锅，微微地冒着热气。这小姑娘把炉前的小凳子让我坐了，她自己就蹲在我的旁边，不住地打量我。我轻轻地问："大夫来过了吗？"她说："来过了，给妈妈打了一针……她现在很好。"她又像安慰我似地说："你放心，大夫明早还要来的。"我问："她吃过东西吗？这锅里是什么？"她笑说："红薯稀饭——我们的年夜饭。"我想起了我带来的橘子，就拿出来放在床边的小矮桌上。她没有作声，只伸手拿过一个最大的橘子来，用小刀削去上面的一段皮，又用两只手把底下的一大半轻轻地揉捏着。

我低声问："你家还有什么人？"她说："现在没有什么人，我爸爸到外面去了……"她没有说下去，只慢慢地从橘皮里掏出一瓣一瓣的橘瓣来，放在她妈妈的枕头边。

炉火的微光，渐渐地暗了下去，外面变黑了。我站起来要走，她拉住我，一面极其敏捷地拿过穿着麻线的大针，把那小橘碗四周相对地穿起来，像一个小筐似的。用一根小竹棍挑着，又从窗台上拿了一段短短的蜡头，放在里面点起来，递给我说："天黑了，路滑，这盏小橘灯照你上山吧！"

我赞赏地接过，谢了她，她送我出到门外，我不知道说什么好，她又像安慰我似地说："不久，我爸爸一定会回来的。那时我妈妈就会好了。"她用

小手在面前画一个圆圈,最后按到我的手上:"我们大家也都好了!"显然地,这"大家"也包括我在内。

我提着这灵巧的小橘灯,慢慢地在黑暗潮湿的山路上走着。这朦胧的橘红的光,实在照不了多远,但这小姑娘的镇定、勇敢、乐观的精神鼓舞了我,我似乎觉得眼前有无限的光明!

我的朋友已经回来了,看见我提着小橘灯,便问我从哪里来。我说:"从……从王春林家来。"她惊异地说:"王春林,那个木匠,你怎么认得他?去年山下医学院里,有几个学生,被当作共产党员抓走了,以后王春林也失踪了,据说他常替那些学生送信……"

当夜,我就离开那山村,再也没有听见那小姑娘和她母亲的消息。

但是从那时起,每逢春节,我就想起那盏小橘灯。十二年过去了,那小姑娘的爸爸一定早回来了。她妈妈也一定好了吧?因为我们"大家"都"好"了!

(原载《中国少年报》1957 年 1 月 31 日)

忆意娜

年来旅行的机会很多。

旅行有紧张的一面，也更有愉快的一面。看到新奇的地方和事物，当然很有意思，但是我认为最愉快的是：旅行不但使我交了许多新朋友，而已曾相识的朋友，也因为朝夕相处而更加"知心"。

我们大家平时各忙各的，见面的时间很少，聊天的时间更不多。但是我们如果是在一起旅行，行李放好了、坐定了、火车开了、飞机起飞了、送行的人远得看不见了……这一段已经离开了出发点，来到目的地之先的时间，是可以由你自由支配的。假如你不愿意看书，也不肯睡觉，你一定会找同伴说说话，从谈话中，我们不但得到了知识，也发展了友谊。

还有，在国外旅行的时间，我们也往往同陪伴我们的主人，混得很熟。从他们的询问观感，我们的打听风俗习惯起，渐渐地扯到历史、地理、山水、人物、……往往会说得很热闹，很投机。

不过在国外旅行，走的新地方很多，会到的新人也不少，行色匆匆之中，时过境迁，印象不深的人面和景物，往往只能留下一个模糊的轮廓，有的连名字都叫不出来了。独有去年春天在意大利遇到的意娜，她是永远和意大利几个红旗飘飘的群众场面，以及水色、山光、塔形、桥影一同在我的

脑海中浮现,直到周围一切光影都淡化了以后,她的窈窕的身形,清朗的声音,温柔的目光,还总是活跃地遗留在我的眼底。但是我和她在同住的一个月之中,因为我不懂意大利文,她不懂中国话,我不会说法文,她又不太通英语,我们从来没有直接交换过一句话,更不用说是娓娓清谈了。这不是一件极为遗憾的事情么?

意娜是我们在意大利访问的时候,罗马的中国研究中心派来陪伴我们的一位同志,她秾纤适中、长眉妙目,年纪大约在三十以下,嘴角永远含着甜柔和了解的微笑。她办事干练沉着,从来看不见她忙乱的神情和急躁的脸色。她和我们在一起,就像一阵清风似的——当我们在群众中间周旋谈笑,从不见到她插在中间,而在我们想询问一件事情、解决一个问题的时候,回过头来,她却总近在身边,送来一双微笑的协助的眼光,和一双有力的支持的手。

她的一只腿曾受过伤,装了假腿,若不是一位意大利朋友悄悄地告诉我们,我们是决看不出来的。因为她和我们一路同行,登山涉水,上船下车,矫健敏捷得和好人一样,从不显出疲倦和勉强。

在火车中我常常和她对坐,我看着她可爱的面庞,心里总在想,我若能和她直接交谈,我将会如何地高兴。但我们通过翻译,也曾互询一些家庭状况。我替她起了一个中国名字,她很喜欢,请我把意娜(译音)两个字写在她的小本子上,又殷勤地送给我一张她自己的照片。

在我们将要离开意大利的一天,她拉着翻译,坐到我身边来,问我对于意大利的观感,她说:"你们这次所访问的多半是大城市,参观的是大学、博物馆和名胜古迹,看到的是上层社会的仕女和她们的家庭,住的是大旅馆……所见所闻都是一片豪华景象,但是你知道我们意大利的劳动人民的实际生活是极其困苦的。"以后她又谈到意大利的穷困人家的儿童是如何不幸。她低声的背诵着几首意大利共产党员作家罗大里的诗,如同"七巧住在阴沟旁的地下室里"。她眼睛凝注着窗外,双唇微颤,背到感人处,眼里竟然闪着泪光。斜阳照在她金黄的头发上,她的温柔的脸上显得那样地

冰　　心
散 文 精 选

静穆而坚强！

　　我紧紧地握住她的手，我说："意娜，我知道我们所看到的只是极小的一方面……我们中国的儿童，也曾有过这样苦难的过去……我虽然看不懂意大利文，我将永远记住你所背诵的诗。"

　　去年四月十九日的中午，我们离开意大利的都灵城，结束了我们在意大利的访问。在许许多多送行的人中，我特别舍不得意娜。我们在早几天就不止一次地对她说过："意娜，我们在旅行的路上，会十分想念你的。"她腼腆地蹙着长眉，微微地一笑，说："谢谢你们，但是，不要紧的，你们这一路上还会遇见许多的意娜呢。"

　　但是她的预言并没有实现，在后两个月的旅途上，我们并不曾遇到一个能和意娜相仿佛的旅伴！

　　"人难再得始为佳"，我们的意娜真是一个"佳人"呵！

一九五九年七月十六日，北京

（收入散文集《我们把春天吵醒了》，百花文艺出版社1960年4月出版）

一寸法师

在日本旅行的时候,常常会听到一些民间故事。在游览的大汽车里,总有一位女向导员,她指点着窗外的风景,告诉你这是什么山,什么水,什么桥,什么村,同时也给你讲些和这山、水、桥、村有关的故事,并唱些和这故事有关的民歌。

但是这一段特别有趣、特别动人的关于一寸法师的故事,却是我自己在琵琶湖边、石山寺的大黑天神殿里发现的!在神殿的阶下小摊上,摆着许多小小的纪念品,其中一种是只有一寸长的小木槌,把槌柄拔出,可以从槌身里面倒出米粒大小、纸片般薄的两个小金像来。这两个小金像,一个是僧家打扮,手里拿着一把槌子,一个是裙袖飘扬的宫妆美人。问起来知道是一寸法师的故事。因为这小木槌太小巧可爱了,我就买了一个,在下山的路上,便请同行的日本朋友,给我讲一寸法师的故事。

他笑说:这故事和其他的民间故事一样,有好几种说法。我所听到的是:一寸法师是古代日本津国难波地方农民家的孩子,他的父母到了四十岁还没有儿女,就到神庙里去祈求,回来母亲就怀了孕,等到孩子生下来,身长却只有一寸。但是他的父母仍是珍宝般地把他养活起来,因为孩子是在神前求来的,就给他起名叫一寸法师。一寸法师长到了十二三岁,身材仍

冰　　心
散文精选

不见长，父母就忧虑起来了。一寸法师是个很孝顺又有志气的孩子，就毅然地对父母说："让我自己出去闯一个天下吧，天地之大，还怕没有我生存的地方？"于是他从流着眼泪的父母手里接过了一只船形的酒杯，一双筷子，一把套在麦秆鞘里的小针刀，就向他们道别了。

一寸法师把那柄针刀挂在腰间，登上酒杯船，拿两只筷子作了桨，一直往京都划去。他到了京都的清水寺前，一直上门来求见方丈。方丈出来接见的时候，看见他从看门人的木屐底下走了出来，大大地吃了一惊！但是看他身材虽小，却是气宇轩昂，谈吐不凡，方丈十分喜爱，把他留下，让他在大殿里做些杂务。

有一天，有一位公主来到寺里烧香，引动了一个妖魔，想把公主抢走。妖魔来的时候，飞沙走石，天昏地暗，公主的侍从人员和庙中僧众都吓得四散奔逃。正当妖魔向公主伸出巨爪的时候，一寸法师从殿角钻出来了！他奋不顾身地拔出针刀向着妖魔刺去。妖魔看见一寸法师是那么渺小，他呵呵大笑着把一寸法师一把抓起吞在肚里。一寸法师沉着地滚到他心脏深处，举起针刀，向妖魔的五脏六腑乱刺起来。痛得那妖魔狂嗥着把一寸法师呕了出来，拼命奔逃，把手里的木槌也忘下了。公主惊魂初定，伸手去拾起木槌的时候，发现她的救命恩人一寸法师雄赳赳气昂昂地站在那里。公主是多么感激而且喜爱这个一寸长的少年呵！她俯下身去含羞而恳挚地说，"你从妖魔手里救了我，我就是你的人了，让我们成为夫妇吧！"一寸法师羞得满面通红，说，"公主，我救你也不是因为我要跟你结婚……而且，我长得这么细小，怎能作你的丈夫，你还是回宫去吧。"说着回身便走，公主伸手去挽留他时，手里的木槌掉在地下，在这魔槌的声响之中，一寸法师的身材便长了好几寸。公主惊喜地把魔槌连敲了几下，一寸法师便长得和平常人一样高了。这故事的结局，不消说，是一寸法师和公主结了婚，快快乐乐地过日子。

有一位朋友说：这段故事既是有趣又很动人。一寸长的小人儿，是儿童们所喜爱的形象，而且这小人儿又是这样奋不顾身地敢以一寸之躯来同妖

魔斗争,这种舍己为人的高尚品质,也会引起儿童的尊敬。若把它用文学的手笔好好加工起来,一定会成为一段很好的童话。

在我一面听着这故事一面走下山去的时候,我心里所想的却不是写童话,而是回忆我在行前所看到的一本书:《不怕鬼的故事》。那本书里的故事都是反映我国古代人民的大无畏的精神的。我觉得一寸法师的故事,也反映了日本古代人民的大无畏的精神!从故事里的力量对比来看,一寸法师只有普通人千百分之一的大小,而妖魔比飘忽阴森的鬼魂却更是神通广大。一寸法师在间不容发之顷,挺身而出,却又能利用自己身材细小的优点,机智地钻到妖魔的心里,用针刀去刺他的脏腑,终于击败了强敌,得到了木槌,也得到幸福。我相信日本人民是可以从这故事里得到加强反美爱国斗争的信心的作用的。

回到东京去,我们住进一家很幽雅的日本式旅馆——福田家。当我走进我的屋子的时候,抬头,便看见在"床之间"里挂的一幅画,这画是一张条幅,上面是个"福"字,下面就是和我从石山寺买回来的一样形状的木槌!"床之间"本是一种神龛,它的地位等于我们旧家庭里中堂上摆的供桌,日本人总在"床之间"里虔诚地挂起一幅好画,前面再摆上一瓶鲜花。这幅画把"福"字和木槌画在一起,而且供奉在"床之间"里面,足见日本人民是相信只有战胜妖魔才能得到幸福的。我一面放下行囊,脱下大衣,一面喜悦地微笑了起来。

(原载 1961 年 6 月《民间文学》)

樱花赞

樱花是日本的骄傲。到日本去的人,未到之前,首先要想起樱花;到了之后,首先要谈到樱花。你若是在夏秋之间到达的,日本朋友们会很惋惜地说:"你错过了樱花季节了!"你若是冬天到达的,他们会挽留你说:"多呆些日子,等看过樱花再走吧!"总而言之,樱花和"瑞雪灵峰"的富士山一样,成了日本的象征。

我看樱花,往少里说,也有几十次了。在东京的青山墓地看,上野公园看,千鸟渊看……在京都看,奈良看……雨里看,雾中看,月下看……日本到处都有樱花,有的是几百棵花树拥在一起,有的是一两棵花树在路旁水边悄然独立。春天在日本就是沉浸在弥漫的樱花气息里!

我的日本朋友告诉我,樱花一共有三百多种,最多的是山樱、吉野樱和八重樱。山樱和吉野樱不像桃花那样地白中透红,也不像梨花那样地白中透绿,它是莲灰色的。八重樱就丰满红润一些,近乎北京城里春天的海棠。此外还有浅黄色的郁金樱,花枝低垂的枝垂樱,"春分"时节最早开花的彼岸樱,花瓣多到三百余片的菊樱……掩映重叠、争妍斗艳。清代诗人黄遵宪的樱花歌中有:

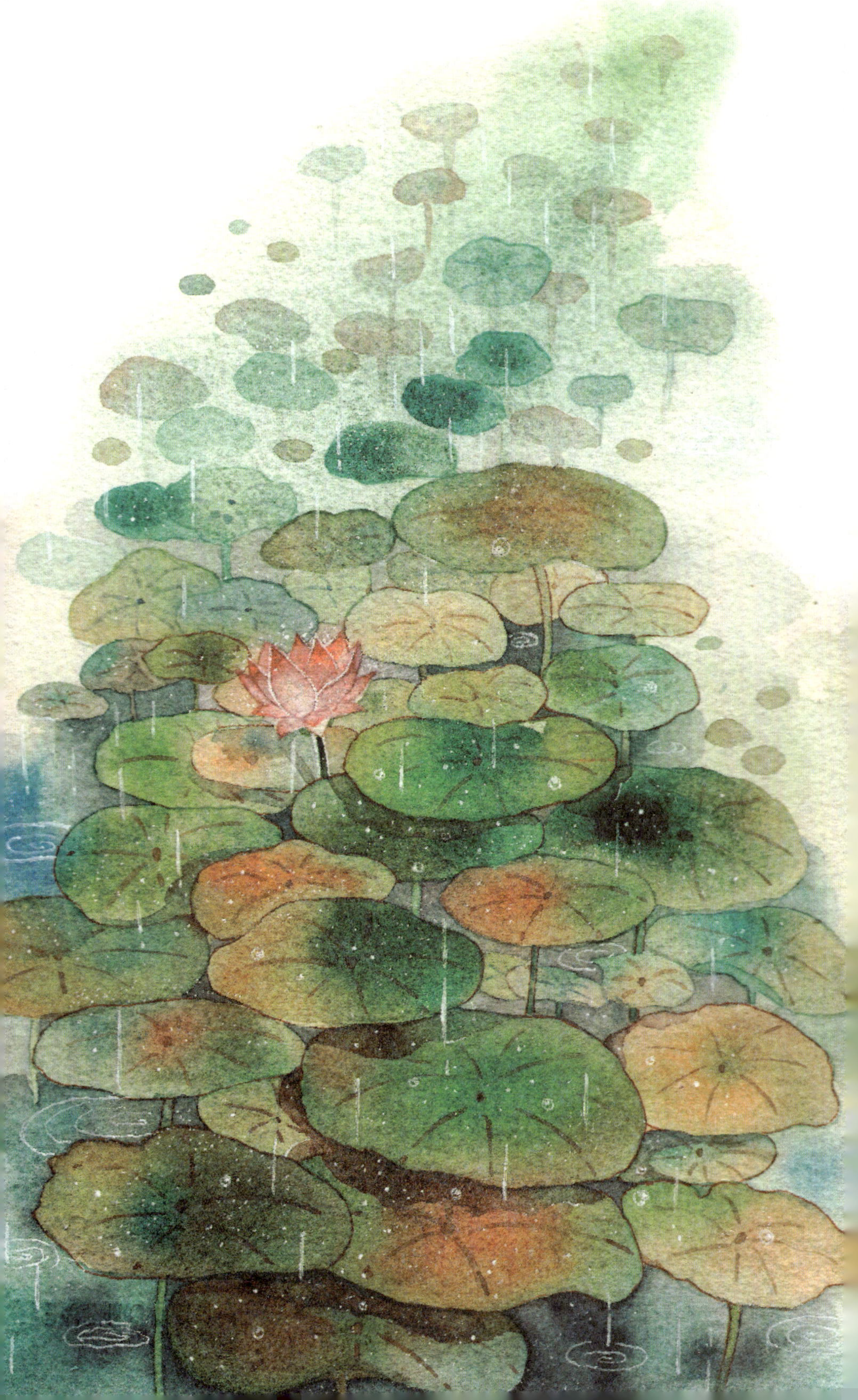

别了!
春水,
感谢你一春潺潺的细流,
带去我许多意绪。
向你挥手了,
缓缓地流到人间去罢。
我要坐在泉源边,
静听回响。

>　…………
>　墨江泼绿水微波
>　万花掩映江之沱
>　倾城看花奈花何
>　人人同唱樱花歌
>　…………
>　花光照海影如潮
>　游侠聚作萃渊薮
>　…………
>　十日之游举国狂
>　岁岁欢虞朝复暮
>　…………

这首歌写尽了日本人春天看樱花的举国若狂的胜况。"十日之游"是短促的,连阴之后,春阳暴暖,樱花就漫山遍地的开了起来,一阵风雨,就又迅速地凋谢了,漫山遍地又是一片落英!日本的文人因此写出许多"人生短促"的凄凉感喟的诗歌,据说樱花的特点也在"早开早落"上面。

也许因为我是个中国人,对于樱花的联想,不是那么灰黯。虽然我在一九四七年的春天,在东京的青山墓地第一次看樱花的时候,墓地里尽是些阴郁的低头扫墓的人,间以喝多了酒引吭悲歌的醉客,当我穿过圆穹似的莲灰色的繁花覆盖的甬道的时候,也曾使我起了一阵低沉的感觉。

今年春天我到日本,正是樱花盛开的季节,我到处都看了樱花,在东京,大阪,京都,箱根,镰仓……但是四月十三日我在金泽萝香山上所看到的樱花,却是我所看过的最璀璨、最庄严的华光四射的樱花!

四月十二日,下着大雨,我们到离金泽市不远的内滩渔村去访问。路上偶然听说明天是金泽市出租汽车公司工人罢工的日子。金泽市有十二家出租汽车公司,有汽车二百五十辆,雇用着几百名的司机和工人。他们为了生

冰　　心
散 文 精 选

活的压迫,要求增加工资,已经进行过五次罢工了,还没有达到目的,明天的罢工将是第六次。

　　那个下午,我们在大雨的海滩上和内滩农民的家里,听到了许多工农群众为反对美军侵占农田作打靶场,奋起斗争终于胜利的种种可泣可歌的事迹。晚上又参加了一个盛况热烈的群众欢迎大会,大家都兴奋得睡不好觉,第二天早起,匆匆地整装出发,我根本就把今天汽车司机罢工的事情,忘在九霄云外了。

　　早晨八点四十分,我们从旅馆出来,十一辆汽车整整齐齐地摆在门口。我们分别上了车,徐徐地沿着山路,曲折而下。天气晴明,和煦的东风吹着,灿烂的阳光晃着我们的眼睛……

　　这时我才忽然想起,今天不是汽车司机们罢工的日子么?他们罢工的时间不是从早晨八时开始么?为着送我们上车,不是耽误了他们的罢工时刻么?我连忙向前面和司机同坐的日本朋友询问究竟。日本朋友回过头来微微地笑说:"为着要送中国作家代表团上车站,他们昨夜开个紧急会议,决定把罢工时间改为从早晨九点开始了!"我正激动着要说一两句道谢的话的时候,那位端详稳静、目光注视着前面的司机,稍稍地侧着头,谦和地说:"促进日中人民的友谊,也是斗争的一部分呵!"

　　我的心猛然地跳了一下,像点着的焰火一样,从心灵深处喷出了感激的漫天灿烂的火花……

　　清晨的山路上,没有别的车辆,只有我们这十一辆汽车,沙沙地飞驰。这时我忽然看到,山路的两旁,簇拥着雨后盛开的几百树几千树的樱花!这樱花,一堆堆,一层层,好像云海似的,在朝阳下绯红万顷,溢彩流光。当曲折的山路被这无边的花云遮盖了的时候,我们就像坐在十一只首尾相接的轻舟之中,凌驾着驰荡的东风,两舷溅起哗哗的花浪,迅捷地向着初升的太阳前进!

　　下了山,到了市中心,街上仍没有看到其他的行驶的车辆,只看到街旁许多的汽车行里,大门敞开着,门内排列着大小的汽车,门口插着大面的红

旗,汽车工人们整齐地站在门边,微笑着目送我们这一行车辆走过。

到了车站,我们下了车,以满腔沸腾的热情紧紧地握着司机们的手,感谢他们对我们的帮助,并祝他们斗争的胜利。

热烈的惜别场面过去了,火车开了好久,窗前拥过的是连绵的雪山和奔流的春水,但是我的眼前仍旧辉映着这一片我所从未见过的奇丽的樱花!

我回过头来,问着同行的日本朋友:"樱花不消说是美丽的,但是从日本人看来,到底樱花美在哪里?"他搔了搔头,笑着说:"世界上没有不美的花朵……至于对某一种花的喜爱,却是由于各人心中的感触。日本文人从美而易落的樱花里,感到人生的短暂,武士们就联想到捐躯的壮烈。至于一般人民,他们喜欢樱花,就是因为它在凄厉的冬天之后,首先给人民带来了兴奋喜乐的春天的消息。在日本,樱花就是多!山上、水边、街旁、院里,到处都是。积雪还没有消融,冬服还没有去身,幽暗的房间里还是春寒料峭,只要远远地一丝东风吹来,天上露出了阳光,这樱花就漫山遍地的开起!不管是山樱也好,吉野樱也好,八重樱也好……向它旁边的日本三岛上的人民,报告了春天的振奋蓬勃的消息。"

这番话,给我讲明了两个道理。一个是:樱花开遍了蓬莱三岛,是日本人民自己的花,它永远给日本人民以春天的兴奋与鼓舞;一个是:看花人的心理活动,形成了对于某些花卉的特别喜爱。金泽的樱花,并不比别处的更加美丽。汽车司机的一句深切动人的、表达日本劳动人民对于中国人民的深厚友谊的话,使得我眼中的金泽的漫山遍地的樱花,幻成一片中日人民友谊的花的云海,让友谊的轻舟,激箭似地,向着灿烂的朝阳前进!

深夜回忆,暖意盈怀,欣然提笔作樱花赞。

一九六一年五月十八日

(原载 1961 年 6 月《人民文学》)

一只木屐

　　淡金色的夕阳,像这条轮船一样,懒洋洋地停在这一块长方形的海水上。两边码头上仓库的灰色大门,已经紧紧地关起了。一下午的嘈杂的人声,已经寂静了下来,只有乍起的晚风,在吹卷着码头上零乱的草绳和尘土。

　　我默默地倚伏在船栏上,周围是一片的空虚——沉重,时间一分一分地过去,苍茫的夜色,笼盖了下来。

　　猛抬头,我看见在离船不远的水面上,飘着一只木屐,它已被海水泡成黑褐色的了。它在摇动的波浪上,摇着、摇着,慢慢地往外移,仿佛要努力地摇到外面大海上去似的!

　　啊!我苦难中的朋友!你怎么知道我要悄悄地离开?你又怎么知道我心里丢不下那些把你穿在脚下的朋友?你从岸上跳进海中,万里迢迢地在船边护送着我?

　　过去几年的、在东京的苦闷不眠的夜晚——相伴我的只有瓦檐上的雨声,纸窗外的月色,更多的是空虚——沉重的、黑魆魆的长夜;而每一个不眠的夜晚,我都听到戛达戛达的木屐声音,一阵一阵的从我楼前走过。这声音,踏在石子路上,清空而又坚实;它不像我从前听过的、引人憎恨的、北京

东单操场上日本军官的军靴声,也不像北京饭店的大厅上日本官员、绅士的皮鞋声。这是日本劳动人民的、风里雨里寸步不离的、清空而又坚实的木屐的声音……

我把双手交叉起,枕在脑后,随着一阵一阵的屐声,在想象中从穿着木屐的双脚,慢慢地向上看,我看到悲哀憔悴的穿着外褂、套着白罩衣的老人、老妇的脸;我看到痛苦愤怒的穿着工裤、披着蓑衣的工人、农民的脸;我看到忧郁彷徨的戴着四角帽、穿着短裙的青年、少女的脸……这些脸,都是我白天在街头巷尾不断看到的,这时都汇合了起来,从我楼前戛达戛达地走过。

"苦难中的朋友!在这黑魆魆的长夜,希望在哪里?你们这样戛达戛达地往哪里走呢?"在失眠的辗转反侧之中,我总是这样痛苦地想。

但是鲁迅的几句话,也常常闪光似地刺进我黑暗的心头,"我想:希望是本无所谓有,无所谓无的。这正如地上的路;其实地上本没有路,走的人多了,也便成了路。"

就这样,这清空而又坚实的木屐声音,一夜又一夜地、从我的乱石嶙峋的思路上踏过;一声一声、一步一步地替我踏出了一条坚实平坦的大道,把我从黑夜送到黎明!

事情过去十多年了,但是我还常常想起那日那时日本横滨码头旁边水上的那只木屐。对于我,它象征着日本劳动人民,也使我回忆起那几年居留日本的一段生活,引起我许多复杂的情感。

从那日那时离开日本后,我又去过两次。这时候,日本人民不但是我的苦难中的朋友,也是我的斗争中的朋友了,我心中的苦乐和十几年前已大不相同。但是,当同去的人们,珍重地带回了些与富士山或樱花有关的纪念品的时候,我却收集一些小小的、引人眷恋的玩具木屐……

(原载 1962 年 7 月《上海文学》)

尼罗河上的春天

通向凉台上的是两大扇玻璃的落地窗门,金色的朝阳,直射了进来。我把厚重的蓝绒窗帘拉起,把床边的电灯开了一盏。她刚刚洗完澡,额上鬓边都沁着汗珠,正对着阳光坐着,脸上起着更深的红晕,看见我拉过窗帘,连忙笑说:"谢谢你,其实我并不太热……"一面低下头去,把膝前和服的衣襟,更向右边拉了一拉,紧紧地裹住她的双腿。

我笑说:"并不只是为你,我也怕直射的阳光,而且,在静暗的屋子里,更好深谈。"我说着绕过床边去,拿起电话机,关照楼下的餐厅,给我们送上三个人的茶点来。

秀子抬起头来,谦逊腼腆地微笑说:"我们到达的那一天,听说你们去接了两次,都没有接着。真是,夜里那么冷,累你们那样来回地跑,我们都觉得非常地……非常地对不起!"我坐在床边,给她点上一支烟,又推过烟碟去,一面笑说:"在迎接日本朋友上面,'累'字是用不上的。你不知道我们心里多么兴奋!自从东京紧急会议以后,算来还不到一年,我们又在开罗见面了。为着欢乐的期待,我们夜里都睡不好,与其在旅馆床上辗转反侧,还不如到飞机场去呆着!"她笑了,"飞机误了点,我们也急的了不得……说到'欢乐的期待',彼此是一样的,算来从塔什干会议起,我们是第三次会面

了,我一直以为世界是很大的,原来世界是这么小。"

她微笑着看着手里袅袅上升的轻烟,又低下头去,这时澡室里响起了哗哗的放水的声音。

我说:"世界原是很大的,但是这些年来,在我的心里,仿佛地球上的几大洲,都变成浮在海洋面上的大木筏,只要各个木筏上的人们,伸出臂,拉住手,同心协力地往怀里一带,几个木筏儿便连成一片了……我看到这一届亚非作家会议的徽章,上面是一只黄色和一只黑色的手紧紧地握在一起的时候,我就有这种感觉!"

秀子的眼睛里,闪起欢喜的光辉,"你这句话多有诗意!只要这几大洲上的人民,互相伸出友谊的手……"

这时穿着阿剌伯服装的餐厅侍者叩着门进来了,他在小圆桌上放下一大茶盘的茶具和点心,又鞠着躬曳着长袍出去了。

我一边倒着茶,一边笑问:"我们的东京朋友们都好吧?他们写作的兴致高不高?"

秀子说:"他们都好,谢谢你。尤其是从去年东京会议以后,他们都像得了特殊的灵感似的,一篇接着一篇地写。你知道,有些报纸刊物不敢用他们的文章,认为太触犯美帝国主义者了。他们的生活是有些困难的,但是他们读者的范围,天天在扩大,因此,他们的兴致一直很高。"

澡室的门开了,和子掩着身上的和服走了出来,一面向后掠着粘在额上的短发,一面笑说:"你们这里的水真热,我的身上足足轻了两磅!你知道,从离开东京我们就没有好好地泡过澡了,我们那个旅馆,只在早晚才有热水,而且还是温的!"她笑着坐到秀子对面的、圆桌边的一张软椅上,接过我递给她的一杯茶来,轻轻地吹着。

我笑说:"我早就说过,你们尽管来,对我一点都没有麻烦,而且还给我快乐。在会场上见面,总是匆匆忙忙的……"

和子从桌上盘里拿起一块点心吃着,笑问:"你们刚才在谈什么,让我打断了?接着往下讲吧。"秀子微笑着望着我,我便把她的话重复了一遍。

冰　　心
散　文　精　选

　　和子收敛了笑容,凝视着自己脚上银色的屐履,慢慢地说:"生活困难是不假,我的评论文章是不大登得出去了,就是山田先生,驹井先生……那么受人欢迎的小说家,也有些出版商不敢接受他们的作品……"她抬起头来,眼里闪着勇敢和骄傲的光,"的确,自从去年东京会议以后,我们都增加了勇气,我们知道我们不是孤立在三岛之上,隔着海洋,不知道有多少人民,都在响应着我们的正义的呼声!最使我们感动震惊的,还是那些非洲代表们的发言。你记得吗?他们说:他们从前对于日本毫不了解,只知道日本曾是一个帝国主义国家,也从来没有把日本政府和人民分开来。到了日本一看,原来日本和他们一样,国土上也有美军基地,日本人民也受着压迫和奴役,他们的同情和友谊就奔涌出来了,他们愿意和日本人民一同奋斗到底……告诉你,这些话的确像清晓的钟声一样,惊醒了好多人,我们知识分子里面,还有不少人认贼作父,把骑在我们头上的美帝国主义者当做自己的保护者呢!"

　　秀子轻轻地咳嗽了一声,低声地说:"有过这类想法的知识分子恐怕不少,应该说连我们都包括在内——至少有我自己!驹井老先生,在听到一位非洲代表发言以后,很沉痛地对我说过:'我们日本的知识分子,从明治维新起,一直眼望着西方,倾倒于西方文明,不用说非洲人,连亚洲人也看不上眼。'我们从来也不懂得知识分子应该和人民站在一起……没想到当我们全国的人民——包括知识分子在内,受到美帝国主义分子欺凌的时候,向我们伸出热情支持之手的,却是……却是我们一向所没有想起的亚洲和非洲的人民!"

　　和子又惊奇又高兴地望着秀子,又回过头来望着我,从她的眼光中,我记起和子曾对我说过,秀子是一个很羞怯很沉静的女子,从她嘴里不太容易听到什么兴奋激昂的话的。秀子动了感情了!

　　我笑说:"东京会议对我们每一个人都是鼓舞,都是教育。我听到不少的非洲的作家在称赞这个成功的会议,他们对于日本作家们的努力,都有很深的感谢和敬意。他们也知道,在这次开罗会议上,日本作家们仍会举着

东京会议的旗帜,奋勇前进的。"

和子高兴而又深思地说:"亚非作家会议,的确把日本作家围抱在反帝反殖民主义的、团结温暖的大家庭里……"

秀子没有听见我们的话,只出神地用手摩抚着膝上的和服的边缘,似乎要把它压得更平贴一点,一面说:"还有昨天那位喀麦隆代表所说的,'在帝国主义制度正在倒塌之中的今天,在帝国主义的恶魔正在血泊里挣扎颤抖的今天,还有哪一位作家,仍在接受'为艺术而艺术'和'文学和政治应该分家'的理论的话,这个作家就是杀害我们人民和我们文学的同谋犯!'这些话像隆隆的雷声一样,听得我耳也热了,心也跳了,在座位上简直坐不住,我想……我想跑出去……"

她抬起晕红的脸,热情激动的目光,扫过我们的脸上,和子和我一时都静默下来,只倾听这股冲破岩石的涌泉,让它奔流下去。

秀子急急地接着说:"我算是开了心窍,眼睛也明亮了。谁说亚非作家会议是个政治会议?谁说亚非作家会议上的发言都是政治的鼓动和宣传?从我看来都是一篇篇最好的文学,都是从亿万人民心中倾吐出来的。"

床边的电话铃响了,把我们从沸腾的情绪中唤醒过来,秀子又像羞涩又像道歉地微微地吁了一口气,从掩襟里拿出一块边上绣着红花的小手绢,轻轻地擦着鬓角上的汗珠。我连忙走到电话机前面去。

我把电话筒递给和子,说:"是你的。"

和子笑着向电话筒里说了几句日本话,便把电话筒放下了。"他们说我们一到了你这里,就不想回来了!我们和朝鲜代表团座谈的时间到了,他们在等着我们一同出发呢!"

秀子也站了起来。她们两个忙着从我床上拿起散放着的腰带,彼此帮忙着紧紧地扎起。秀子的腰带是金色的,正配着她那件深紫色洒白花的和服。和子的腰带是银色的,衬上她的淡青色画着深蓝花的衣服,也显得十分俏丽。当她们在穿衣镜前徘徊瞻顾的时候,床侧的一盏电灯显然的不够亮了,我走过去把那层厚厚的帘幕拉过一边去。

冰　心
散文精选

　　一天的光明，倾泻到屋里来，她们突然看见自己镜中绚烂的影子，吃了一惊似的，回过头来，在我点头招呼之下，含笑地走到门边，和我并肩站着……

　　远远的比金字塔还高的开罗塔，像细瓷烧成似的，玲珑剔透地亭亭玉立在金色的光雾之中；尼罗河水闪着万点银光，欢畅地横流着过去；河的两岸，几座高楼尖顶的长杆上，面面旗帜都展开着，哗哗地飘向西方，遍地的东风吹起了！

　　秀子紧紧地捏着我的手，看着我微笑说："你记得去年我们在京都琵琶湖船上的谈话吧，那一天，东风吹得多紧？一年又过去了……无论在亚洲、在非洲，我都感到春天一年比一年美好，也觉得自己一年比一年年轻……"

　　和子抱着秀子的肩头，笑说："好一个'春天一年比一年美好'！走，把这句话带到座谈会上说去。"她们推挽着走到床边，忙忙地捡起零碎的东西，装到手提包里，又匆匆地道谢道别，我依恋地把她们送到电梯旁边。

　　回来我把床头的电灯关上，在整理茶具的时候，发现一块绣着几朵小红花的手绢，掉在椅边地上。那是秀子刚才拿来擦汗的。把红花一朵一朵地绣到一块雪白的手绢上，不是一时半刻的活计呵！我俯下去拾了起来，不自觉地把这块微微润湿的手绢，紧紧地压在胸前。

（原载 1962 年 4 月《人民文学》四月号）

腊八粥

从我能记事的日子起,我就记得每年农历十二月初八,母亲给我们煮腊八粥。

这腊八粥是用糯米、红糖和十八种干果掺在一起煮成的。干果里大的有红枣、桂圆、核桃、白果、杏仁、栗子、花生、葡萄干等等,小的有各种豆子和芝麻之类,吃起来十分香甜可口。母亲每年都是煮一大锅,不但合家大小都吃到了,有多的还分送给邻居和亲友。

母亲说:这腊八粥本来是佛教寺煮来供佛的——十八种干果象征着十八罗汉,后来这风俗便在民间通行,因为借此机会,清理橱柜,把这些剩余杂果,煮给孩子吃,也是节约的好办法。最后,她叹一口气说:"我的母亲是腊八这一天逝世的,那时我只有十四岁。我伏在她身上痛哭之后,赶忙到厨房去给父亲和哥哥做早饭,还看见灶上摆着一小锅她昨天煮好的腊八粥,现在我每年还煮这腊八粥,不是为了供佛,而是为了纪念我的母亲。"

我的母亲是一九三〇年一月七日逝世的,正巧那天也是农历腊八!那时我已有了自己的家,为了纪念我的母亲,我也每年在这一天煮腊八粥。虽然我凑不上十八种干果,但是孩子们也还是爱吃的。抗战后南北迁徙,有时还在国外,尤其是最近的十年,我们几乎连个"家"都没有,也就把"腊八"这个日子淡忘了。

今年"腊八"这一天早晨,我偶然看见我的第三代几个孩子,围在桌旁边,在洗红枣,剥花生,看见我来了,都抬起头来说:"姥姥,以后我们每年还煮腊八粥吃吧!妈妈说这腊八粥可好吃啦。您从前是每年都煮的。"我笑了,心想这些孩子们真馋。我说:"那是你妈妈们小时候的事情了。在抗战的时候,难得吃到一点甜食,吃腊八粥就成了大典。现在为什么还找这个麻烦?"

他们彼此对看了一下,低下头去,一个孩子轻轻地说:"妈妈和姨妈说,您母亲为了纪念她的母亲,就每年煮腊八粥,您为了纪念您的母亲,也每年煮腊八粥。现在我们为了纪念我们敬爱的周总理,周爷爷,我们也要每年煮腊八粥!这些红枣、花生、栗子和我们能凑来的各种豆子,不是代表十八罗汉,而是象征着我们这一代准备走上各条战线的中国少年,大家紧紧地、融洽地、甜甜蜜蜜地团结在一起……"他一面从口袋里掏出一小张叠得很平整的小日历纸,在一九七六年一月八日的下面,印着"农历乙卯年十二月八日"字样。他把这张小纸送到我眼前说:"您看,这是妈妈保留下来的。周爷爷的忌辰,就是腊八!"

我没有说什么,只泫然地低下头去,和他们一同剥起花生来。

一九七九年二月三日凌晨

(原载 1979 年 3 月《新港》三月号)

我的故乡

我生于一九〇〇年十月五日（农历庚子年闰八月十二日），七个月后我就离开了故乡——福建福州。但福州在我的心里，永远是我的故乡，因为它是我的父母之乡。我从父母亲口里听到的极其琐碎而又极其亲切动人的故事，都是以福州为背景的。

我母亲说，我出生在福州城内的隆普营。这所祖父租来的房子里，住着我们的大家庭。院里有一个池子，那时福州常发大水，水大的时候，池子里的金鱼都游到我们的屋里来。

我的祖父谢銮恩（子修）老先生，是个教书匠，在城内的道南祠授徒为业。他是我们谢家第一个读书识字的人。我记得在我十一岁那年（一九一一年），从山东烟台回到福州的时候，在祖父的书架上，看到薄薄的一本套红印的家谱。第一位祖父是昌武公，以下是顺云公、以达公，然后就是我的祖父。上面仿佛还讲我们谢家是从江西迁来的，是晋朝谢安的后裔。但是在一个清静的冬夜，祖父和我独对的时候，他忽然摸着我的头说："你是我们谢家第一个正式上学读书的女孩子，你一定要好好地读呵。"说到这里，他就原原本本地讲起了我们贫寒的家世。原来我的曾祖父以达公，是福建长乐县横岭乡的一个贫农，因为天灾，逃到了福州城里学做裁缝。这和我们现在

冰　心
散文精选

遍布全球的第一代华人一样,都是为祖国的天灾人祸所迫,漂洋过海,靠着不用资本的三把刀,剪刀(成衣业)、厨刀(饭馆业)、剃刀(理发业)起家的,不过我的曾祖父还没有逃得那么远!

那时做裁缝的是一年三节,即春节、端阳节、中秋节,才可以到人家去要账。这一年的春节,曾祖父到人家要钱的时候,因为不认得字,被人家赖了账,他两手空空垂头丧气地回到家里。等米下锅的曾祖母听到这不幸的消息,沉默了一会,就含泪走了出去,半天没有进来。曾祖父出去看时,原来她已在墙角的树上自缢了!他连忙把她解救了下来,两人抱头大哭;这一对年轻的农民,在寒风中跪下对天立誓:将来如蒙天赐一个儿子,拼死拼活,也要让他读书识字,好替父亲记账、要账。但是从那以后我的曾祖母却一连生了四个女儿,第五胎才来了一个男的,还是难产。这个难得出生的男孩,就是我的祖父谢子修先生,乳名"大德"的。

这段故事,给我的印象极深,我的感触也极大!假如我的祖父是一棵大树,他的第二代就是树枝,我们就都是枝上的密叶,叶落归根;而我们的根,是深深地扎在福建横岭乡的田地里的。我并不是"乌衣门第"出身,而是一个不识字、受欺凌的农民裁缝的后代。曾祖父的四个女儿,我的祖姑母们,仅仅因为她们是女孩子,就被剥夺了读书识字的权利!当我把这段意外的故事,告诉我的一个堂哥哥的时候,他却很不高兴地问我是听谁说的?当我告诉他这是祖父亲口对我讲的时候,他半天不言语,过了一会才悄悄地吩咐我,不要把这段故事再讲给别人听。当下,我对他的"忘本"和"轻农"就感到极大的不满!从那时起,我就不再遵守我们谢家写籍贯的习惯。我写在任何表格上的籍贯,不再是祖父"进学"地点的"福建闽侯",而是"福建长乐",以此来表示我的不同意见。

我这一辈子,到今日为止,在福州不过前后呆了两年多,更不用说长乐县的横岭乡了。但是我记得在一九一一年到一九一二年之间我们在福州的时候,横岭乡有几位父老,来邀我的父亲回去一趟。他们说横岭乡小,总是受人欺侮,如今族里出了一个军官,应该带几个兵勇回去夸耀夸耀。父亲恭

敬地说:他可以回去祭祖,但是他没有兵,也不可能带兵去。我还记得父老们送给父亲一个红纸包的见面礼,那是一百个银角子,合起来值十个银元。父亲把这一个红纸包退回了,只跟父老们到横岭乡去祭了祖。一九二〇年前后,我在北京《晨报》写过一篇叫做《还乡》的短篇小说,讲的就是这个故事。现在这张剪报也找不到了。

从祖父和父亲的谈话里,我得知横岭乡是极其穷苦的。农民世世代代在田地上辛勤劳动,过着蒙昧贫困的生活,只有被卖去当"戏子",才能逃出本土。当我看到那包由一百个银角子凑成的"见面礼"时,我联想到我所熟悉的山东烟台东山金钩寨的穷苦农民来,我心里涌上了一股说不出来难过的滋味!

我很爱我的祖父,他也特别地爱我,一来因为我不常在家,二来因为我虽然常去看书,却从来没有翻乱他的书籍,看完了也完整地放回原处。一九一一年我回到福州的时候,我是时刻围绕在他的身边转的。那时我们的家是住在"福州城内南后街杨桥巷口万兴桶石店后"。这个住址,现在我写起来还非常地熟悉、亲切,因为自从我会写字起,我的父母亲就时常督促我给祖父写信,信封也要我自己写。这所房子很大,住着我们大家庭的四房人。祖父和我们这一房,就住在大厅堂的两边,我们这边的前后房,住着我们一家六口,祖父的前、后房,只有他一个人,和满屋满架的书,那里成了我的乐园,我一得空就钻进去翻书看。我所看过的书,给我的印象最深的是清袁枚(子才)的笔记小说《子不语》,还有我祖父的老友林纾(琴南)老先生翻译的线装的法国名著《茶花女遗事》。这是我以后竭力搜求"林译小说"的开始,也可以说是我追求阅读西方文学作品的开始。

我们这所房子,有好几个院子,但它不像北方"四合院"的院子,只是在一排或一进屋子的前面,有一个长方形的"天井",每个"天井"里都有一口井,这几乎是福州房子的特点。这所大房里,除了住人的以外,就是客室和书房。几乎所有的厅堂和客室、书房的柱子上墙壁上都贴着或挂着书画。正房大厅的柱子上有红纸写的很长的对联。我只记得上联的末一句是"江

冰　心
散　文　精　选

左风流推谢傅",这又是对晋朝谢太傅攀龙附凤之作,我就不屑于记它！但这些挂幅中的确有许多很好很值得记忆的,如我的伯叔父母居住的东院厅堂的楹联,就是：

　　海阔天高气象
　　风光月霁襟怀

又如西院客室楼上有祖父自己写的：

　　知足知不足
　　有为有弗为

这两副对联,对我的思想教育极深。祖父自己写的横幅,更是到处都有。我只记得有在道南祠种花诗中的两句：

　　花花相对叶相当
　　红装青蓝白绿黄

在西院紫藤书屋的过道里还有我的外叔祖父杨维宝(颂岩)老先生送给我祖父的一副对联,是：

　　有子才如不羁马
　　知君身是后凋松

那几个字写得既圆润又有力,我很喜欢这一副对子,因为"不羁马"夸奖了他的侄婿、我的父亲,"后凋松"就称赞了他的老友,我的祖父！

从"不羁马"应当说到我的父亲谢葆璋(镜如)了。他是我祖父的第三个

儿子。我的两个伯父,都继承了我祖父的职业,做了教书匠。在我父亲十七岁那年,正好祖父的朋友严复(又陵)老先生,回到福州来招海军学生,他看见了我的父亲,认为这个青年可以"投笔从戎",就给我父亲出了一道诗题,是"月到中秋分外明",还有一道八股的破题。父亲都做出来了。在一个穷教书匠的家里,能够有一个孩子去当"兵"领饷,也还是一件好事。于是我的父亲就穿上一件用伯父们的两件长衫和半斤棉花缝成的棉袍,跟着严老先生到天津紫竹林的水师学堂,去当了一名驾驶生。

父亲大概没有在英国留过学,但是作为一名巡洋舰上的青年军官,他到过好几个国家,如英国、日本。我记得他曾气愤地对我们说:"那时堂堂一个中国,竟连一首国歌都没有!我们到英国去接收我们中国购买的军舰,在举行接收典礼仪式时,他们竟奏一首《妈妈好胡涂》的民歌调子,作为中国的国歌,你看!"

甲午中日海战之役,父亲是威远舰上的枪炮二副,参加了海战。这艘军舰后来在威海卫被击沉了。父亲泅到刘公岛,从那里又回到了福州。

我的母亲常常对我谈到那一段忧心如焚的生活。我的母亲杨福慈,十四岁时她的父母就相继去世,跟着她的叔父颂岩先生过活,十九岁嫁到了谢家。她的婚姻是在她九岁时由我的祖父和外祖父做诗谈文时说定的。结婚后小夫妻感情极好,因为我父亲长期在海上生活,"会少离多",因此他们通信很勤,唱和的诗也不少。我只记得父亲写的一首七绝中的三句:

×××××××××,
此身何事学牵牛。
燕山闽海遥相隔,
会少离多不自由。

甲午战争爆发后,因为海军里福州人很多,阵亡的也不少,因此我们住的这条街上,今天是这家糊上了白纸的门联,明天又是那家糊上白纸门联。

冰　心
散　文　精　选

母亲感到这副白纸门联，总有一天会糊到我们家的门上！她悄悄地买了一盒鸦片烟膏，藏在身上，准备一旦得到父亲阵亡的消息，她就服毒自尽。祖父看到了母亲沉默而悲哀的神情，就让我的两个堂姐姐，日夜守在母亲身旁。家里有人还到庙里去替我母亲求签，签上的话是：

筵已散，堂中寂寞恐难堪，
若要重欢，除是一轮月上。

母亲半信半疑地把签纸收了起来。过了些日子，果然在一个明月当空的夜晚，听到有人敲门，母亲急忙去开门时，月光下看见了辗转归来的父亲！母亲说："那时你父亲的脸，才有两个指头那么宽！"

从那时起，这一对年轻夫妻，在会少离多的六七年之后，才厮守了几个月。那时母亲和她的三个妯娌，每人十天，大家庭轮流做饭，父亲便替母亲劈柴、生火、打水，做个下手。不久，海军名宿萨鼎铭（镇冰）将军，就来了一封电报，把我父亲召出去了。

一九一二年，我在福州时期，考上了福州女子师范学校预科，第一次过起了学校生活。头儿天我还很不惯，偷偷地流过许多眼泪，但我从来没有对任何人说过，怕大家庭里那些本来就不赞成女孩子上学的长辈们，会出来劝我辍学！但我很快地就交上了许多要好的同学。至今我还能顺老师上班点名的次序，背诵出十几个同学的名字。福州女师的地址，是在城内的花巷，是一所很大的旧家第宅，我记得我们课堂边有一个小池子，池边种着芭蕉。学校里还有一口很大的池塘，池上还有一道石桥，连接在两处亭馆之间。我们的校长是黄花岗七十二烈士中之一的方声洞先生的姐姐，方君瑛女士、我们的作文老师是林步瀛先生。在我快离开女师的时候，还来了一位教体操的日本女教师，姓石井的，她的名字我不记得了。我在这所学校只读了三个学期，中华民国成立后，海军部长黄钟瑛（赞侯），又来了一封电报，把父亲召出去了。不久，我们全家就到了北京。

我对于故乡的回忆,只能写到这里,十几年来,我还没有这样地畅快挥写过!我的回忆像初融的春水,涌溢奔流,十几年来,睡眠也少了,"晓枕心气清",这些回忆总是使人欢喜而又惆怅地在我心头反复涌现。这一幕一幕的图画或文字,都是我的弟弟们没有看过或听过的,即使他们看过听过,他们也不会记得懂得的,更不用说我的第二代第三代了。我有时想如果不把这些写记下来,将来这些图文就会和我的刻着印象的头脑一起消失。这是否可惜呢?但我同时又想,这些都是关于个人的东西,不留下或被忘却也许更好。这两种想法在我心里矛盾了许多年。

一九三六年冬,我在英国的伦敦,应英国女作家弗吉尼亚·沃尔夫(Virginia Woolf)之约,到她家喝茶。我们从伦敦的雾,中国和英国的小说、诗歌,一直谈到当时英国的英王退位和中国的西安事变。她忽然对我说:"你应该写一本自传。"我摇头笑说:"我们中国人没有写自传的风习,而且关于我自己也没有什么可写的。"她说:"我倒不是要你写自己,而是要你把自己作为线索,把当地的一些社会现象贯穿起来,即使是关于个人的一些事情,也可作为后人参考的史料。"我当时没有说什么,谈锋又转到别处去了。

事情过去四十三年了,今天回想起来,觉得她的话也有些道理。"思想再解放一点",我就把这些在我脑子里反复呈现的图画和文字,奔放自由地写在纸上。

记得在半个世纪之前,在我写《往事》(之一)的时候,曾在上面写过这么几句话:

> 索性凭着深刻的印象,
> 将这些往事
> 移在白纸上罢——
> 再回忆时
> 不向心版上搜索了!

这几句话,现在还是可以应用的。把这些图画和文字,移在白纸上之后,我心里的确轻松多了!

一九七九年二月二十一日

(原载 1979 年 4、5 期合刊《福建文艺》)

我的童年

我生下来七个月,也就是一九〇一年的五月,就离开我的故乡福州,到了上海。

那时我的父亲是"海圻"巡洋舰的副舰长,舰长是萨镇冰先生。巡洋舰"海"字号的共有四艘,就是"海圻"、"海筹"、"海琛"、"海容",这几艘军舰我都跟着父亲上去过。听说还有一艘叫做"海天"的,因为舰长驾驶失误,触礁沉没了。

上海是个大港口,巡洋舰无论开到哪里,都要经过这里停泊几天,因此我们这一家便搬到上海来,住在上海的昌寿里。这昌寿里是在上海的哪一区,我就不知道了,但是母亲所讲的关于我很小时候的故事,例如我写在《寄小读者》通讯(十)里面的一些,就都是以昌寿里为背景的。我关于上海的记忆,只有两张相片作为根据,一张是父亲自己照的:年轻的母亲穿着沿着阔边的衣裤,坐在一张有床架和帐楣的床边上,脚下还摆着一个脚炉,我就站在她的身旁,头上是一顶青绒的帽子,身上是一件深色的棉袍。父亲很喜欢玩些新鲜的东西,例如照相,我记得他的那个照相机,就有现在卫生员背的药箱那么大!他还有许多冲洗相片的器具,至今我还保存有一个玻璃的漏斗,就是洗相片用的器具之一。另一张相片是在照相馆照的,我的祖父和老姨太坐在茶几的两边，茶几上摆着花盆、盖碗茶杯和水烟筒，祖父穿着夏天的衣衫，手里拿着扇子；老姨太穿着沿着阔边的上衣，下面是青纱裙子。我自己坐在他们中间茶几前面的一张小椅子上，头上梳着两个丫角，身上穿的是浅色衣裤，两手按在膝头，手腕和脚踝上都戴有银镯子，看样子不过有两三岁，至少是会走了吧。

父亲四岁丧母，祖父一直没有再续弦，这位老姨太大概是祖父老了以后才娶的。我在一九一一年回到福州时，也没有听见家里人谈到她的事，可见她在我们家里的时间是很短暂的，记得我们住在山东烟台的时期内，祖父来信中提到老姨太病故了。当我们后来拿起这张相片谈起她时，母亲就夸她的活计好，她说上海夏天很热，可是老姨太总不让我光着膀子，说我背上的那块蓝"记"是我的前生父母给涂上的，让他们看见了就来讨人了。她又知道我母亲不喜欢红红绿绿的，就给我做白洋纱的衣裤或背心，沿着黑色烤绸的边，看去既凉爽又醒目。母亲说她太费心了，她说费事倒没有什么，就是太素淡了。的确，我母亲不喜欢浓艳的颜色，我又因为从小男装，所以我从来没有扎过红头绳。现在，这两张相片也找不到了。

在上海那两三年中，父亲隔几个月就可以回来一次。母亲谈到夏天夜里，父亲有时和她坐马车到黄浦滩上去兜风，她认为那是她在福州时所想望不到的。但是父亲回到家来，很少在白天出去探亲访友，因为舰长萨镇冰先生说不定什么时候就会派水手来叫他。萨镇冰先生是父亲在海军中最敬仰的上级，总是亲昵地称他为"萨统"。（"统"就是"统领"的意思，我想这也和现在人称的"朱总"、"彭总"、"贺总"差不多。）我对萨统的印象也极深。记得有一次，我拉着一个来召唤我父亲的水手，不让他走，他笑说："不行，不走要打屁股的！"我问："谁叫打？用什么打？"他说："军官叫打就打，用绳子打，打起来就是'一打'，'一打'就是十二下。"我说："绳子打不疼吧？"他用手指比划着说："喝！你试试看，我们船上用的绳索粗着呢，浸透了水，打起来比棒子还疼呢！"我着急地问："我父亲若不回去，萨统会打他吧？"他摇头笑说："不会的，当官的顶多也就记一个过。萨统很少很少打人，你父亲也不

打人,打起来也只打'半打',还叫用干索子。"我问:"那就不疼了吧?"他说:"那就好多了……"这时父亲已换好军装出来,他就笑着跟在后面走了。

大概就在这个时候,母亲生了一个妹妹,不几天就夭折了。头几天我还搬过一张凳子,爬上床去亲她的小脸,后来床上就没有她了。我问妹妹哪里去了,祖父说妹妹逛大马路去了,但她始终就没有回来!

一九〇三——一九〇四年之间,父亲奉命到山东烟台去创办海军军官学校。我们搬到烟台,祖父和老姨太又回到福州去了。

我们到了烟台,先住在市内的海军采办所,所长叶茂蕃先生让出一间北屋给我们住。南屋是一排三间的客厅,就成了父亲会客和办公的地方。我记得这客厅里有一副长联是:

此地有崇山峻岭茂林修竹
是能读三坟五典八索九丘

我提到这一副对联,因为这是我开始识字的一本课文!父亲那时正忙于拟定筹建海军学校的方案,而我却时刻缠在他的身边,说这问那,他就停下笔指着那副墙上的对联说:"你也学着认认字好不好?你看那对子上的山、竹、三、五、八、九这几个字不都很容易认的吗?"于是我就也拿起一枝笔,坐在父亲的身旁一边学认一边学写,就这样,我把对联上的二十二个字都会念会写了,虽然直到现在我还不知道这"三坟五典八索九丘"究竟是哪几本古书。

不久,我们又搬到烟台东山北坡上的一所海军医院去寄居。这时来帮我父亲做文书工作的,我的舅舅杨子敬先生,也把家从福州搬来了,我们两家就住在这所医院的三间正房里。

这所医院是在陡坡上坐南朝北盖的,正房比较阴冷,但是从廊上东望就看见了大海!从这一天起,大海就在我的思想感情上占了一个极其重要的位置。我常常心里想着它,嘴里谈着它,笔下写着它;尤其是三年前的十

冰　　心
散　文　精　选

　　几年里,当我忧从中来,无可告语的时候,我一想到大海,我的心胸就开阔了起来,宁静了下去!一九二四年我在美国养病的时候,曾写信到国内请人写一副"集龚"的对联,是:

　　　　世事沧桑心事定
　　　　胸中海岳梦中飞

　　谢天谢地,因为这副很短小的对联,当时是卷起压在一只大书箱的箱底的,"四人帮"横行,我家被抄的时候,它竟没有和我其他珍藏的字画一起被抄走!

　　现在再回来说这所海军医院。它的东厢房是病房,西厢房是诊室,有一位姓李的老大夫,病人不多。门房里还住着一位修理枪支的师傅,大概是退伍军人吧!我常常去蹲在他的炭炉旁边,和他攀谈。西厢房的后面有个大院子,有许多花果树,还种着满地的花,还养着好几箱的蜜蜂,花放时热闹得很。我就因为常去摘花,被蜜蜂螫了好几次,每次都是那位老大夫给我上的药,他还告诫我:花是蜜蜂的粮食,好孩子是不抢人的粮食的。

　　这时,认字读书已成了我的日课,母亲和舅舅都是我的老师,母亲教我认"字片",舅舅教我的课本,是商务印书馆的国文教科书第一册,从"天地日月"学起。有了海和山作我的活动场地,我对于认字,就没有了兴趣,我在一九三二年写的《冰心全集》自序中,曾有过这一段,就是以海军医院为背景的:

　　　　……有一次母亲关我在屋里,叫我认字,我却挣扎着要出去。父亲便在外面,用马鞭子重重地敲着堂屋的桌子,吓唬我,可是从未打到我的头上的马鞭子,也从未把我爱跑的癖气吓唬回去……

　　不久,我们又翻过山坡,搬到东山东边的海军练营旁边新盖好的房子

里。这座房子盖在山坡挖出来的一块平地上,是个四合院,住着筹备海军学校的职员们。这座练营里已住进了一批新招来的海军学生,但也住有一营(?)的练勇(大概那时父亲也兼任练营的营长)。我常常跑到营门口去和站岗的练勇谈话。他们不像兵舰上的水兵那样穿白色军装。他们的军装是蓝布包头,身上穿的也是蓝色衣裤,胸前有白线绣的"海军练勇"字样。当我跟着父亲走到营门口,他们举枪立正之后,父亲进去了就挥手叫我回来。我等父亲走远了,却拉那位练勇蹲了下来,一面摸他的枪,一面问:"你也打过海战吧?"他摇头说:"没有。"我说:"我父亲就打过,可是他打输了!"他站了起来,扛起枪,用手拍着枪托子,说:"我知道,你父亲打仗的时候,我还没当兵呢。你等着,总有一天你的父亲还会带我们去打仗,我们一定要打个胜仗,你信不信?"这几句带着很浓厚山东口音的誓言,一直在我的耳边回响着!

回想起来,住在海军练营旁边的时候,是我在烟台八年之中,离海最近的一段。这房子北面的山坡上,有一座旗台,是和海上军舰通旗语的地方。旗台的西边有一条山坡路通到海边的炮台,炮台上装有三门大炮,炮台下面的地下室里还有几个鱼雷,说是"海天"舰沉后捞上来的。这里还驻有一支穿白衣军装的军乐队,我常常跟父亲去听他们演习,我非常尊敬而且羡慕那位乐队指挥!炮台的西边有一个小码头。父亲的舰长朋友们来接送他的小汽艇,就是停泊在这码头边上的。

写到这里,我觉得我渐渐地进入了角色!这营房、旗台、炮台、码头,和周围的海边山上,是我童年初期活动的舞台。我在一九六二年九月十八日夜曾写过一篇叫做《海恋》的散文,里面有:

……我童年活动的舞台上,从不更换的布景……在清晨,我看见金盆似的朝日,从深黑色、浅灰色、鱼肚白色的云层里,忽然涌了上来;这时太空轰鸣,浓金泼满了海面,染透了诸天……在黄昏,我看见银盘似的月亮,颤巍巍地捧出了水平,海面变成一层层一道道的,由浓黑而

冰　心
散　文　精　选

银灰，渐渐地漾成光明闪烁的一片……这个舞台，绝顶静寂，无边辽阔，我既是演员，又是剧作者。我虽然单身独自，我却感到无限的欢畅与自由。

就在这个期间，一九〇六年，我的大弟谢为涵出世了。他比我小得多，在家塾里的表哥哥和堂哥哥们又比我大得多；他们和我玩不到一块儿，这就造成了我在山巅水涯独往独来的性格。这时我和父亲同在的时间特别多。白天我开始在家塾里附学，念一点书，学作一些短句子，放了学父亲也从营里回来，他就教我打枪、骑马、划船，夜里就指点我看星星。逢年过节，他也带我到烟台市上去，参加天后宫里海军军人的聚会演戏，或到玉皇顶去看梨花，到张裕酿酒公司的葡萄园里去吃葡萄，更多的时候，就是带我到进港的军舰上去看朋友。

一九〇八年，我的二弟谢为杰出世了，我们又搬到海军学校后面的新房子里来。

这所房子有东西两个院子，西院一排五间是我们和舅舅一家合住的。我们住的一边，父亲又在尽东头面海的一间屋子上添盖了一间楼房，上楼就望见大海。我在《海恋》中有过这么一段描写，就是在这楼上所望见的一切：

　　右边是一座屏障似的连绵不断的南山，左边是一带围抱过来的丘陵，土坡上是一层一层的麦地，前面是平坦无际的淡黄的沙滩。在沙滩与我之间，有一簇依山上下高低不齐的农舍，亲热地偎倚成一个小小的村落。在广阔的沙滩前面，就是那片大海！这大海横亘南北，布满东方的天边，天边有几笔淡墨画成的海岛，那就是芝罘岛，岛上有一座灯塔……

在这时期，我上学的时间长了，看书的时间也多了，主要的还是因为离

海远些了,父亲也忙些了,我好些日子才到海滩上去一次,我记得这海滩上有一座小小的龙王庙,庙门上的对联是:

群生被泽
四海安澜

因为少到海滩上去,那间望海的楼房就成了我常去的地方。这房间算是客房,但是客人很少来往,父亲和母亲想要习静的时候就到那里去。我最喜欢在风雨之夜,倚栏凝望那灯塔上的一停一射的强光,它永远给我以无限的温暖快慰的感觉!

这时,我们家塾里来了一位女同学,也是我的第一个女伴,她是父亲同事李毓丞先生的女儿名叫李梅修的,她比我只大两岁,母亲说她比我稳静得多。她的书桌和我的摆在一起,我们十分要好。这时,我开始学会了"过家家",我们轮流在自己"家"里"做饭",互相邀请,吃些小糖小饼之类。一九一一年,我们在福州的时候,父亲得到李伯伯从上海的来信,说是李梅修病故了,我们都很难过,我还写了一篇《祭亡友李梅修文》寄到上海去。

我和李梅修谈话或做游戏的地方,就在楼房的廊上,一来可以免受表哥哥和堂哥哥们的干扰,二来可以赏玩海景和园景。从楼廊上往前看是大海,往下看就是东院那个客厅和书斋的五彩缤纷的大院子。父亲公余喜欢栽树种花,这院子里种有许多果树和各种的花。花畦是父亲自己画的种种几何形的图案,花径是从海滩上挑来的大卵石铺成的,我们清晨起来,常常在这里活动。我记得我的小舅舅杨子玉先生,他是我的外叔祖父杨颂岩老先生的儿子,那时正在唐山路矿学堂肄业,夏天就到我们这里来度假。他从烟台回校后,曾寄来一首长诗,头几句我忘了,后几句是:

…………
…………

冰　心
散　文　精　选

　　忆昔夏日来芝罘
　　照眼繁花簇小楼
　　清晨微步惬情赏
　　向晚琼筵勤劝酬
　　欢娱苦短不逾月
　　别来倏忽惊残秋
　　花自凋零吾不见
　　共怜福分几生修

　　小舅舅是我们这一代最欢迎的人，他最会讲故事，讲得有声有色。他有时讲吊死鬼的故事来吓唬我们，但是他讲得更多的是民族意识很浓厚的故事，什么洪承畴卖国啦，林则徐烧鸦片啦等等，都讲得慷慨淋漓，我们听过了往往兴奋得睡不着觉！他还拉我的父亲和父亲的同事们组织赛诗会，就是：在开会时大家议定了题目，限了韵，各人分头做诗，传观后评定等次，也预备了一些奖品，如扇子、笺纸之类。赛诗会总是晚上在我们书斋里举行，我们都坐在一边旁听。现在我只记得父亲做的《咏蟋蟀》一首，还不完全：

　　庭前……正花黄
　　床下高吟际小阳
　　笑尔专寻同种斗
　　争来名誉亦何香

　　还有《咏茅屋》一首，也只记得两句：

　　…………
　　…………
　　久处不须忧瓦解

雨余还得草根香

我记住了这些句子,还是因为小舅舅和我父亲开玩笑,说他做诗也解脱不了军人的本色。父亲也笑说:"诗言志嘛,我想到什么就写什么,当然用词赶不上你们那么文雅了。"但是我体会到小舅舅的确很喜欢父亲的"军人本色",我的舅舅们和父亲以及父亲的同事们在赛诗会后,往往还谈到深夜。那时我们都睡觉去了,也不知道他们都谈些什么。

小舅舅每次来过暑假,都带来一些书,有些书是不让我们看的,越是不让看,我们就越想看,哥哥们就怂恿我去偷,偷来看时,原来都是《天讨》之类的"同盟会"的宣传册子。我们偷偷地看了之后,又偷偷地赶紧送回原处。

一九一〇年我的三弟谢为楫出世了。就在这后不久,海军学校发生了风潮!

大概在这一年之前,那时的海军大臣载洵,到烟台海军学校视察过一次,回到北京,便从北京贵胄学堂派来了二十名满族学生,到海军学校学习。在一九一一年的春季运动会上,为着争夺一项锦标,一两年中蕴积的满汉学生之间的矛盾表面化了!这一场风潮闹得很凶,北京就派来了一个调查员郑汝成,来查办这个案件。他也是父亲的同学。他背地里告诉父亲,说是这几年来一直有人在北京告我父亲是"乱党",并举海校学生中有许多同盟会员——其中就有萨镇冰老先生的侄子(?)萨福昌……而且学校图书室订阅的,都是《民呼报》之类,替同盟会宣传的报纸为证等等,他劝我父亲立即辞职,免得落个"撤职查办"。父亲同意了,他的几位同事也和他一起递了辞呈。就在这一年的秋天,父亲恋恋不舍地告别了他所创办的海军学校,和来送他的朋友、同事和学生,我也告别了我的耳鬓厮磨的大海,离开烟台,回到我的故乡福州去了!

这里,应该写上一段至今回忆起来仍使我心潮澎湃的插曲。振奋人心的辛亥革命在这年的十月十日发生了!我们在回到福州的中途,在上海虹口住了一个多月。我们每天都在抢着等着看报。报上以黎元洪将军(他也是父亲的同班同学,不过父亲学的是驾驶,他学的是管轮)署名从湖北武昌拍出的起义的电报(据说是饶汉祥先生的手笔),写得慷慨激昂,篇末都是以"黎元洪泣血叩"收尾。这时大家都纷纷捐款劳军,我记得我也把攒下的十块压岁钱,送到申报馆去捐献,收条的上款还写有"幼女谢婉莹君"字样。我把这张小小的收条,珍藏了好多年,现在,它当然也和如水的年光一同消逝了!

一九七九年七月四日清晨。

(原载 1980 年 1 月《朝花儿童文学丛刊》第一期)

童年杂忆

> 童年呵!
> 是梦中的真,
> 是真中的梦,
> 是回忆时含泪的微笑。
> ——《繁星》

一九八〇年的后半年,几乎全在医院中度过,静独时居多。这时,身体休息,思想反而繁忙,回忆的潮水,一层一层地卷来,又一层一层地退去,在退去的时候,平坦而光滑的沙滩上,就留下了许多海藻和贝壳和海潮的痕迹!

这些痕迹里,最深刻而清晰的就是童年时代的往事。我觉得我的童年生活是快乐的,开朗的,首先是健康的。该得的爱,我都得到了,该爱的人,我也都爱了。我的母亲,父亲,祖父,舅舅,老师以及我周围的人都帮助我的思想、感情往正常、健康里成长。二十岁以后的我,不能说是没有经过风吹雨打,但是我比较是没有受过感情上摧残的人,我就能够禁受身外的一切。有了健康的感情,使我相信人类的前途是光明的,虽然在螺旋形上升的路

冰　心
散文精选

上,是峰回路转的,但我们有自己的看法,自己的判断,来克制外来的侵袭。

八十年里我过着和三代人相处(虽然不是同居)的生活,感谢天,我们的健康空气,并没有被污染。我希望这爱和健康的气息,不但在我们一家中间,还在每一个家庭中延续下去。

话说远了,收回来吧。

读　书

我常想,假如我不识得字,这病中一百八十天的光阴,如何消磨得下去?

感谢我的母亲,在我四五岁的时候,在我百无聊赖的时候,把文字这把钥匙,勉强地塞在我手里。到了我七岁的时候,独游无伴的环境,迫着我带着这把钥匙,打开了书库的大门。

门内是多么使我眼花缭乱的画面呵!我一跨进这个门槛,我就出不来了!

我的文字工具,并不锐利,而我所看到的书,又多半是很难攻破的。但即使我读到的对我是些不熟习的东西,而"熟能生巧",一个字形的反复呈现,这个字的意义,也会让我猜到一半。

我记得我首先得到手的,是《三国演义》和《聊斋志异》,这里我只谈《聊斋志异》。

《聊斋志异》真是一本好书,每一段故事,多的几千字,少的只有几百字。其中的人物,是人、是鬼、是狐,都有自己独特的性格,每个"人"都从字上站起来了!看得我有时欢笑,有时流泪,母亲说我看书看得疯了。不幸的《聊斋志异》,有一次因为我在澡房里偷看,把洗澡水都凉透了,她气得把书抢过去,撕去了一角,从此后我就反复看着这残缺不完的故事,直到十几年后我自己买到一部新书时,才把故事的情节拼全了。

此后是无论是什么书,我得到就翻开看。即或不是一本书,而是一张

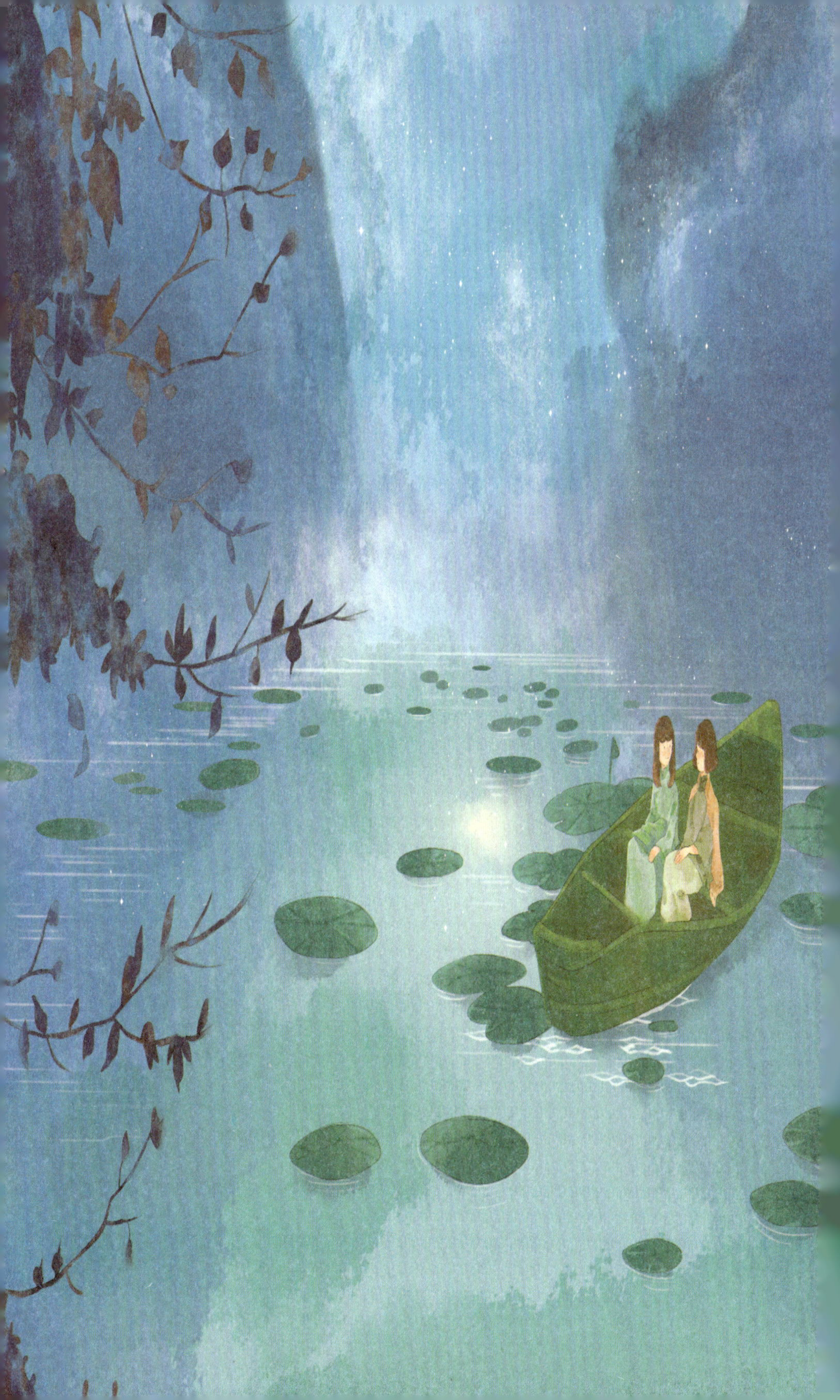

我的朋友，
坐下莫徘徊，
照影到水中，
累他游鱼惊起。

纸,哪怕是一张极小的纸,只要上面有字,我就都要看看。我记得当我八岁或九岁的时候,我要求我的老师教给我做诗。他说做诗要先学对对子,我说我要试试看。他笑着给我写了三个字,是"鸡唱晓",我几乎不假思索地就对上个"鸟鸣春",他大为喜悦诧异,以为我自己已经看过韩愈的《送孟东野序》。其实"以鸟鸣春,以雷鸣夏,以虫鸣秋,以风鸣冬"这四句话,我是在一张香烟画的后面看到的!

再大一点,我又看了两部"传奇",如《再生缘》、《天雨花》等,都是女作家写的,七字一句的有韵的故事,中间也夹些说白,书中的主要角色,又都是很有才干的女孩子。如《再生缘》中的孟丽君,《天雨花》中的左仪贞。故事都很曲折,最后还是大团圆。以后我还看一些类似的书,如《凤双飞》,看过就没有印象了。

与此同时,我还看了许多商务印书馆出版的"说部丛书",其中就有英国名作家迭更斯的《块肉余生述》,也就是《大卫·考伯菲尔》,我很喜欢这本书!译者林琴南老先生,也说他译书的时候,被原作的情文所感动,而"笑啼间作"。我记得当我反复地读这本书的时候,当可怜的大卫,从虐待他的店主出走,去投奔他的姨婆,旅途中饥寒交迫的时候,我一边流泪,一边掰我手里母亲给我当点心吃的小面包,一块一块地往嘴里塞,以证明并体会我自己是幸福的!有时被母亲看见了,就说,"你这孩子真奇怪,有书看,有东西吃,你还哭!"事情过去几十年了,这一段奇怪的心理,我从来没有对人说过!

我的另一个名字

我的另一个名字,是和我该爱而不能爱的人有关,这个人就是我的姑母。

我从来没有见过我的姑母,只从父亲口里听到关于她的一切。她是父亲的姐姐,父亲四岁丧母,一切全由姐姐照料。我记得父亲说过姑母出嫁的那一天,父亲在地上打着滚哭,看来她似乎比我的父亲大得多。

冰　　心
散 文 精 选

　　姑母嫁给冯家，我在一九一一年回福州去的时候，曾跟我的父亲到三官堂冯家去看我的姑夫。姑姑生了三男二女，我的二表姐，乳名叫"阿三"的，长得非常的美。坐在镜前梳头，发长委地，一张笑脸红扑扑地！父亲替她做媒，同一位姓陈的海军青年军官——也是父亲的学生——结了婚，她回娘家的时候，就来看我们。我们一大家的孩子都围着她看，舍不得走开。

　　冯家也是一个大家庭，我记得他们堂兄弟姐妹很多，个个都会吹弹歌唱，墙上挂的都是些箫，笙，月琴，琵琶之类。父亲常说他们家可以成立一个民乐团！

　　我生下来多病。姑母很爱我的父母，因此也极爱我。据说她出了许多求神许愿的主意，比如说让我拜在吕洞宾名下，作为寄女，并在他神座前替我抽了一个名字，叫"珠瑛"，我们还买了一条牛，在吕祖庙放生——其实也就是为道士耕田！每年在我生日那一天，还请道士到家来念经，叫做"过关"。这"关"一直要过到我十六岁，都是在我老家福州过的，我只有在回福州那个时期才得"恭逢其盛"！一个或两个道士一早就来，在厅堂用八仙桌搭起祭坛，围上红缎"桌裙"，点蜡，烧香，念经，上供，一直闹到下午。然后立起一面纸糊的城门似的"关"，让我拉着我们这一大家的孩子，从"关门"里走过，道士口里就唱着"××关过啦""××关过啦"，我们哄笑着穿走了好几次，然后把这纸门烧了，道士也就领了酒饭钱，收拾起道具，回去了。

　　吕祖庙在福州城内乌石山上——福州是山的城市，城内有三座山，乌石山，越王山（屏山），于山。一九三六年冬我到欧洲七山之城的罗马的时候，就想到福州！

　　吕祖庙是什么样子，我已忘得干干净净，但是乌石山上有两大块很光滑的大石头，突兀地倚立在山上，十分奇特。福州人管这两块大石头叫"桃瓣李片"，说出来就是一片桃子和一片李子倚立在一起，这两块石头给我的印象很深。

　　和我的这个名字（珠瑛）有联系的东西，我想起了许多，都是些迷信的事，像把我寄在吕祖名下和"过关"等等，我的父亲和母亲都不相信的，只因

不忍过拂我姑母的意见,反正这一切都在老家进行,并不麻烦他们自己,也就算了,"珠瑛"这个名字,我从来没有用过,家里人也从不这样称呼我。

在我开始写短篇小说的时候,一时兴起,曾想以此为笔名,后来终竟因为不喜欢这迷信的联想,又觉得"珠瑛"这两字太女孩子气了,就没有用它。

这名字给了我八十年了,我若是不想起,提起,时至今日就没有人知道了。

父亲的"野"孩子

当我连蹦带跳地从屋外跑进来的时候,母亲总是笑骂着说,"看你的脸都晒'熟'了!一个女孩子这么'野',大了怎么办?"跟在我后面的父亲就会笑着回答,"你的孩子,大了还会野吗?"这时,母亲脸上的笑,是无可奈何的笑,而父亲脸上的笑,却是得意的笑。

的确,我的"野",是父亲一手"惯"出来的,一手训练出来的。因为我从小男装,连穿耳都没有穿过。记得我回福州的那一年,脱下男装后,我的伯母,叔母都说"四妹(我在大家庭姐妹中排行第四)该扎耳朵眼,戴耳环了。"父亲还是不同意,借口说"你们看她左耳唇后面,有一颗聪明痣。把这颗痣扎穿了,孩子就笨了。"我自己看不见我左耳唇后面的小黑痣,但是我至终没有扎上耳朵眼!

不但此也,连紧鞋父亲也不让穿,有时我穿的鞋稍为紧了一点,我就故意在父亲面前一瘸瘸地走,父亲就埋怨母亲说,"你又给她小鞋穿了!"母亲也气了,就把剪刀和纸裁的鞋样推到父亲面前说:"你会做,就给她做,将来长出一对金刚脚,我也不管!"父亲真的拿起剪刀和纸就要铰个鞋样,母亲反而笑了,把剪刀夺了过去。

那时候,除了父亲上军营或军校的办公室以外,他一下班,我一放学,他就带我出去,骑马或是打枪。海军学校有两匹马,一匹是白的老马,一匹黄的小马,是轮流下山上市去取文件或书信的。我们总在黄昏,把这两匹马牵来,骑着在海边山上玩。父亲总让我骑那匹老实的白马,自己骑那匹调皮的小黄马,跟在后面。记得有一次,我们骑马穿过金钩寨,走在寨里的小街上时,忽然从一家门里蹒跚地走出一个刚会走路的小娃娃,他一直闯到白马的肚子底下,跟在后面的父亲,吓得赶忙跳下马来拖他。不料我座下的那匹白马却从从容容地横着走向一边,给孩子让出路来。当父亲把这孩子抱起交给他的惊惶追出的母亲时,大家都松了一口气,父亲还过来抱着白马的长脸,轻轻地拍了几下。

在我们离开烟台以前,白马死了。我们把它埋在东山脚下。我有时还在它墓上献些鲜花,反正我们花园里有的是花。从此我们再也不骑马了。

父亲还教我打枪,但我背的是一杆鸟枪。枪弹只有绿豆那么大。母亲不让我向动物瞄准,只许我打树叶或树上的红果,可我很少能打下一片绿叶或一颗红果来!

烟台是我们的!

夏天的黄昏,父亲下了班就带我到山下海边散步,他不换便服,只把白色制服上的黑地金线的肩章取了下来,这样,免得走在路上的学生们老远看见了就向他立正行礼。

我们最后就在沙滩上面海坐下,夕阳在我们背后慢慢地落下西山,红霞满天。对面好像海上的一抹浓云,那是芝罘岛。岛上的灯塔,已经一会儿一闪地发出强光。

有一天,父亲只管抱膝沉默地坐着,半天没有言语。我就挨过去用头顶着他的手臂,说,"爹,你说这小岛上的灯塔不是很好看么?烟台海边就是美,不是吗?"这些都是父亲平时常说的话,我想以此来引出他的谈锋。

父亲却摇头慨叹地说,"中国北方海岸好看的港湾多的是,何止一个烟台?你没有去过就是了。"

我瞪着眼等他说下去。

他用手拂弄着身旁的沙子,接着说,"比如威海卫,大连湾,青岛,都是很好很美的……"

我说,"爹,你哪时也带我去看一看。"父亲拣起一块卵石,狠狠地向海浪上扔去,一面说,"现在我不愿意去!你知道,那些港口现在都不是我们中国人的,威海卫是英国人的,大连是日本人的。青岛是德国人的,只有,只有烟台是我们的,我们中国人自己的一个不冻港!"

我从来没有看见父亲愤激到这个样子。他似乎把我当成一个大人,一个平等的对象,在这海天辽阔、四顾无人的地方,倾吐出他心里郁积的话。

他说,"为什么我们把海军学校建设在这海边偏僻的山窝里?我们是被挤到这里来的呵。这里僻静,海滩好,学生们可以练习游泳,划船,打靶等等。将来我们要夺回威海,大连,青岛,非有强大的海军不可。现在大家争的是海上霸权呵!"

从这里他又谈到他参加过的中日甲午海战:他是在威远战舰上的枪炮副。开战的那一天,站在他身旁的战友就被敌人的炮弹打穿了腹部,把肠子都打溅在烟囱上!炮火停歇以后,父亲把在烟囱上烤焦的肠子撕下来,放进这位战友的遗体的腔子里。

"这些事,都像今天的事情一样,永远挂在我的眼前,这仇不报是不行的!我们受着外来强敌的欺凌,死的人,赔的款,割的地还少吗?

"这以后,我在巡洋舰上的时候,还常常到外国去访问。英国,日本,法国,意大利……我觉得到哪里我都抬不起头来!你不到外国,不知道中国的可爱,离中国越远,就对她越亲。但是我们中国多么可怜呵,不振兴起来,就会被人家瓜分了去。可是我们现在难关多得很,上头腐败得……"

他忽然停住了,注视着我,仿佛要在他眼里把我缩小了似的。他站起身来,拉起我说,"不早了,我们回去吧!"

一般父亲带我出去,活动的时候多,像那天这么长的谈话,还是第一次!在这长长的谈话中,我记得最牢,印象最深的,就是"烟台是我们的"这一句。

许多年以后,除了威海卫之外,青岛,大连,我都去过。英国、日本、法国、意大利……的港口,我也到过,尤其在新中国成立后,我并没有觉得抬不起头来。做一个新中国的人民是光荣的!

但是,"烟台是我们的",这"我们"二字,除了十亿我们的人民之外,还特别包括我和我的父亲!

一九八一年四月

(原载《新文学史料》1981年第3期)

我和玫瑰花

我和玫瑰花接触,是从青年时代开始的。

记得在童年时代,在烟台父亲的花园里,只看到有江西腊梅、秋海棠和菊花等等。在福州祖父的花园里,看到的尽是莲花和兰花。兰花有一种清香,但很娇贵,剪花时要用竹剪子。还很怕蚂蚁,花盆架子的四条腿子,还得垫上四只水杯,阻止蚂蚁爬上去。用的肥料,是浸过黑豆的臭水。

差不多与此同时,我就开始看《红楼梦》,看到小厮兴儿对尤三姐形容探春,形容得很传神的句子,他说:"三姑娘的混名儿叫'玫瑰花儿',又红又香,无人不爱,只是有刺扎手……"我就对这种既浓艳又有风骨的花,十分向往,但我那时还没有具体领略到她的色香,和那尖锐的刺。

直到一九一八年的秋季,我进了大学,那时协和女大的校址,是在北京灯市口佟府夹道(后改同福夹道)。这本是清朝佟王的府邸,女大的大礼堂就是这王府的大厅堂三间打通改成的。厅前的台阶很高,走廊也很长,廊前台阶两旁就种着一行猩红的玫瑰。这玫瑰真是"又红又香,无人不爱",而且花朵也大到像一只碟子!我们同学们都爱摘下一朵含苞的花蕊,插在鬓上。当然我们在攀摘时也很小心花枝上的尖刺。记得我还写了一首诗,叫做《玫瑰的荫下》。因为那一行玫瑰的确又高又大,枝叶浓密,我们总喜欢坐在花

冰　心
散 文 精 选

下草地上，在香气氤氲中读书。

等到我出国后，在美国或欧洲，到处都可以看到品种繁多的玫瑰，而且玫瑰的声价，也可与我们的梅、兰、竹、菊相比！玫瑰园之多，到处都是，在印度的泰姬陵，我就惊喜地参观了陵畔五色缤纷、香气四溢的玫瑰园。

一九二九年以后，我自己有了家，便在我家廊前，种了两行德国种的白玫瑰，花也开得很大，而且不断地开花，从阴历的三月三，一直开到九月九，使得我家的花瓶里，繁花不断。我不但自己享受，也把它送给朋友，或是在校医院里养病的学生。

抗战军兴，我离开了北京。从此东迁西移，没有一定的住址，也更没有栽花的心绪。一九四一至一九四五年之间，我在重庆歌乐山下，倒是买了一幢土房，没有围墙，四周有点空地。但那时蔬菜紧张，我只在山坡上种些瓜菜之类，我记得有一年夏天，我们光吃南瓜下饭，就吃了三个月！

解放后回国来，有了自己的宿舍了，但是我们住的单元，是在楼上，没有土地，而我的幸运也因之而来！在我们楼下，有两家年轻人，都是业余的玫瑰花爱好者，花圃里栽满了各种各色的玫瑰。这几位年轻人，知道我也喜欢，就在他们清晨整理花圃的时候，给我送上来一把一把的鲜艳的带着朝露的玫瑰——他们几乎是轮流地给我送花，我在医院时也不例外，从春天开的第一朵直到秋后开的末一朵——每天早起，我还在梳洗的时候，只要听到轻轻的叩门声，我的喜悦就像泉水似地涌溢了出来……

一九八一年十一月五日

（原载 1982 年 1 月《八小时以外》第一期）

祖父和灯火管制

一九一一年秋,我们从山东烟台回到福州老家去。在还乡的路上,母亲和父亲一再地嘱咐我:"回到福州住在大家庭里,不能再像野孩子似的了,一切都要小心。对长辈们不能没大没小的。祖父是一家之主,尤其要尊敬……"

到了福州,在大家庭里住了下来,我觉得我在归途中的担心是多余的。祖父,伯父母,叔父母和堂姐妹兄弟,都没有把我当作野孩子。大家也都很亲昵平等,并没有什么"规矩"。我还觉得我们这个大家庭是几个小家庭的很松散的组合。每个小家庭都是各住各的、各吃各的,各自有自己的亲戚和朋友,比如说,我们就各自有自己的"外婆家"!

就在这一年,也许是第二年吧,福州有了电灯公司。我们这所大房子里也安上电灯。这在福州也是一件新鲜事,我们这班孩子跟着安装的工人们满房子跑,非常地兴奋欢喜!我记得这电灯是从房顶上吊下来的,每间屋子都有一盏。厅堂上和客室里的是五十支光,卧房里的光小一些,厨房里的就更小了。我们这所大房子里至少也有五六十盏灯,第一夜亮起来时,真是灯火辉煌,我们孩子们都拍手欢呼!

但是总电门是安在祖父的屋里的。祖父起得很早也睡得很早,每晚九

冰　心
散　文　精　选

点钟就上床了。他上床之前,就把电闸关上,于是整个大家庭就是黑沉沉的一片!

我们刚回老家,父母亲和他们的兄弟妯娌都有许多别情要叙。我们一班弟兄姐妹,也在一起玩得正起劲,都很少在晚九点以前睡的,为了防备这骤然的黑暗,于是每晚在九点以前,每个小家庭都在一两间屋里,点上一盏捻得很暗的煤油灯。一到九点,电灯一下子都灭了,这几盏煤油灯便都捻亮了,大家相视而笑,又都在灯下谈笑玩耍。

只有在这个时候,我才体会到我们这个大家庭是一个整体,而祖父是一家之主!

一九八二年七月二十二日

(选自《冰心文集》第四卷,上海文艺出版社 1984 年版)

我入了贝满中斋

我在北京闲居了半年,家里的大人们都没有提起我入学的事,似乎大家都在努力适应这陌生而古老的环境。我忍耐不住了,就在一个夏天的晚上,向我的舅舅杨子敬先生提出我要上学。那时他除了在家里教我的弟弟们读书以外,也十分无聊,在生疏的北京,又不知道有什么正当的娱乐场所,他就常到米市大街基督教青年会去看书报、打球,和青年会干事们交上朋友(他还让我的大弟谢为涵和他自己的儿子杨建辰到青年会夜校去读英文)。当我舅舅向他的青年会干事朋友打听有什么好的女子中学的时候,他们就介绍了离我们家最近的东城灯市口公理会的贝满女子中学。

我的父母并不反对我入教会学校,因为我的二伯父谢葆璋(穆如)先生,就在福州仓前山的英华书院教中文,那也是一所教会学校,二伯父的儿子,我的堂兄谢为枢,就在那里读书。仿佛除了教学和上学之外,并没有勉强他们入教。英华书院的男女教师,都是传教士,也到我们福州家里来过。还因为在我上面有两个哥哥,都是接生婆接的,她的接生器具没有经过消毒,他们都得了脐带风而夭折了。于是在我和三个弟弟出生的时候,父亲就请教会医院的女医生来接生。我还记得给我弟弟们接生的美国女医生,身上穿的都是中国式的上衣和裙子,不过头上戴着帽子,脚下穿着皮鞋。在弟

冰　　心
散文精选

弟们满月以前,她们还自动来看望过,都是从山下走上来的。因此父母亲对她们的印象很好。父亲说:教会学校的教学是认真的,英文的口语也纯正,你去上学也好。

于是在一九一四年的秋天,舅舅就带我到贝满女子中学去报名。

那时的贝满女中是在灯市口公理会大院内西北角的一组曲尺形的楼房里。在曲尺的转折处,东南面的楼壁上,有横写的四个金字"贝满中斋"——那时教会学校用的都是中国传统的名称:中学称中斋,大学称书院,小学称蒙学。公理会就有培元蒙学(六年)、贝满中斋(四年)、协和女子书院(四年),因为在通县还有一所男子协和书院,女子书院才加上"女子"二字。这所贝满中斋是美国人姓 Bridgeman 的捐款建立的,"贝满"是 Bridgeman 的译音——走上十级左右的台阶,便进到楼道左边的一间办公室。有位中年的美国女教士,就是校长吧,把我领到一间课室里,递给我一道中文老师出的论说题目,是"学然后知不足"。这题目是我在家塾中做过的,于是我不费思索,一挥而就。校长斐教士十分惊奇叹赏,对我舅舅说:"她可以插入一年级,明天就交费上学吧。"考试和入学的手续是那样地简单,真出乎我们意料之外,我是又高兴而又不安。

第二天我就带着一学期的学费(十六元)去上学了。到校后检查书包,那十六元钱不见了,在校长室里我窘得几乎落下泪来。斐教士安慰我说:"不要紧的,丢了就不必交了。"我说:"那不好,我明天一定来补交。"这时斐教士按了电铃,对进来的一位老太太说:"叫陶玲来。"不久门外便进来一个二年级的同学——一个能说会道、大大咧咧的满族女孩子,也就是这个陶玲,一直叫我"小谢",叫到我八十二岁——她把我带进楼上的大课堂,这大堂上面有讲台,下面有好几排两人同桌的座位,是全校学生自修和开会的地方。我被引到一年级的座位上坐下。这大堂里坐着许多这时不上课的同学,都在低首用功,静默得没有一点声音。上了一两堂课,到了午饭时间,我仍是羞怯地坐在自己的座位上。同学们都走了,我也不敢自动跟了去。下午放了学,就赶紧抱起书包回家。上学的第一天就不顺利,既丢了学费,又没

有吃到午饭,心里十分抑郁,回到家里就哭了一场!

第二天我补交了学费。特意来送我上学的、我的二弟的奶娘,还找到学校传达室那位老太太说了昨天我没吃到午饭的事。她笑了,于是到了午饭时间,仍是那个爱说爱笑的斋二同学陶玲,带我到楼下一个大餐厅的内间,那是走读生们用饭的地方。伙食不错,米饭,四菜一汤,算是"小灶"吧。这时外面大餐厅里响起了"谢饭"的歌声,住校的同学们几乎都在那里用饭。她们站着唱歌,唱完才坐下吃。吃的是馒头、窝头,饭菜也很简单。

同学们慢慢地和我熟了,我发现她们几乎都是基督教徒,从保定、通县和北京或外省的公理会女子小学升上来的,也几乎都是住校。她们都很拘谨、严肃,衣着都是蓝衣青裙,十分朴素。刚上学的一个月,我感到很拘束,很郁闷。圣经课对我本来是陌生的,那时候读的又是《列王纪》,是犹太国古王朝的历史,枯燥无味。算术学的又是代数,我在福州女子师范学校预科只学到加减乘除,中间缺了一大段。第一次月考,我只得62分,不及格!这"不及格"是从我读书以来未曾有过的,给我的刺激很大!我曾把它写在《关于女人》中《我的教师》一段里。这位教师是丁淑静,她教过我历史、地理、地质等课。但她不是我的代数教师,也没有给我补过课,其他的描述,还都是事实。以后在一九一五年的暑假里,由培元蒙学的一位数学教师,给我补了这一段空白。但是其他课目,连圣经、英文我的分数几乎都不在95分以下,作文老师还给过我100加20的分数。

慢慢地高班的同学们也和我熟了,女孩子究竟是女孩子,她们也很淘气,很爱开玩笑。她们叫我"小碗儿",因为学名是谢婉莹;叫我"侉子",因为我开始在班里回答问题的时候,用的是道地的烟台话,教师听不懂,就叫我在黑板上写出答案。同学中间到了能开玩笑的地步,就表示出我们之间已经亲密无间。我不但喜爱她们,也更学习她们的刻苦用功。我们用的课本,都是教会学校系统自己编的,大半是从英文课本翻译过来的,比如在代数的习题里就有"四开银角"的名词,我们都算不出来。直到一九二三年我到美国留学,用过quarter那是两角五分的银币,一元钱的四分之一,中国没有

冰　　心
散 文 精 选

这种币制。我们的历史教科书,是从《资治通鉴》摘编的"鉴史辑要"。只有英文用的是商务印书馆的课本,也是从 A Boy A Peach 开始,教师是美国人芬教士,她很年轻,刚从美国来,汉语不太娴熟,常用简单的英语和我们谈笑,因此我们的英文进步的比较快。

我们每天上午除上课外,最后半小时还有一个聚会,多半是本校的中美教师或公理会的牧师来给我们"讲道"。此外就是星期天的"查经班",把校里的非基督徒学生,不分班次地编在一起,在到公理会教堂做礼拜以前,由协和女子书院的校长麦教士,给我们讲半小时的圣经故事。查经班和做大礼拜对我都是负担,因为只有星期天我才能和父母亲和弟弟们整天在一起,或帮母亲做些家务,我就常常托故不去。但在查经班里有许多我喜欢的同学,如斋二的陶玲、斋三的陈克俊等,我尤其喜欢陈克俊。在贝满中斋和以后在协和女子大学同学时期,我们常常一起参加表演,我在《关于女人》里写的《我的同学》,就是陈克俊。

在贝满还有一个集体活动,是每星期三下午的"文学会",是同学们练习演讲辩论的集会。这会是在大课堂里开的。讲台上有主席,主持并宣告节目;还有书记,记录开会过程;台下有记时员,她的桌上放一只记时钟,讲话的人过了时间,她就叩钟催她下台。节目有读报、演说、辩论等。辩论是四个人来辩论一个题目,正反面各有两人,交替着上台辩论。大会结束后,主席就请坐在台傍旁听的教师讲几句评论的话。我开始非常害怕这个集会。第一次是让我读报,我走上台去,看见台下有上百对的眼睛盯着我看,我窘得急急忙忙地把那一段报读完,就跑回位上去,用双手把通红的脸捂了起来,同学们都看着我笑。一年下来,我逐渐磨练出来了,而且还喜欢有这个发表意见的机会。我觉得这训练很好,使我以后在群众的场合,敢于从容地作即席发言。

我入学不久,就遇到贝满中斋建校五十年的纪念,我是个小班学生,又是走读,别的庆祝活动,我都没有印象了。只记得那一天有许多来宾和校友来观看我们班的体操表演。体育教师是一个美国人,她叫我们做下肢运动

的口令是"左脚往左撇,回来！右脚往右撇,回来！"我们大家使劲忍着笑,把嘴唇都咬破了！

第一学年的下半季,一九一五年的一月日本军国政府向袁世凯政府提出了灭亡中国的"二十一条",五月七日又提出了"最后通牒",那时袁世凯正密谋称帝,想换取日帝对他的支持,在五月九日公然接受了日本的要求。这遭到了全国人民的强烈反对,各地掀起了大规模的讨袁抗日爱国运动。我们也是群情愤激,和全北京的学生在一起,冲出校门,由我们学生会的主席,斋四同学李德全带领着,排队游行到了中央公园(现在的中山公园),在万人如海的讲台上,李德全同学慷慨陈词,我记得她愤怒地说:"别轻看我们中国人！我们四万万人一人一口唾沫,还会把日本兵淹死呢！"我们纷纷交上了爱国捐,还宣誓不买日货。我满怀悲愤地回到家来,正看见父亲沉默地在书房墙上贴上一张白纸,是用岳飞笔迹横写的"五月七日之事"六个大字。父亲和我都含着泪,久久地站在这幅横披的下面,我们互相勉励永远不忘这个国耻纪念日！

到了一九一五年的十二月十二日,那是我在斋二这年的上半季,袁世凯公然称帝了,改民国五年为"洪宪"元年,他还封副总统黎元洪为"武义亲王",把他软禁在中南海的瀛台里。黎元洪和我父亲是紫竹林水师学堂的同级生,不过我父亲学的是驾驶,他学的是管轮,许多年来,没有什么来往。民国成立后,他当了副总统,住东厂胡同,他曾请我父亲去玩,父亲都没有去。这时他住进了瀛台,父亲倒有时去看他,说是同他在木炕上下棋——我从来不知道父亲会下棋——每次去看他以前,父亲都在制服呢裤下面多穿一条绒布裤子,说是那里房内很冷。

这时全国又掀起了"护国运动",袁世凯的皇帝梦只做了八十三天就破灭了。校园内暂时恢复了平静。我们的圣经课已从《旧约》读到了《新约》,我从《福音》书里了解了耶稣基督这个"人"。我看到一个穷苦木匠家庭的私生子,竟然能有那么多信从他的人,而且因为宣传"爱人如己",而被残酷地钉在十字架上,这个形象是可敬的。但我对于"三位一体"、"复活"等这类宣

冰　　心
散文精选

讲,都不相信,也没有入教做个信徒。

贝满中斋的课外活动,本来很少,在我斋三那一年,一九一七年的暑假,我和一些同学参加了女青年会在西山卧佛寺举办的夏令会。我们坐洋车到了西直门,改骑小驴去西山。这是我到北京以后的第一次郊游,我感到十分兴奋。忆起童年骑马的快事,便把小驴当成大马,在土路上扬鞭驰骋,同学当中我是第一个到达卧佛寺的!在会上我们除开会之外还游了山景,结识了许多其他女校的同学,如天津的中西女校的学生。她们的衣着比我们讲究。我记得当女青年会干事们让陈克俊和我在一个节目里表演"天使"的时候,白绸子衣裙就是向中西女校的同学借的。

开完会回家,北京市面已是乱哄哄的了。谣言很多,说是南北军阀之间正在酝酿什么大事,张勋的辫子军要进京调停。辫子军纪律极坏,来了就会到人家骚扰。父亲考虑后就让母亲带我们姐弟,到烟台去暂避一时。

我最喜欢海行,可是这次从塘沽到烟台的船上,竟拥挤得使我们只买到货舱的票。下到沉黑的货舱,里面摆的是满舱的大木桶。我们只好在凸凹不平的桶面上铺了席子。母亲一边挥汗,一边还替我们打扇。过了黑暗、炎热、窒息、饥渴的几十小时,好容易船停了,钻出舱来,呼吸着迎面的海风,举目四望,童年的海山,又罗列在我面前,心里真不知是悲是喜!

父亲的朋友、烟台海军学校校长曾恭甫伯伯,来接我们。让我们住在从前房子的西半边。在烟台这一段短短时间里,我还带弟弟们到海边去玩了几次,在《往事(一)》中也描写过我当时的心境。人大了些,海似乎也小些了,但对面芝罘岛上灯塔的灯光,却和以前一样,一闪一闪地在我心上跳跃!

复辟的丑剧,从一九一七年七月一日起,只演了十二天,我们很快就回到北京,准备上学。

贝满中斋扎扎实实的四个年头过去了,一九一八年的夏天,我们毕业时全班只有十八个人。我以最高的分数,按照学校的传统,编写了"辞师别友"的歌词,在毕业会上做了"辞师别友"的演说。我的同班从各教会中学升

上来的,从此多半都回到母校去教书,风流云散了!只有我和吴搂梅、邝淑贞和她的妹妹,我们这些没有教学的义务的,升入了协和女子大学预科。

我以十分激动的心情,来写这四年认真严肃的生活。这训练的确约束了我的"野性",使我在进入大学的丰富多彩的生活以前,准备好一个比较稳静的起步。

一九八四年三月十四日

(收入《冰心近作选》,作家出版社1991年版)

我的大学生涯

这是我自传的第五部分了(一、我的故乡。二、我的童年。三、我到了北京。四、我入了贝满中斋。),每段都只有几千字,因为我不惯于写叙述性的文章,而且回忆时都是些零碎的细节,拼在一起又太繁琐了。但是在我的短文里,关于这一段时期的叙述是比较少的,而这一段却是我一生中最热闹、最活跃、精力最充沛的一段!

我从贝满中斋毕了业,就直接升入了协和女子大学。我选的是理预科,因为我一心一意想学医,对于数、理、化的功课,十分用功,成绩也好。至于中文呢,因为那时教会学校请的中文老师,多半是前清的秀才或举人,讲的都是我在家塾里或自己读过的古文,他们讲书时也不会旁征侧引,十分无趣。我入了理科,就埋头苦学,学校生活如同止水一般地静寂,只有一件事,使我永志不忘!

我是在夏末秋初,进了协和女子大学的校门的,这协和女大本是清朝的佟王府第,在大门前抬头就看见当时女书法家吴芝瑛女士写的"协和女子大学校"的金字蓝地花边的匾额。走进二门,忽然看见了由王府前三间大厅改成的大礼堂的长廊下,开满了长长的一大片猩红的大玫瑰花!这是玫瑰花第一次打进了我的眼帘,从此我就一辈子爱上了这我认

为是艳冠群芳、又有风骨的花朵,又似乎是她揭开了我生命中最绚烂的一页。

理科的功课是严紧的,新的同学们更是来自五湖四海,大多数比我大好几岁。除了从贝满女中升上来的同学以外,我又结识了许多同学。那时我弟弟们也都上学了。在大学我仍是走读,每天晚餐后,和弟弟们在饭桌旁各据一方,一面自己温课,一面帮助他们学习,看到他们困倦了时,就立起来同他们做些游戏。早起我自己一面梳头的时候,一面还督促他们"背书"。现在回忆起来,在这些最单调的日子里,我只记得在此期间有一次的大风沙,那时北京本有"无风三尺土,有雨一街泥"的谚语,春天风多风大,不必说了。而街道又完全是黄土铺的,每天放学回来总得先洗脸,洗脖子。我记得这一天下午,我们正在试验室里,由一位美国女教师带领着,解剖死猫,忽然狂风大作,尘沙蔽天,电灯也不亮了,连注射过红药水的猫的神经,都看不出来了。教师只得皱眉说:"先把死猫盖上布,收在橱子里吧,明天晴了再说。"这时住校的同学都跑回到自己屋里去了。我包上很厚的头巾,在扑面的尘沙中抱肩低头、昏天黑地地走回家里,看见家里廊上窗台上的沙土,至少有两寸厚。

其实这种大风沙的日子,在当时的北京并不罕见,只因后来我的学校生活,忽然热闹而繁忙了起来,也就记不得天气的变迁了!

在理预科学习的紧张而严肃的日子,只过了大半年,到了第二年——一九一九年——五四运动起来了,我虽然是个班次很低的"大学生",也一下子被卷进了这兴奋而伟大的运动。关于这一段我写过不少,在此就不多说了。我要说的就是我因为参加运动又开始写些东西,耽误了许许多多理科实验的功课,幸而理科老师们还能体谅我,我敷敷衍衍地读完了两年理科,就转入文科,还升了一班!

改入文科以后,功课就轻松多了!就是这一年——一九二〇年,协和女子大学,同通州潞河大学和北京的协和大学合并成燕京大学。校长是司徒雷登。我们协和女子大学就改称"燕大女校"。有的功课是在男校上课,如

205

"哲学"、"教育学"等,有的是在女校上的,如"社会学"、"心理学"等。在男校上课时,我们就都到男校所在地的盔甲厂去。当时男女合校还是一件很新鲜的事,因此我们都很拘谨,在到男校上课以前,都注意把头上戴的玫瑰花蕊摘下。在上课前后,也轻易不同男同学交谈。他们似乎也很腼腆。一般上课时我们都安静地坐在第一排,但当坐在我们后面的男同学,把脚放在我们椅子下面的横杠上,簌簌抖动的时候,我们就使劲地把椅子往前一拉,他们的脚就忽然砰的一声砸到地上。我们自然没有回头,但都忍住笑,也不知道他们伸出舌头笑了没有?

但是我们几个在全校的学生会里有职务的人,都不免常和男生接触,如校刊编辑部、班会等。我们常常开会,那时女校还有"监护人"制度,无论是白天或晚上,几个人或几十个人,我们的会场座后,总会有一位老师,多半是女教师,她自己拿着一本书在静静地看。这一切,连老师带学生都觉得又无聊,又可笑!

我是不怕男孩子的!自小同表哥哥、堂哥哥们同在惯了,每次吵嘴打架都是我得了"最后胜利",回到家里,往往有我弟弟们的同学十几个男孩子围着我转。只是我的女同学们都很谦让,我也不敢"冒尖",但是后来熟了以后,男同学们当面都说我"厉害",说这些话的,就是许地山、瞿世英(菊农)、熊佛西这些人,他们同我后来也成了好朋友。

这时我在燕大女校"学生自治会"里,任务也多得很!自治会里有许多委员会——甚至有伙食委员会!因为我没有住校,自然不会叫我参加,但是其他的委员会,我就都被派上了!那时我们最热心的就是做社会福利工作,而每兴办一项福利工作,都得"自治会"自己筹款。最方便而容易的,就是演戏卖票!我记得我们演过许多"莎士比亚"的戏,如《威尼斯商人》、《第十二夜》等等,那时我们英文班里正读着"莎士比亚",美国女教师们都十分热心地帮助我们排练,设计服装、道具等等,我们演得也很认真卖力,记得有一次鲁迅先生和俄国盲诗人爱罗先珂来看过我们的戏——忘了是哪一出——鲁迅先生写过文章说爱罗先珂先生说我们演的比当时北京大学的

某一出戏好得多。因此他和北大同学还引起了一番争论,北大同学说爱罗先珂先生是个盲人,怎能"看"出戏的好坏?我和鲁迅先生只谈过一次话,还是很短的,因为我负责请名人演讲,我记得请过鲁迅先生、胡适先生,还有吴贻芳先生……我主持演讲会,向听众同学介绍了主讲人以后,就只坐在讲台上听讲了——我和鲁迅先生的接触,就这么一次,我也不知道鲁迅先生是从哪一位同学手里买到戏票的。

这次演剧筹款似乎是我们要为学校附近佟府夹道的不识字的妇女们,义务开办一个"注音字母"学习班。自治会派我去当校长。我自己就没有学过注音字母,但是被委为校长,就意味着把找"校舍"——其实就是租用街道上一间空屋——招生、请老师——也就是请一个会教注音字母的同学——都由我包办下来。这一切,居然都很顺利。开学那一天,我去"训话",看到讲台前坐的都是中年妇女。只前排右首坐着一个十分聪明俊俏的姑娘,听课后我过去和她搭话,她说:"我叫佟志云,十八岁,我识得字,只不过也想学学注音字母。"我想她可能是佟王后裔。她问我:"校长,您多大年纪了?"我笑着说:"反正比你大几岁!"

这时燕大女校已经和美国威尔斯利(Wellesley College)女子大学结成"姐妹学校"。我们女校里有好几位教师,都是威校的毕业生。忘了是哪一年,总在二十年代初期吧,威校的女校长来到我们校里访问,住了几天,受到盛大的欢迎。有一天她——我忘了她的名字——忽然提出要看看古老北京的婚礼仪式,女校主任就让学生们表演一次,给她开开眼。这事自然又落到我们自治会委员身上,除了不坐轿子以外,其他服装如凤冠霞帔、靴子、马褂之类,也都很容易地借来了,只是在演员的分配上,谁都不肯当新娘。我又是主管这个任务的人,我就急了,我说:"这又不是真的,只是逢场作戏而已。你们都不当,我也不等'父母之命,媒妁之言',我就当了!"于是我扮演了新娘。凌淑浩——凌淑华的妹妹,当了新郎。送新太太的是陈克俊和谢兰蕙。扮演公公婆婆的是一位张大姐和一位李大姐,都是高班的学生,至今我还记得她们的面庞。她们以后在演比利时作家梅特林克的童话剧《青鸟》

冰　　心
散文精选

中,还是当了我的爷爷和奶奶,可是她们的名字,我苦忆了半天也想不起来!

那夜在女校教职员宿舍院里,大大热闹了一阵,又放鞭炮,又奏鼓乐。我们磕了不少的头!演到坐床撒帐的时候,我和淑浩在帐子里面都忍不住笑了起来,急得克俊和兰蕙直捂着我们的嘴!

我演的这些戏中,我最喜欢的还是《青鸟》,剧本是我从英文译的,演员也是我挑的,还到培元女子小学,请了几个小学生,都是我在西山夏令会里认识的小朋友。我在《关于女人》那本书内写的"我的同学"里,就写了和陈克俊在"光明宫"对话的那一段。这出剧里还有一只小狗,我就把我家养的北京长毛狗"狮子"也带上台了。我的小弟弟冰季,还怕我们会把"狮子"用绳子拴起,他就亲自跟来,抱着它悄悄地在后台坐着,等到它被放到台上,看见了我,它就高兴得围着我又蹦又跳,引得台下一片笑声。

总之,我的大学生涯是够忙碌热闹的,但我却没有因此而耽误了学习和写作。我的老师们对我都很好,尤其是我的英文老师鲍贵思(Grace Bognton)在我毕业的那一年春季,她就对我说:"威尔斯利女大已决定给你两年的奖学金——就是每年八百美金的学、宿、膳费,让你读硕士学位"——她自己就是威尔斯利的毕业生,她的母亲和她的几个妹妹也都是毕业于威校,可算是威校世家了——她对于母校感情很深,盛赞校园之美、校风之好,问我想不想去,我当然愿意。但我想一去两年,不知这两年之中,我的体弱多病的母亲,会不会出什么意外?我对家里什么人都没有讲过我的忧虑,只悄悄地问过我们最熟悉的医生孙彦科大夫,他是我小舅舅杨子玉先生的挚友,小舅舅介绍他来给母亲看过病。后来因为孙大夫每次到别处出诊路过我家,也必进来探望,我们熟极了。他称我父亲为"三哥",母亲为"三嫂",有时只有我们孩子们在家,他也坐下和我们说笑。我问他我母亲身体不好,我能否离家两年之久?他笑了说:"当然可以,你母亲的身体不算太坏,凡事有我负责。"同时鲍女士还给我父亲写了信,问他让不让我去?父亲很客气地回了她一封信,说只要她认为我不会辜负她母校的栽培,他是同

意我去美国的。这一切当时我还不好意思向同学们公开,依旧忙我的课外社会福利工作。

那几年也是家庭中多事之秋,记得就是在我上中学的末一年(?),我的舅舅杨子敬先生逝世了。他是我母亲惟一的亲哥哥。兄妹二人感情极好。我父亲被召到北京来时,母亲也请舅舅来京教我的三个弟弟,作为家庭教师。不过舅舅没有和我们住在一起,他们住在离中剪子巷不远的铁狮子胡同。忽然有一天早晨,舅家的白妈,气急败坏地来对我母亲说,从昨天下午起舅舅肚子痛得厉害,呕吐了一夜,现在已经不能说话了。我想这病可能是急性盲肠炎。——那时父亲正不在家,他回到福州,去庆祝祖父的八十大寿了。——等母亲和我们赶到时,舅舅已经断气了。这事故真像晴天霹雳一般,我们都哭得泪干声咽!母亲还能勉强镇定地办着后事,这是我生平第一次看见死人入殓!我的大弟弟为涵,还悄悄地对我说"装舅舅的那个大匣子,靠头那一边,最好开一个窟窿,省得他在那里头出不了气。"我哭得更伤心了,我说:"他要是还能喘气,就不用装进棺材里去了!"

记得父亲回福州的时期,我还写了几首祝贺祖父大寿的诗,请他带回去,现在只记得一首:

　　浮踪万里客幽燕
　　恰值太公八秩年
　　自笑菲才惭咏絮
　　也裁诗句谱新篇

反正都是歪诗,写出来以助一笑。

等到父亲从福州回来,舅母和表弟妹们已搬进我家的三间西厢房,从前舅舅教弟弟们读书的屋子里。从此弟弟也都进入了小学校。

此后,大约是我在大学的时候,福州家里忽然来了一封电报说是祖父逝世了,这对我们又是一个极大的打击!我父亲星夜奔丧,我忽然记起

冰　　心
散文精选

在一九一二年我离开故乡的时候，祖父曾悄悄地将他写的几副自挽联句，交给我收着，说"谁也不让看，将来有用时，再拿出来"。我真地就严密地收起，连父母亲都不知道。这时我才拿出来给父亲带回，这挽联有好几对。有一联大意是说他死后不要僧道唪经，因为他不信神道，而且相信自己生平也没有造过什么冤孽，怎么写的我不记得了。有一联我却记得很清楚，是：

　　有子万事足，有子有孙又有曾孙，足，足，足。
　　无官一身轻，无官无累更无债累，轻，轻，轻。

父亲办完丧事，回来和我们说：祖父真可算是"无疾而终"。那一天是清明，他还带着伯叔父和堂兄们步行到城外去扫墓，但当他向坟台上捧献祭品时，双手忽然颤抖起来，二伯父赶紧上前接过去。跪拜行礼时也还镇定自如，回来也坚持不坐轿子，说是走动着好。回到家后，他说似乎觉得累了一点，要安静躺一会子，他自己上了床，脸向里躺下，叫大家都出去。过不了一会，伯父们悄悄进去看时祖父已经没有呼吸了，脸上还带着安静的微笑！我记得他的终年是八十六岁。

这时已是一九二三年的春季，我该忙我的毕业论文了。文科里的中国文学老师是周作人先生。他给我们讲现代文学，有时还讲到我的小诗和散文，我也只低头听着，课外他也从来没有同我谈过话。这时因为必须写毕业论文，我想自己对元代戏曲很不熟悉，正好趁着写论文机会，读些戏曲和参考书。我把论文题目《元代的戏曲》和文章大纲，拿去给周先生审阅。他一字没改就退回给我，说"你就写吧"。于是在同班们几乎都已交出论文之后，我才匆匆忙忙地把毕业论文交了上去。

就在这时我的吐血的病又发作了。我母亲也有这个病，每当身体累了或是心绪不好，她就会吐血。我这次的病不消说，是我即将离家的留恋之情的表现。老师们和父母都十分着急，带我到协和医院去检查。结果从透视和

其他方面,都找不出有肺病的症状。医生断定是肺气枝涨大,不算什么大病症。那时我的考上协和医学院的同学们和林巧稚大夫——她也还是学生,都半开玩笑地和我说:"这是天才病!不要胡思乱想,心绪稳定下来就好。"

于是我一面预备行装,一面结束学业。在毕业典礼台上,我除了得到一张学士文凭之外,还意外地得到了一把荣誉奖的金钥匙。

这一年的八月三日,我离开北京到上海准备去美。临行以前,我的弟弟们和他们的小朋友们,再三要求我常给他们写信,我答应了。这就是我写那本《寄小读者》的"灵感"!

八月十七日,美国邮船杰克逊总统号就把带着满腔离愁的我,从"可爱的海棠叶形的祖国"载走了!我写过一首诗:

> 她是翩翩的乳燕,
> 横海飘游,
> 月明风紧,
> 不敢停留——
> 在她频频回顾的
> 飞翔里
> 总带着乡愁!

我在国内的大学生涯,从此结束。在我的短文里,写得最少的,就是这一段,而在我的回忆中,最惬意的也就是这一段,提起笔来,就说个没完了!

一九八五年三月十八日

(收入《冰心近作选》,作家出版社 1991 年版)

霞

四十年代初期,我在重庆郊外歌乐山闲居的时候,曾看到英文《读者文摘》上,有个很使我惊心的句子,是:

May there be enough clouds in your life to make a beautiful sunset.

我在一篇短文里曾把它译成:"愿你的生命中有够多的云翳,来造成一个美丽的黄昏。"

其实,这个 sunset 应当译成"落照"或"落霞"。

霞,是我的老朋友了!我童年在海边、在山上,她是我的最熟悉最美丽的小伙伴。她每早每晚都在光明中和我说"早上好"或"明天见"。但我直到几十年以后,才体会到云彩更多,霞光才愈美丽。从云翳中外露的霞光,才是璀璨多彩的。

生命中不是只有快乐,也不是只有痛苦,快乐和痛苦是相生相成,互相衬托的。

快乐是一抹微云,痛苦是压城的乌云,这不同的云彩,在你生命的天边重叠着,在"夕阳无限好"的时候,就给你造成一个美丽的黄昏。

一个生命到了"只是近黄昏"的时节,落霞也许会使人留恋,惆怅。但人

类的生命是永不止息的。地球不停地绕着太阳自转。东方不亮西方亮,我窗前的晚霞,正向美国东岸的慰冰湖上走去……

一九八五年四月二十六日清晨

(收入《冰心近作选》,作家出版社 1991 年版)

关于男人

四十年前我在重庆郊外歌乐山隐居的时候，曾用"男士"的笔名写了一本《关于女人》。我写文章从来只用"冰心"这个名字，而那时却真是出于无奈！一来因为我当时急需稿费，二来是我不愿在那时那地用冰心的名字来写文章。当友人向我索稿的时候，我问，"我用假名可不可以？"编辑先生说，"陌生的名字，不会引起读者的注意。"我说，"那么，我挑一个引人注意的题目吧。"于是我写了《关于女人》。

我本想写一系列的游戏文章，但心情抑郁的我，还是"游戏"不起来，好歹凑成了一本书，就再也写不下去了。

在《关于女人》的后记里，我曾说，"我只愁活不过六十岁。"那的确是实话。不料晚年欣逢盛世，居然让我活到八十以上！我是应当以有限的光阴，来写一本《关于男人》。

病后行动不便，过的又是闲居不出的生活，接触的世事少了，回忆的光阴却又长了起来。我觉得我这一辈子接触过的可敬可爱的男人的数目，远在可敬可爱的女人们之上。对于这些人物的回忆，往往引起我含泪的微笑。

这里记下的都是真人真事，大部分也许都是凡人小事，(也许会有些伟人大事)但这些小事、轶事，往往总使我永志不忘，我愿意把这些轶事自由

酣畅地写了出来,只为怡悦自己。但从我作为读者的经验来说,当作者用自己的真情实感,写出来的怡悦自己的文字,也是往往会怡悦读者的。

我 的 祖 父

关于我的祖父,我在许多短文里,已经写过不少了。但还有许多小事,趣事,是常常挂在我的心上。我和他真正熟悉起来,还是在我十一岁那年回到故乡福州那时起,我差不多整天在他身边转悠!我记得他闲时常到城外南台去访友,这条路要过一座大桥,一定很远,但他从来不坐轿子。他还说他一路走着,常常遇见坐轿子的晚辈,他们总是赶紧下轿,向他致敬。因此他远远看见迎面走来的轿子,总是转过头去,装作看街旁店里的东西,免得人家下轿。他说这些年来,他只坐过两次轿子,一次是他手里捧着一部曲阜圣迹图(他是福州尊孔兴文会的会长),他觉得把圣书夹在腋下太不恭敬了,就坐了轿子捧着回来;还有一次是他的老友送给他一只小狗,他不能抱着它走那么长的路,只好坐了轿子。祖父给这只小狗起名叫"金狮"。我看到它时,已是一只大狗了。我握着它的前爪让它立起来时,它已和我一般高了,周身是金灿灿的发亮的黄毛。它是一只看家的好狗,熟人来了,它过去闻闻就摇起尾来,有时还用后腿站起,抬起前爪扑到人家胸前。生人来了,它就狂吠不止,让一家人都警惕起来。祖父身体极好,但有时会头痛,头痛起来就静静地躺着,这时全家人都静悄起来了,连金狮都被关到后花园里。我记得母亲静悄悄地给祖父下了一碗挂面,放在厨房桌上,四叔母又静悄悄地端起来,放在祖父床前的小桌上,旁边还放着一小碟子的"苏苏"熏黄鸭。这"苏苏"是人名,也是福州鼓楼一间很有名的熏鸭店名。这黄鸭一定很贵,因为我们平时很少买过。

祖父对待孙女们一般比孙子们宽厚,我们犯了错误,他常常"视而不见"地让它过去。我最记得我和我的三姐,(她是四叔母的女儿,和我同岁)常常给祖父装烟,我们都觉得从他嘴里喷出来的水烟,非常好闻。于是在一

冰　　心
散文精选

次他去南台访友,走了以后(他总是扣上前房的门,从后房走的)我们仍在他房里折叠他换下的衣衫。料想这时断不会有人来,我们就从容地拿起水烟袋,吹起纸煤,轮流吸起烟来,正在我们呛得咳嗽的时候,祖父忽然又从后房进来了,吓得我们赶紧放下水烟袋,拿起他的衣衫来乱抖乱拂,想抖去屋里的烟雾。祖父却没有说话,也没有笑,拿起书桌上的眼镜盒子,又走了出去。我们的心怦怦地跳着,对面苦笑了半天,把祖父的衣衫叠好,把后房门带上出来。这事我们当然不敢对任何人说,而祖父也始终没有对任何人说过我们这件越轨的举动。

祖父最恨赌博,即使是岁时节庆,我们家也从来听不见搓麻将、掷骰子的声音。他自己的生日,是我们一家最热闹的日子了,客人来了,拜过寿后,只吃碗寿面。至亲好友,就又坐着谈话,等着晚上的寿席,但是有麻将癖的客人,往往吃过寿面就走了,他们不愿意坐着谈半天的很拘束的客气话。

在我们大家庭里,并不是没有麻将牌的。四叔母屋里就有一副很讲究的象牙麻将牌。我记得在我回福州的第二年,我父亲奉召离家的时候,我因为要读完女子师范的第二个学期,便暂留了下来,母亲怕我们家里的人会娇惯我,便把我寄居在外婆家。但是祖父常常会让我的奶娘(那时她在祖父那里做短工)去叫我。她说"莹官,你爷爷让你回去吃龙眼。他留给你吃的那一把龙眼,挂在电灯下面的,都烂掉得差不多了!"那时正好我的三堂兄良官,从小在我家长大的,从兵舰上回家探亲,我就和他还有二伯母屋里的四堂兄枢官,以及三姐,在夜里九点祖父睡下之后,由我出面向四叔母要出那副麻将牌来,在西院的后厅打了起来。打着打着,我忽然拼够了好几副对子,和了一副"对对和"!我高兴得拍案叫了起来。这时四叔母从她的后房急急地走了出来,低声的喝道,"你们胆子比天还大!四妹,别以为爷爷宠你,让他听见了,不但从此不疼你了,连我也有了不是,快快收起来吧!"我们吓得诺诺连声,赶紧把牌收到盒子里送了回去。这些事,现在一想起来就很内疚,我不是祖父想象里的那个乖孩子,离了他的眼,我就是一个既淘气又不守法的"小家伙"。

我 的 父 亲

关于我的父亲,零零碎碎地我也写了不少了。我曾多次提到,他是在"威远"舰上,参加了中日甲午海战。但是许多朋友和读者都来信告诉我,说是他们读了近代史,威远舰并没有参加过海战。那时威字排行的战舰很多,一定是我听错了,我后悔当时我没有问到那艘战舰舰长的名字,否则也可以对得出来。但是父亲的确在某一艘的"威"字命名的兵舰上参加过甲午海战,有诗为证!

记得在1914—1915年之间,我在北京中剪子巷家里客厅的墙上,看到一张父亲的挚友张心如伯伯(父亲珍藏着一张"岁寒三友"的相片,这三友是父亲和一位张心如伯伯,一位萨幼洲伯伯。他们都是父亲的同学和同事。我不知道他们的大名,"心如"和"幼洲"都是他们的别号。)贺父亲五十寿辰的七律二首,第一首的头两句我忘了:

×××××××
×××××××
东沟决战甘前敌
威海逃生岂惜身
人到穷时方见节
岁当寒后始回春
而今乐得英才育
坐护皋比士气伸

第二首说的都是谢家的典故,没什么意思,但是最后两句,点出了父亲的年龄:

冰　心
散　文　精　选

　　　　乌衣门第旧冠裳
　　　　想见阶前玉树芳
　　　　希逸有才工月赋
　　　　惠连入梦忆池塘
　　　　出为霖雨东山望
　　　　坐对棋枰别墅光
　　　　莫道假年方学易
　　　　平时诗礼已闻亢

　　从第一首诗里看来，父亲所在的那艘兵舰是在大东沟"决战"的，而父亲是在威海卫泅水"逃生"的。

　　提到张心如伯伯，我还看到他给父亲的一封信，大概是父亲在烟台当海军学校校长的时期（父亲书房里有一个书橱，中间有两个抽屉，右边那个珍藏着许多朋友的书信诗词，父亲从来不禁止我去翻看）。信中大意说父亲如今安下家来，生活安定了，母亲不会再有"会少离多"的怨言了等等。中间有几句说："秋分白露，佳话十年，会心不远，当月笑存之。"我就去问父亲："这佳话十年，是什么佳话？"父亲和母亲都笑了，说：那时心如伯伯和父亲在同一艘兵舰上服役。海上生活是寂寞而单调的，因此每逢有人接到家信，就大家去抢来看。当时的军官家属，会亲笔写信的不多，母亲的信总会引起父亲同伴的特别注意。有一次母亲信中提到"天气"的时候，引用了民间谚语："白露秋分夜，一夜冷一夜"。大家看了就哄笑着逗着父亲说："你的夫人想你了，这分明是'鸳鸯瓦冷霜华重，翡翠衾寒谁与共'的意思！"父亲也只好红着脸把信抢了回去。从张伯伯的这封信里也可以想见当年长期在海上服务的青年军官们互相嘲谑的活泼气氛。

　　就是从父亲的这个书橱的抽屉里，我还翻出萨镇冰老先生的一首七绝，题目仿佛是《黄河夜渡》：

晓发××尚未寒

夜过荥泽觉衣单

黄河桥上轻车渡

月照中流好共看

父亲盛赞这首诗的末一句,说是"有大臣风度",这首诗大概是作于清末民初,萨老先生当海军副大臣的时候,正大臣是载洵贝勒。

1984年11月5日清晨

(收入《关于男人》,人民文学出版社1988年版)

我的老伴——吴文藻(之一)

我想在我终于投笔之前,把我的老伴——和我共同生活了五十六年的吴文藻这个人,写了出来,这就是我此生文字生涯中最后要做的一件事,因为这是别人不一定会做,而且是做不完全的。

这篇文章,我开过无数次的头,每次都是情感潮涌,思绪万千,不知从哪里说起!最后我决定要稳静地简单地来述说我们这半个多世纪以来的、共同度过的、和当时全国大多数知识分子一样的"平凡"生活。

今年一月十七大雾之晨,我为《婚姻与家庭》杂志写了一篇稿子,题目就是《论婚姻与家庭》。我说:

家庭是社会的细胞。

有了健全的细胞,才会有一个健全的社会,乃至一个健全的国家。

家庭首先由夫妻两人组成。

夫妻关系是人际关系中最密切最长久的一种。

冰　心
散文精选

夫妻关系是婚姻关系,而没有恋爱的婚姻是不道德的。

恋爱不应该只感情地注意到"才"和"貌",而应该理智地注意到双方的"志同道合"(这"志"和"道"包括爱祖国、爱人民、爱劳动等等),然后是"情投意合"(这"情"和"意"包括生活习惯和爱好等等)。

在不太短的时间考验以后,才能考虑到组织家庭。

一个家庭对社会对国家要负起一个健康细胞的责任,因为在它周围还有千千万万个细胞。

一个家庭要长久地生活在双方人际关系之中,不但要抚养自己的儿女,还要奉养双方的父母,而且还要亲切和睦地处在双方的亲、友、师、生之中。

婚姻不是爱情的坟墓,而是更亲密的灵肉合一的爱情的开始。

"二人同心,其利断金",是中国人民几千年智慧的结晶。

人生的道路,到底是平坦的少,崎岖的多。

在平坦的道路上,携手同行的时候,周周有和暖的春风,头上有明净的秋月。两颗心充分地享受着宁静柔畅的"琴瑟和鸣"的音乐。

在坎坷的路上,扶掖而行的时候,要坚忍地咽下各自的冤抑和痛苦,在荆棘遍地的路上,互慰互勉,相濡以沫。

有着忠贞而精诚的爱情在维护着,永远也不会有什么人为的"划清界线",什么离异出走,不会有家破人亡,也不会教育出那种因偏激、怪僻、不平、愤怒而破坏社会秩序的儿女。

人生的道路上,不但有"家难",而且有"国忧",也还有世界大战以及星球大战。

但是由健康美满的恋爱和婚姻组成的千千万万的家庭,就能勇敢无畏地面对这一切!

我接受写《论婚姻与家庭》这个任务,正是在我沉浸于怀念文藻的情绪之中的时候。我似乎没有经过构思,提起笔来就自然流畅地写了下去。意尽

停笔，从头一看，似乎写出了我们自己一生共同的理想、愿望和努力的实践，写出了我现在的这篇文章的骨架！

以下我力求简练，只记下我们生活中一些有意义和有趣的值得写下的一些平凡琐事吧。

话还得从我们的萍水相逢说起。

一九二三年八月十七日，美国邮船杰克逊号，从上海启程直达美国西岸的西雅图。这一次船上的中国学生把船上的头等舱位住满了。其中光是清华留美预备学校的学生就有一百多名，因此在横渡太平洋两星期的光阴，和在国内上大学的情况差不多，不同的就是没有课堂生活，而且多认识了一些朋友。

我在贝满中学时的同学吴梅——已先期自费赴美——写信让我在这次船上找她的弟弟、清华学生——吴卓。我到船上的第二天，就请我的同学许地山去找吴卓，结果他把吴文藻带来了。问起名字才知道找错了人！那时我们几个燕大的同学正在玩丢沙袋的游戏，就也请他加入。以后就倚在船栏上看海闲谈。我问他到美国想学什么？他说想学社会学。他也问我，我说我自然想学文学，想选修一些英国十九世纪诗人的功课。他就列举几本著名的英美评论家评论拜伦和雪莱的书，问我看过没有？我却都没有看过。他说："你如果不趁在国外的时间，多看一些课外的书，那么这次到美国就算是白来了！"他的这句话深深地刺痛了我！我从来还没有听见过这样的逆耳的忠言。我在出国前已经开始写作，诗集《繁星》和小说集《超人》都已经出版。这次在船上，经过介绍而认识的朋友，一般都是客气地说"久仰、久仰"，像他这样首次见面，就肯这样坦率地进言，使我悚然地把他作为我的第一个净友、畏友！

这次船上的清华同学中，还有梁实秋、顾一樵等对文艺有兴趣的人，他们办了一张《海啸》的墙报，我也在上面写过稿，也参加过他们的座谈会。这些事文藻都没有参加，他对文艺似乎没有多大的兴趣，和我谈话时也从不提到我的作品。

船上的两星期,流水般过去了。临下船时,大家纷纷写下住址,约着通信。他不知道我到波士顿的威尔斯利女子大学研究院入学后,得到许多同船的男女朋友的信函,我都只用威校的风景明片写了几句应酬的话回复了,只对他,我是写了一封信。

他是一个酷爱读书和买书的人,每逢他买到一本有关文学的书,自己看过就寄给我。我一收到书就赶紧看,看完就写信报告我的体会和心得,像看老师指定的参考书一样的认真。老师和我作课外谈话时,对于我课外阅读之广泛,感到惊奇,问我是谁给我的帮助?我告诉她,是我的一位中国朋友。她说:"你的这位朋友是个很好的学者!"这些事我当然没有告诉文藻。

我入学不到九个星期就旧病——肺气枝扩大——复发,住进了沙穰疗养院。那时威校的老师和中、美同学以及在波士顿的男同学们都常来看我。文藻在新英格兰东北的新罕布什州的达特默思学院的社会学系读三年级——清华留美预备学校的最后二年,相当于美国大学二年级——新罕布什州离波士顿很远,大概要乘七八个小时的火车。我记得一九二三年冬,他因到纽约度年假,路经波士顿,曾和几位在波士顿的清华同学来慰问过我。一九二四年秋我病愈复学。一九二五年春在波士顿的中国学生为美国朋友演《琵琶记》,我曾随信给他寄了一张入场券。他本来说功课太忙不能来了,还向我道歉。但在剧后的第二天,到我的休息处——我的美国朋友家里——来看我的几个男同学之中,就有他!

一九二五年的夏天,我到绮色佳的康耐尔大学的暑期学校补习法文,因为考硕士学位需要第二外国语。等我到了康耐尔,发现他也来了,事前并没有告诉我,这时只说他大学毕业了,为读硕士也要补习法语。这暑期学校里没有别的中国学生,原来在康耐尔学习的,这时都到别处度假去了。绮色佳是一个风景区,因此我们几乎每天课后都在一起游山玩水,每晚从图书馆出来,还坐在石阶上闲谈。夜凉如水,头上不是明月,就是繁星。到那时为止,我们信函往来,已有了两年的历史了,彼此都有了较深的了解,于是有

一天在湖上划船的时候,他吐露了愿和我终身相处。经过了一夜的思索,第二天我告诉他,我自己没有意见,但是最后的决定还在于我的父母,虽然我知道只要我没意见,我的父母是不会有意见的!

一九二五年秋,他入了纽约哥伦比亚大学,离波士顿较近,通信和来往也比较频繁了。我记得这时他送我一大盒很讲究的信纸,上面印有我的姓名缩写的英文字母。他自己几乎是天天写信,星期日就写快递,因为美国邮局星期天是不送平信的,这时我的宿舍里的舍监和同学们都知道我有个特别要好的男朋友了。

一九二五年冬,我的威校同学王国秀,毕业后升入哥伦比亚大学的,写信让我到纽约度假。到了纽约,国秀同文藻一起来接我。我们在纽约玩得很好,看了好几次莎士比亚的戏。

一九二六年夏,我从威校研究院取得了硕士学位,应邀回母校燕大任教。文藻写了一封很长的信,还附了一张相片,让我带回国给我的父母。我回到家还不好意思面交,只在一天夜里悄悄地把信件放在父亲床前的小桌上。第二天,父母亲都没有提到这件事,我也更不好问了。

一九二八年冬,他在哥伦比亚大学得了博士学位,还得到哥校"最近十年内最优秀的外国留学生"奖状。他取道欧洲经由苏联,于一九二九年初到了北京。这时他已应了燕大和清华两校教学之聘,燕大还把在燕南园兴建的一座小楼,指定给我们居住。

那时我父亲在上海海道测量局任局长。文藻到北京不几天就回到上海,我的父母很高兴地接待了他,他在我们家住了两天,又回他江阴老家去。从江阴回来,就在我家举行了简单的订婚仪式。

年假过后,一九二九年春,我们都回到燕大教学,我在课余还忙于婚后家庭的一切准备。他呢,除了请木匠师傅在楼下他的书房的北墙,用木板做一个"顶天立地"的大书架之外,只忙于买几张半新的书橱,卡片柜和书桌等等,把我们新居的布置装饰和庭院栽花种树,全都让我来管。

我们的婚礼是在燕大的临湖轩举行的,一九二九年六月十五日是个星期六。婚礼十分简单,客人只有燕大和清华两校的同事和同学,那天待客的蛋糕、咖啡和茶点,我记得只用去三十四元!

新婚之夜是在京西大觉寺度过的。那间空屋子里,除了自己带去的两张帆布床之外,只有一张三条腿的小桌子——另一只脚是用碎砖垫起的。两天后我们又回来分居在各自的宿舍里,因为新居没有盖好,学校也还没有放假。

暑假里我们回到上海和江阴省亲。他们为我们举办的婚宴,比我们在北京自己办的隆重多了,亲友也多,我们把收来的许多红幛子,都交给我们两家的父母,作为将来亲友喜庆时还礼之用。

朋友们都劝我们到杭州西湖去度蜜月,可是我们只住了一天就热坏了,夏天的西湖就像蒸锅一般!那时刘放园表兄一家正在莫干山避暑,我们被邀到莫干山住了几天。文藻惦记着秋后的教学,我惦念着新居的布置,在假满之前,匆匆地又回到了北京。关于这一段,我在《第一次宴会》那篇小说里曾描写过。

上课后,文藻就心满意足地在他的书房里坐了下来,似乎从此就可以过一辈子的备课、教学、研究的书呆子生活了。

一九三〇年是我们两家多事之秋,我的母亲和文藻的父亲相继逝世。他的母亲就北上和我们同住,我的父亲不久也退休回到北京来。这时我的二弟为杰已升入燕大,他的妹妹剑群也入了燕大读家政系。他们都住在宿舍,却都常回来。我没有姐妹,文藻没有兄弟,这时双方都觉得有了补偿。

这里不妨插进一件趣事。一九二三年我初到美国,花了五块美金,照了一两张相片,寄回国来,以慰我父母想念之情。那张大点的相片,从我母亲逝世后文藻就向我父亲要来,放在他的书桌上,我问他:"你真的每天要看一眼呢,还只是一件摆设?"他笑说:"我当然每天要看了。"有一天我趁他去上课,把一张影星阮玲玉的照片,换进相框里,过了几天,他也没理会。后来还是我提醒他:"你看桌上的相片是谁的?"他看了才笑着把相片换了下来,说:"你何必开这样的玩笑?"还有一次是一个阳光灿烂的春天上午,我们都

在楼前赏花,他母亲让我把他从书房里叫出来。他出来站在丁香树前目光茫然地又像应酬我似的问:"这是什么花?"我忍笑回答:"这是香丁。"他点了点头说:"呵,香丁。"大家听了都大笑起来。

婚后的几年,我仍在断断续续地教学,不过时间减少了。一九三一年二月,我们的儿子吴平出世了。一九三五年五月我们又有了一个女儿——吴冰。我尝到了做母亲的快乐和辛苦。我每天早晨在特制的可以折起的帆布高几上,给孩子洗澡。我们的弟妹和学生们,都来看过,而文藻却从来没有上楼来分享我们的欢笑。

在燕大教学的将近十年的光阴,我们充分地享受了师生间亲切融洽的感情。我们不但有各自的学生,也有共同的学生。我们不但有课内的接触,更多的是课外的谈话和来往。学生们对我们倾吐了许多生命里的问题:婚姻,将来的专业等等,能帮上忙的,就都尽力而为,文藻侧重的是选送学社会学的研究生出国深造的问题。在一九三五至一九三六年,文藻休假的一年,我同他到欧美转了一周。他在日本、美国、英国、法国,到处寻师访友,安排了好几个优秀学生的入学从师的问题。他在自传里提到说:"我对于哪一个学生,去哪一个国家,哪一个学校,跟谁为师和吸收哪一派理论和方法等问题,都大体上作了具体的、有针对性的安排。"因此在这一年他仆仆于各国各大学之间的时候,我只是到处游山玩水,到了法国,他要重到英国的牛津和剑桥学习"导师制",我却自己在巴黎住了悠闲的一百天!一九三七年六月底,我们取道西伯利亚回国,一个星期后,"七七事变"便爆发了!

我的老伴——吴文藻(之二)

上次未完待续的稿是今年四月二十四日写的。七个月过去了,中间编辑同志曾多次来催,就总是写不下去!"七七事变"以后几十年生活的回忆,总使我胆怯心酸,不能下笔——

说起我和文藻,真是"隔行如隔山",他整天在书房里埋头写些什么,和

冰　　心
散　文　精　选

学生们滔滔不绝地谈些什么,我都不知道。他那"顶天立地"的大书架摆着的满满的中外文的社会学、人类学的书,也没有引起我去翻看的勇气。要评论他的学术和工作,还是应该看他的学生们写的记述和悼念他的文章,以及他在一九八二年应《晋阳学刊》之约,发表在该刊第六期上的他的《自传》。这篇将近九千字的自传里讲的是:他自有生以来,进的什么学校,读的什么功课,从哪位老师受业,写的什么文章,交的什么朋友,然后是教的什么课程,培养的哪些学生……提到我的地方,只有两处:我们何时相识,何时结婚,短短的几句! 至于儿女们的出生年月和名字,竟是只字不提。怪不得他的学生写悼念他的文章里,都说:"吴老曾感慨地说'我花在培养学生身上的精力和心思,比花在我自己儿女身上的多多了'。"

我不能请读者都去看他的《自传》,但也应该用他《自传》里的话,来总括他在"七七事变"前在燕大将近十年的工作:(一)是讲课,用他学生的话说是"建立'适合我国国情'的社会学教学和科研体系,使'中国式的社会学'扎根于中国的土壤之上。"(二)是培养专业人才,请进外国的专家来讲学和指导研究生,派出优秀的研究生去各国留学。("请进来"和"派出去"的专家和学生的名字和国籍只能从略。)(三)是提倡社区研究。"用同一区位的或文化的观点和方法,来分头进行各种地域不同的社会研究。"我只知道那时有好几位常来我家讨论的学生,曾分头到全国各地去做这种工作,现在这几位都是知名的学者和教授,在这里我不敢借他们的盛名来增光我的篇幅! 但我深深地体会到文藻那些年的"茫然的目光"和"一股傻气"的后面,隐藏了多少的"精力和心思"! 这里不妨再插进一首嘲笑他的宝塔诗,是我和清华大学校长梅贻琦老先生凑成的。上面的七句是:

　　马
　　香丁
　　羽毛纱
　　样样都差

傻姑爷到家

说起真是笑话

教育原来在清华

"马"和"羽毛纱"的笑话是抗战前在北京,有一天我们同到城里去看望我父亲,我让他上街去给孩子买"萨其玛"(一种点心),孩子不会说萨其玛,一般只说"马"。因此他到了铺子里,也只会说买"马"。还有我要送我父亲一件双丝葛的夹袍面子。他到了"稻香村"点心店和"东升祥"布店,这两件东西的名字都说不出来。亏得那两间店铺的售货员,和我家都熟,打电话来问。"东升祥"的店员问:"您要买一丈多的羽毛纱做什么?"我们都大笑起来,我就说:"他真是个傻姑爷!"父亲笑了说:"这傻姑爷可不是我替你挑的!"我也只好认了。抗战后我们到了云南,梅校长夫妇到我呈贡家里来度周末,我把这一腔怨气写成宝塔诗发泄在清华身上。梅校长笑着接写下面两句:

冰心女士眼力不佳

书呆子怎配得交际花

当时在座的清华同学都笑得很得意,我又只好认我的"作法自毙"。

回来再说些正经的吧,"七七事变"后这一年,北大和清华都南迁了,燕大因为是美国教会办的,那时还不受干扰。但我们觉得在敌后一刻也呆不下去了,同时,文藻已经同敌后的云南大学联系好了,用英庚款在云大设置了社会人类学讲座,由他去教学。那时只因为我怀着小女儿吴青,她要十一月才出世,燕大方面也苦留我们再呆一年。这一年中,我们只准备离开的一切——这一段我在《丢不掉的珍宝》一文中,写得很详细。

一九三八年秋,我们才取海道由天津经上海,把文藻的母亲送到他的妹妹处,然后经香港从安南(当时的越南)的海防坐小火车到了云南的昆明。这一路,旅途的困顿曲折,心绪的恶劣悲愤,就不能细说了。记得到达昆明旅店的那夜,我们都累得抬不起头来,我怀抱里的不过八个月的小女儿吴青忽然咯咯地拍掌笑了起来,我们才抬起倦眼惊喜地看到座边圆桌上摆的那一大盆猩红的杜鹃花!

用文藻自己的话说:"自一九三八年离开燕京大学,直到一九五一年从日本回国,我的生活一直处在战时不稳定的状态之中。"

他到了云南大学,又建立起了社会学系并担任了系主任,同年又受了北京燕大的委托,成立了燕大和云大合作的"实地调查工作站"。我们在昆明城内住了不久,又有日机轰炸,就带着孩子们迁到郊外的呈贡,住在"华氏墓庐",我把这座祠堂式的房子改名为"默庐",我在一九四〇年二月为香港《大众报》(应杨刚之约)写的《默庐试笔》中写得很详细。

从此,文藻就和我们分住了。他每到周末,就从城里骑马回家,还往往带着几位西南联大的没带家眷的朋友,如称为"三剑客"的罗常培、郑天翔和杨振声。这些苦中作乐的情况,我在为罗常培先生写《蜀道难》序中,也都描述过了。

一九四〇年底,因英庚款讲座受到干扰,不能继续,同时在重庆的国防最高委员会工作的清华同学,又劝他到委员会里当参事,负责研究边疆的民族、宗族和教育问题,并提出意见。于是我们一家又搬到重庆去了。

到了重庆,文藻仍寄居在城内的朋友家里,我和孩子们住在郊外的歌乐山,那里有一所没有围墙的土屋,是用我们卖书的六千元买来的。我把它叫做"潜庐",关于这座土屋和门前风景,我在《力构小窗随笔》中也说过了。

我记得一九四二年春,文藻得了很重的肺炎,我陪他在山下的"中央医院"也就是"上海医学院"的附属医院,住了将近一个月,他受到内科钱德主任的精心医治,据钱主任说肺炎一般在一星期内外,必有一个转折期,那时才知凶吉。但是文藻那时的高烧一直延长到十三天!有一天早上,护士试过了他的脉搏,惊惶而悄悄地来告诉我说:"他的脉搏只有三十六下了。"急得我赶紧跑到医院后面的宿舍里去找王鹏万大夫夫妇——他的爱人张女士

是我的同学——那时我只觉得双腿发软,连一座小小的山坡都走不上去!等我和王大夫夫妇回到病房来时,看见文藻身上的被子已被掀过来了,床边站满了大夫和护士,我想他一定"完"了!回头看见窗前桌上放着两碗刚送来的早餐热粥,我端起碗来一口气都喝了下去。我觉得这以后我要办的事多得很,没有一点力气是不行的。谁知道再一回头看到文藻翻了一个身,长长地吁了一口气,迸出一身冷汗。大夫们都高兴地又把被子给他盖上,说:"这转折点终于来了!"又都回头对我笑说,"好了,您不用难过了……"我擦着脸上的汗说:"你们辛苦了!他就是这么一个人,什么都慢!"

我的身心交瘁的一个多月过去了,却又忙着把他搬回山上来,那时没有公费医疗,多住一天,就得多付一天的住院费,我这个以"社会贤达"的名义被塞进"参政会"的参政员,每月的"工资"也只是一担白米。回家后还是亏了一位文藻的做买卖的亲戚,送来一只鸡和两只广柑,作为病后的补品,偏偏我在一杯广柑汁内,误加了白盐,我又舍不得倒掉,便自己仰脖喝了下去!

回家后,大女儿吴冰向我诉苦,说五月一日是她的生日,富奶奶(关于这位高尚的人,我将另有文章记述)只给她吃一个上面插着一支小蜡烛的馒头。这时文藻躺在家里床上,看到爬到他枕边的、穿着一身浅黄色衣裙、发上结着一条大黄缎带的小女儿吴青(这也是富奶奶给她打扮的),脸上却漾出了病后从未有过的一丝微笑!

文藻不是一个能够安心养病的人。一九四三年初,他就参加了"中国访问印度教育代表团"去过印度,着重考察了印度的民族和印度教与伊斯兰教的冲突问题。同年的六月,他又参加了"西北建设考察团",担任以新疆民族为主的西北民族问题调查。一九四四年底,他又参加了去到美国的"战时太平洋学会",讨论各盟国战后对日处理方案。会后他又访问了哈佛,耶鲁,芝加哥,普林斯顿各大学的研究中心,去了解他们战时和战后的研究计划和动态,他得到的收获就是了解到"行为科学"的研究已从"社会关系学"发展到了以社会学、人类学、社会心理学三门结合的研究。

冰　心
散　文　精　选

　　一九四五年八月十四日夜，我们在歌乐山上听到了日本帝国主义者无条件投降的消息。那时在"中央大学"和在"上海医学院"学习的我们的甥女和表侄女们，都高兴得热泪纵横。我们都恨不得一时就回到北平去，但是那时的交通工具十分拥挤，直到一九四五年底我们才回到了南京。正在我们作北上继续教学的决定时，一九四六年初，文藻的清华同学朱世明将军受任中国驻日代表团团长，他约文藻担任该团的政治组长，兼任盟国对日委员会中国代表顾问。文藻正想了解战后日本政局和重建的情况和形势，他想把整个日本作为一个大的社会现场来考察、做专题研究，如日本天皇制、日本新宪法、日本新政党、财阀解体、工人运动等等，在中日邦交没有恢复，没有友好往来之前，趁这机会去日，倒是一个方便，但他只作一年打算。因此当他和朱世明将军到日本去的时候，我自己将两个大些的孩子吴平和吴冰送回北京就学，住在我的大弟妇家里；我自己带着小女儿吴青暂住在南京亲戚家里，这一段事我都写在一九四六年十月的《人家乐》那一篇文章里。当年的十一月，文藻又回来接我带着小女儿到了东京。

　　现在回想起来，在东京的一段时间，是我们生命中的一个转折点。文藻利用一切机会，同美国来日研究日本问题的专家学者以及东京大学、京都大学的同行人士多有接触。我自己也接触了当年在美留学时的日本同学和一些妇女界人士，不但比较深入地了解了当时日本社会上存在的种种问题，同时也深入地体会了美帝国主义的侵略本性！

　　这时我们结交了一位很好的朋友——谢南光同志，他是代表团政治组的副组长，也是一个地下共产党员。通过他，我们研读了许多毛主席著作，并和国内有了联系。文藻有个很"不好"的习惯，就是每当买来一本新书，就写上自己的名字和年、月、日。代表团里本来有许多台湾特务系统，如军统、中统等据说有五个之多。他们听说政治组同人每晚以在吴家打桥牌为名，共同研讨毛泽东著作，便有人在一天趁文藻上班，溜到我们住处，从文藻的书架上取走一本《论持久战》。等到我知道了从卧室出来时，他已走远了。

　　我们有一位姓林的朋友——他是横滨领事，对共产主义同情的，被召

回台湾即被枪毙了。文藻知道不能在代表团继续留任。一九五〇年他向团长提出辞职，但离职后仍不能回国，因为我们持有的是台湾政府的护照，这时华人能在日本居留的，只有记者和商人。我们没有经商的资本，就通过朱世明将军和新加坡巨商胡文虎之子胡好的关系，取得了《星槟日报》记者的身份，在东京停留了一年，这时美国的耶鲁大学聘请文藻到该校任教，我们把赴美的申请书寄到台湾，不到一星期便被批准了！我们即刻离开了日本，不是向东，而是向西到了香港，由香港回到了祖国！

这里应该补充一点，当年我送回北平学习的儿女，因为我们在日本的时期延长了，便也先后到了日本。儿子吴平进了东京的美国学校，高中毕业后，我们的美国朋友都劝我们把他送到美国去进大学，他自己和我们都不赞成到美国去，便以到香港大学进修为名，买了一张到香港而经塘沽的船票。他把我们给国内的一封信缝在裤腰里，船到塘沽他就溜了下去，回到北京。由联系方面把他送进了北大，因为他选的是建筑系，以后又转入清华大学——文藻的母校。他回到北京和我们通信时，仍由香港方面转。因此我们一回到香港，北京方面就有人来接，我们从海道先到了广州。

回国后的兴奋自不必说！一九五一年至一九五三年之间，文藻都在学习，为接受新工作做准备。中间周总理曾召见我们一次，这段事我在一九七六年写的《永远活在我们心中的周总理》一文中叙述过。

一九五三年十月，文藻被正式分配到中央民族学院工作。新中国成立后，社会学和其他的社会科学如心理学等，都被扬弃了竟达三十年之久。文藻这时是致力于研究国内少数民族情况。他担任了这个研究室和历史系"民族志"研究室的主任。他极力主张"民族学中国化"，"把包括汉族在内的整个中华民族作为中国民族学的研究，让民族学植根于中国土壤之中"。这段详细的情况，在《中央民族学院学报》一九八六年第二期，金天明和龙平平同志的《论吴文藻的"民族学中国化"的思想》一文中，都讲得很透彻，我这个外行人，就不必多说了。

一九五八年四月，文藻被错划为右派。这件意外的灾难，对他和我都是

冰　心
散　文　精　选

一个晴天霹雳！因为在他的罪名中，有"反党反社会主义"一条，在让他写检查材料时，他十分认真地苦苦地挖他的这种思想，写了许多张纸！他一面痛苦地挖着，一面用迷茫和疑惑的眼光看着我说："我若是反党反社会主义，就到国外去反好了，何必千辛万苦地借赴美的名义回到祖国来反呢？"我当时也和他一样"感到委屈和沉闷"，但我没有说出我的想法，我只鼓励他好好地"挖"，因为他这个绝顶认真的人，你要是在他心里引起疑云，他心里就更乱了。

正在这时，周总理夫妇派了一辆小车，把我召到中南海西花厅，那所简朴的房子里。他们当然不能说什么，也只十分诚恳地让我帮他好好地改造，说"这时最能帮助他的人，只能是他最亲近的人了……"我一见到邓大姐就像见了亲人一样，我的一腔冤愤就都倾吐了出来！我说："如果他是右派，我也就是漏网右派，我们的思想都差不多，但决没有'反党反社会'的思想！"我回来后向文藻说了总理夫妇极其委婉地让他好好改造。他在自传里说"当时心里还是感到委屈和沉闷，但我坚信事情终有一天会弄清楚的"。一九五九年十二月，文藻被摘掉右派分子的帽子。一九七九年又被把错划予以改正。

作为一个旁观者，我看到一九五七年，在他以前和以后几乎所有的社会学者都被划成右派分子，在他以后，还有许许多多我平日所敬佩的各界的知名人士，也都被划为右派，这其中还有许多年轻人和大学生。我心里一天比一天地坦然了。原来被划为右派，在明眼人的心中，并不是一件可羞耻的事！

文藻被划为右派后，接到了撤销研究室主任的处分，并被剥夺了教书权，送社会主义学院学习。一九五九年以后，文藻基本上是从事内部文字工作，他的著作大部分没有发表，发表了也不署名，例如从一九五九到一九六六年期间与费孝通（他已先被划为右派！）共同校订少数民族史志"三套丛书"，为中宣部提供西方社会学新出名著，为《辞海》第一版民族类词目撰写释文等，多次为外交部交办的边界问题提供资料和意见。并参与了校订英

文汉译的社会学名著工作。他还与费孝通共同搜集有关帕米尔及其附近地区历史、地理、民族情况的英文参考资料等,十年动乱中这些资料都散失了!

一九六六年"文革"开始了,我和他一样靠边站,住牛棚,那时我们一家八口(我们的三个子女和他们的配偶)分散在八个地方,如今单说文藻的遭遇。他在一九六九年冬到京郊石棉厂劳动,一九七〇年夏又转到湖北沙洋民族学院的干校。这时我从作协的湖北咸宁的干校,被调到沙洋的民族学院的干校来。久别重逢后不久又从分住的集体宿舍搬到单间宿舍,我们都十分喜幸快慰!实话说,经过反右期间的惊涛骇浪之后,到了十年浩劫,连国家主席、开国元勋,都不能幸免,像我们这些"臭老九",没有家破人亡,就是万幸了,又因为和民院相熟的同人们在一起劳动,无论做什么都感到新鲜有趣。如种棉花,从在瓦罐里下种选芽,直到在棉田里摘花为止,我们学到了许多技术,也流了不少汗水。湖北夏天,骄阳似火,当棉花秆子高与人齐的时候,我们在密集闭塞的棉秆中间摘花,浑身上下都被热汗浸透了,在出了棉田回到干校的路上,衣服又被太阳晒干了。这时我们都体会到古诗中的"锄禾日当午,汗滴禾下土"句中的甘苦,我们身上穿的一丝一缕,也都是辛苦劳动的果实呵!

一九七一年八月,因为美国总统尼克松将有访华之行,文藻和我以及费孝通、邝平章等八人,先被从沙洋干校调回北京民族学院,成立了研究部的编译室。我们共同翻译校订了尼克松的《六次危机》的下半部分。接着又翻译了美国海斯、穆恩、韦兰合著的《世界史》,最后又合译了英国大文豪韦尔斯著的《世界史纲》,这是一部以文论史的"生物和人类的简明史"的大作!那时中国作家协会还没有恢复,我很高兴地参加了这本巨著的翻译工作,从攻读原文和参考书籍里,我得到了不少学问和知识。那几年我们的翻译工作,是十年动乱的岁月中,最宁静、最惬意的日子!我们都在民院研究室的三楼上,伏案疾书,我和文藻的书桌是相对的,其余的人都在我们的隔壁或旁边。文藻和我每天早起八点到办公室,十二时回家午饭,饭后二时又

冰　心
散　文　精　选

回到办公室,下午六时才回家。那时我们的生活"规律"极了,大家都感到安定而没有虚度了光阴!现在回想起来,也亏得那时是"百举俱废"的时期,否则把我们这几个后来都是很忙的人召集在一起,来翻译这一部洋洋数百万言的大书,也不是一件容易的事。

"四人帮"被粉碎之后,各种学术研究又得到恢复,社会学也开始受到了重视和发展。一九七九年三月,文藻十分激动地参加了重建社会学会的座谈会,作了《社会学与现代化》的发言,谈了多年来他想谈而不能谈的问题。当年秋季,他接受了带民族学专业研究生的任务,并在集体开设的"民族学基础"中,分担了"英国社会人类学"的教学任务。文藻恢复工作后,精神健旺了,又感到近几年来我们对西方民族学战后的发展和变化了解太少,就特别注意关于这方面材料的收集。一九八一年底,他写了《战后西方民族学的变化》,介绍了西方民族战后出现的流派及其理论,这是他最后发表的一篇文章了!

他在自传里最后说:"由于多年来我国的社会学和民族学未被承认,我在重建和创新方面还有许多工作要做,我虽年老体弱,但我仍有信心在有生之年为发展我国的社会学和民族学作出贡献。"

他的信心是有的,但是体力不济了。近几年来,我偶尔从旁听见他和研究生们在家里的讨论和谈话,声音都是微弱而喑哑的,但他还是努力参加了研究生们的毕业论文答辩,校阅了研究生们的翻译稿件,自己也不断地批阅西方的社会学和民族学的新作,又做些笔记。一九八三年我们搬进民族学院新建的高知楼新居,朝南的屋子多,我们的卧室兼书房,窗户宽大,阳光灿烂,书桌相对,真是窗明几净。我从一九八〇年秋起得了脑血栓后又患右腿骨折,已有两年足不出户了。我们是终日隔桌相望,他写他的,我写我的,熟人和学生来了,也就坐在我们中间,说说笑笑,享尽了人间"偕老"的乐趣。这也是十一届三中全会以后,我们得到的政府各方面特殊照顾的丰硕果实。

"夕阳无限好,只是近黄昏",这也是天然规律,文藻终于在一九八五年

七月三日最后一次住进北京医院,再也没有出来了。他的床前,一直只有我们的第二代、第三代的孩子们在守护,我行动不便,自己还要人照顾,便也不能像一九四二年他患肺炎时那样,日夜守在他旁边了。一九八五年九月二十四日早晨,我们的儿子吴平从医院里打电话回来告诉我说:"爹爹已于早上六时二十分逝世了!"

遵照他的遗嘱:不向遗体告别,不开追悼会,火葬后骨灰投海。存款三万元捐献给中央民族研究所,作为社会民族学研究生的助学金。九月二十七日下午,除了我之外,一家大小和近亲密友(只是他的几位学生)在北京医院的一间小厅里,开了一个小型的告别会(有好几位民院、民委、中联部的领导同志要去参加,我辞谢他们说:我都不去你们更不必去了),这小型的告别会后,遗体便送到八宝山火化。九月二十九日早晨,我们的儿女们又到火葬场拾了遗骨,骨灰盒就寄存在革命公墓的骨灰室架子上。等我死后,我们的遗骨再一同投海,也是"死同穴"的意思吧!

文藻逝世后一段时间内的情况,我在《衷心的感谢》一文中(见《文汇月刊》一九八六年第一期)都写过了。

现在总起来看他的一生,的确有一段坎坷的日子,但他的"坎坷"是和当时绝大多数的知识分子"同命运"的。一九八六年第十八期《红旗》上,有一篇"本刊特约评论员"的文章《引导知识分子坚持走健康成长的道路》中的党对知识分子问题的第四阶段上,讲得就非常地客观而公允!

> 第四阶段,从1957年到1976年,前十年由于党的指导思想发生了"左"的偏差,党的知识分子政策开始偏离了正确的方向,知识分子工作也经历了曲折的道路。主要表现是轻视知识,歧视知识分子,以种种罪名排斥和打击了一些知识分子,使不少人长期蒙受冤屈。这种错误倾向,在长达十年的"文化大革命"中,发展到了荒谬绝伦的地步,把广大知识分子诬蔑为"臭老九",把学有所长、术有专攻的知识分子诬蔑为"反动学术权威",只片面地强调知识分子要向工农学习,不提工

农群众也要向知识分子学习,人为地制造了工人农民同知识分子之间的对立,而重视知识分子,爱护知识分子,反被说成是搞"修正主义",有"亡党亡国"的危险。摧残知识分子成为十年浩劫的重要组成部分。

读了这篇文章,使我从心里感觉到中国共产党真是一个伟大、英明、正确的无产阶级政党,是一个"有严明纪律和富于自我批评精神的无产阶级政党"。可惜的是文藻没能赶上批读这篇文章了!

写到这里,我应当搁笔了。他的也就是我们的晚年,在精神和物质方面,都没有感到丝毫的不足。要说他八十五岁死去更不能说是短命,只是从他的重建和发展中国社会学的志愿和我们的家人骨肉之间的感情来说,对于他的忽然走开,我是永远抱憾的!

1986 年 11 月 21 日

(原载《中国作家》1986 年第四期、《中国作家》1987 年第二期)

老舍和孩子们

我认识老舍先生是在三十年代初期一个冬天的下午。这一天,郑振铎先生把老舍带到北京郊外燕京大学我们的宿舍里来。我们刚刚介绍过,寒暄过,我给客人们倒茶的时候,一转身看见老舍已经和我的三岁的儿子,头顶头地跪在地上,找一只狗熊呢。当老舍先生把手伸到椅后拉出那只小布狗熊的时候,我的儿子高兴得抱住这位陌生客人的脖子,使劲地亲了他一口!这逗得我们都笑了。直到把孩子打发走了,老舍才掸了掸裤子,坐下和我们谈话。他给我的第一个难忘的印象是:他是一个热爱生活、热爱孩子的人。

从那时起,他就常常给我寄来他的著作,我记得有:《老张的哲学》、《二马》、《小坡的生日》,还有其他的作品。我的朋友许地山先生、郑振铎先生等都告诉过我关于老舍先生的家世、生平,以及创作的经过,他们说他是出身于贫苦的满族家庭,饱经忧患。他是在英国伦敦大学东方学院教汉语时,开始写他的第一部小说《老张的哲学》的;并说他善于描写劳动人民的生活和感情,很有英国名作家狄更斯的风味等等。我自己也感到他的作品有特殊的魅力,他的传神生动的语言,充分地表现了北京的地方色彩;充分地传达了北京劳动人民的悲愤和辛酸、向往与希望。他的幽默里有伤心的眼泪,黑暗里又看到阶级友爱的温暖和光明。每一个书中人物都用他或她的最合身

冰　心
散文精选

份、最地道的北京话，说出了旧社会给他们打上的烙印或创伤。这一点，在我们一代的作家中是独树一帜的。

　　我们和老舍过往较密的时期，是在抗战期间的重庆。那时我住在重庆郊外的歌乐山，老舍是我家的熟客，更是我的孩子们最欢迎的人。"舒伯伯"一来了，他们和他们的小朋友们，就一窝蜂似地围了上来，拉住不放，要他讲故事，说笑话，老舍也总是笑嘻嘻地和他们说个没完。这时我的儿子和大女儿已经开始试看小说了，也常和老舍谈着他的作品。有一次我在旁边听见孩子们问："舒伯伯，您书里的好人，为什么总是姓李呢？"老舍把脸一绷，说："我就是喜欢姓李的！——你们要是都做好孩子，下次我再写书，书里的好人就姓吴了！"孩子们都高兴得拍起手来，老舍也跟着大笑了。

　　因为老舍常常被孩子们缠住，我们没有谈正经事的机会。我们就告诉老舍："您若是带些朋友来，就千万不要挑星期天，或是在孩子们放学的时候。"于是老舍有时就改在下午一两点钟和一班朋友上山来了。我们家那几间土房子是没有围墙的，从窗外的山径上就会听见老舍豪放的笑声："泡了好茶没有？客人来了！"我记得老舍赠我的诗笺中，就有这么两句：

　　　　闲来喜过故人家，
　　　　挥汗频频索好茶。

　　现在，老舍赠我的许多诗笺，连同他们夫妇赠我的一把扇子———一面写的是他自己的诗，一面是胡絜青先生画的花卉。在"四人帮"横行的时候，都丢失了！这个损失是永远补偿不了的！

　　抗战胜利后，我们到了日本，老舍去了美国。这时我的孩子们不但喜欢看书，而且也会写信了。大概是因为客中寂寞吧，老舍和我的孩子们的通信相当频繁，还让国内的书店给孩子们寄书，如《骆驼祥子》《四世同堂》等等。有一次我的大女儿把老舍给她信中的一段念给我听，大意是：你们把我捧得这么高，我登上纽约的百层大楼，往下一看，觉得自己也真是不矮！我

的小女儿还说:"舒伯伯给我的信里说,他在纽约,就像一条丧家之犬。"一个十岁的小女孩,哪里懂得一个热爱祖国、热爱人民的作家,去国怀乡的辛酸滋味呢?

一九五一年,我们从日本回来。一九五二年的春天,我正生病,老舍来看我。他拉过一张椅子,坐在我的床边,眉飞色舞地和我谈到解放后北京的新人新事,谈着毛主席和周总理对文艺工作者的鼓励和关怀。这时我的孩子们听说屋里坐的客人是"舒伯伯"的时候,就都轻轻地走了进来,站在门边,静静地听着我们谈话。老舍回头看见了,从头到脚扫了他们一眼,笑问:"怎么?不认得'舒伯伯'啦?"这时,这些孩子已是大学、高中和初中生了,他们走了过来,不是拉着胳膊抱着腿了,而是用双手紧紧握住"舒伯伯"的手,带点羞涩地说:"不是我们不认得您,是您不认得我们了!"老舍哈哈大笑地说:"可不是,你们都是大小伙子,大小姑娘了,我却是个小老头儿了!"顿时屋里又欢腾了起来!

一九六六年九月的一天,我的大女儿从兰州来了一封信,信上说:"娘,舒伯伯逝世了,您知道吗?"这对我是一声晴天霹雳,这么一个充满了活力的人,怎么会死呢!那时候,关于我的朋友们的消息,我都不知道,我也无从知道……

"四人帮"打倒了以后,我和我们一家特别怀念老舍,我们常常悼念他,悼念在"四人帮"疯狂迫害下,我们的第一个倒下去的朋友!前几天在电视上看到《龙须沟》重新放映的时候,我们都流下了眼泪,不但是为这感人的故事本身,而是因为"人民的艺术家"没有能看到我们的第二次解放!一九五三年在我写的《陶奇的暑期日记》那篇小说里,在七月二十九日那一段,就写道陶奇和她的表妹小秋看《龙须沟》影片后的一段对话,那实际就是我的大女儿和小女儿的一段对话:

> 看完电影出来……我看见小秋的眼睛还红着,就过去搂着她,劝她说:"你知道吧?这都是解放以前的事了。后来不是龙须沟都修好了,

人民日子都好过了吗？我们永远不会再过那种苦日子了。"

小秋点了点头，说："可是二妞子已经死了，她什么好事情都没有看见！"我心里也难受得很。

二十五年以后，我的小女儿，重看了《龙须沟》这部电影，不知不觉地又重说了她小时候说过的话："'四人帮'打倒了，我们第二次解放了，可惜舒伯伯看不见了！"这一次我的大女儿并没有过去搂着她，而是擦着眼泪，各自低头走开了！

在刚开过的中国文联全委扩大会议上，看到了许多活着而病残的文艺界朋友，我的脑中也浮现了许多死去的文艺界朋友——尤其是老舍。老舍若是在世，他一定会作出揭发"四人帮"的义正词严淋漓酣畅的发言。可惜他死了！

关于老舍，许多朋友都写出了自己对于他的怀念、痛悼、赞扬的话。一个"人民艺术家"、"语言大师"、"文艺界的劳动模范"的事迹和成就是多方面的，每一个朋友对于他的认识，也各有其一方面，从每一个侧面投射出一股光柱，许多股光柱合在一起，才能映现出一个完全的老舍先生！为老舍的不幸逝世而流下悲愤的眼泪的，决不只是老舍的老朋友、老读者，还有许许多多的青少年。老舍若是不死，他还会写出比《宝船》、《青蛙骑士》更好的儿童文学作品，因为热爱儿童，就是热爱着祖国和人类的未来！在党中央向科学文化进军的伟大号召下，他会更以百倍的热情为儿童写作的。

感谢党中央，粉碎了"四人帮"，也挽救了文艺界，使我能在十二年之后，终于写出了这篇悼念老舍先生的文章。如今是大地回春，百花齐放。我的才具比老舍先生差远了，但是我还活着，我将效法他辛勤劳动的榜样，以一颗热爱儿童的心，为本世纪之末的四个现代化的社会主义祖国的主人，努力写出一点有益于他们的东西！

一九七八年六月二十一日

（原载 1978 年第 7 期《人民戏剧》）

追念振铎

说来已是二十年前的事了!

一九五八年十月下旬的一个晚上,在莫斯科的欢迎亚非作家的一个群众大会上,来宾台上坐在我旁边的巴金同志,忽然低下头来轻轻地对我说:"告诉你一个不幸的消息,你不要难过! 振铎同志的飞机出事,十八号在喀山遇难了。"又惊又痛之中,我说不出话来——但是,但是我怎能不难过呢?

就是在那一年——一九五八年——的国庆节的观礼台上,振铎和我还站在一起,扶着栏杆,兴高采烈地,一面观看着雄壮整齐的游行队伍,一面谈着话。他说他要带一个文化代表团到尼泊尔去。我说我也要参加一个代表团到苏联去。他笑说:"你不是喜欢我母亲做的福建菜吗?等我们都从外国回来时,我一定约你们到我家去饱餐一顿。"当时,我哪里知道这就是他对我说的,最后一次的充满了热情和诙谐的谈话呢?

在我所认识的许多文艺界朋友之中(除了我的同学以外),振铎同志恐怕是最早的一个了。那就是在五四时代,"福建省抗日学生联合会"里。那时我还是协和女子大学预科的一年级学生,只跟在本校和北京大学、女子师范学校,和其他大学的大学生之后,一同开会,写些宣传文字和募捐等工

冰　心
散　文　精　选

作。因为自己的年纪较小,开会的时候,静听的时候多,发言的时候少,许多人我都不认识,别人也不认识我。但我却从振铎的慷慨激昂的发言里,以及振铎给几个女师大的大同学写的长信里,看到他纵情地谈到国事,谈到哲学、文学、艺术等,都是大字纵横、热情洋溢。因此,我虽然没有同他直接谈过话,对于他的诚恳、刚正、率真的性格,却知道得很清楚,使我对他很有好感。

　　这以后,他到了上海,参加了《小说月报》的编辑工作。我自己也不断地为《小说月报》写稿,但是我们还是没有直接通过信。

　　我们真正地熟悉了起来,还是在一九三一年秋季他到北京燕京大学任教以后,我们的来往就很密切了。他的交游十分广泛,常给我介绍一些朋友,比如说老舍先生。振铎的藏书极多,那几年我身体不好,常常卧病,他就借书给我看,在病榻上我就看了他所收集的百十来部的章回小说。我现在所能记起的,就有《醒世姻缘》、《野叟曝言》、《绿野仙踪》等,都是我所从未看过的。在我"因病得闲"之中,振铎在中国旧小说的阅读方面,是我的一位良师益友,这一点是我永远不会忘怀的。那几年他还在收集北京的名笺,和鲁迅先生共同编印《十竹斋笺谱》。他把收集来的笺纸,都分给我一份,笺谱印成之后,他还签名送给我一部,说"这笺谱的第一部是鲁迅先生的,第二部我自己留下了,第三部就送给你了"。这一部可贵的纪念品,和那些零散的名贵的北京信笺,在抗战期间,都丢失了!

　　振铎在燕京大学教学,极受进步学生的欢迎,到我家探病的同学,都十分兴奋地讲述郑先生的引人入胜的讲学和诲人不倦的进步的谈话。当他们说到郑先生的谈话很有幽默感的时候,使我忆起在一九三四年,我们应平绥铁路局之邀,到平绥沿线旅行时,在大同有一位接待的人员名叫"屈龙伸",振铎笑说:"这名字很有意思。"他忽然又大笑说:"这个名字对张凤举。"(当时的北大教授)我们都大笑了起来,于是纷纷地都把我们自己的名字和当时人或古人的名,对了起来,"郑振铎"对"李鸣钟"(当时西北军的一个军官),我们旅行团中的陈其田先生,就对了"张之洞",雷洁琼女士就对

了"左良玉","傅作义"就对了"李宗仁"等。这些花絮,我们当然都没有写进《平绥沿线旅行记》里,但当时这一路旅行,因为有振铎先生在内,大家都感到很愉快。

振铎在燕大教学,因为受到进步派的欢迎,当然也就受到顽固派的排挤,因此,当我们在一九三六年秋,再度赴美的时候,他已经回到上海了。他特别邀请朋友给我们饯行。据我的回忆,我是在那次席上,初次会到茅盾同志的。胡愈之同志也告诉过我,他是在那次饯别宴上,和我们初次会面的。也就是在那次席上,我初次尝到郑老太太亲手烹调的福建菜。我在太平洋舟子,给振铎写了一封信,信上说:"感谢你给我们的'盛大'的饯行,使我们得以会见到许多闻名而未见面的朋友……更请你多多替我们谢谢老太太,她的手艺真是高明!那夜我们谈话时多,对着满桌的佳肴,竟没有吃好。面对这两星期在船上的顿顿无味的西餐,我总在后悔,为什么那天晚上不低下头去尽量地饱餐一顿。"

抗战胜利后,我从重庆先回到上海,又到他家去拜访,看见他的书架上仍是堆着满满的书,桌子上,窗台上都摆着满满的大大小小的陶俑。我笑说:"我们几经迁徙,都是'身无余物'了,你还在保存收集这许多东西,真是使人羡慕。"他笑了一笑说:"这是我的脾气,一辈子也改不了!"

一九五一年我从日本回国,他又是第一批来看我的朋友中之一。我觉得新中国的成立,使他的精力更充沛了,勇气更大了,想象力也更丰富了。他手舞足蹈地讲说他正在毛主席和共产党的领导下,为他解放前多年来所想做而不能做的促进中国文学艺术的发展,贡献出他的全部力量。

他就是这么一个精力充沛热情洋溢的人。虽然那天晚上巴金劝我不要难过(其实我知道他心里也是难过的),我能不难过吗?我难过的不只是因为我失去了一个良师益友,我难过的是我们中国文艺界少了一个勇往直前的战士!

在四害横行,道路侧目的时期,我常常想到振铎,还为他的早逝而庆幸!我想,像他这么一个十分熟悉三十年代上海文艺界情形,而又刚正耿直的人,必然会遇到像老舍或巴金那样的可悲的命运。现在"四人帮"打倒了,满天春气,老树生花,假使他今天还健在,我准知道他还会写出许多好文章,做出许多有益的事!我记得我们敬爱的周总理,曾在我们大家面前说过,他和老舍,振铎,王统照四个人,都是戊戌政变(一八九八年)那年生的。算起来都比我大两岁。我现在还活了下来!我本来就远远、远远地落在他们的后面,但是一想起他们,就深深感到生命的可贵,为了悼念我所尊敬的朋友,我必须尽上我的全部力量,去做人民希望我做而我还能够做的一切的事。

一九七八年十一月十七日

(原载1978年第6期《文艺报》)

一位最可爱可佩的作家

这位作家就是巴金。

为什么我把可爱放在可佩的前头？因为我爱他就像爱我自己的亲弟弟们一样——我的孩子们都叫他巴金舅舅——虽然我的弟弟们在学问和才华上都远远地比不上他。

我在《关于男人》这本书里，《他还在不停地写作》一文里，已经讲过我们相识的开始，那时他给我的印象是腼腆而带些忧郁和沉默。但在彼此熟识而知心的时候，他就比谁都健谈！我们有过好几次在同一个对外友好访问团的经历，最后一次就是一九八〇年到日本的访问，他的女儿小林和我的小女儿吴青都跟我们去了。在一个没有活动节目的晚上，小林、吴青和一些年轻的团员们都去东京街上游逛，招待所里只剩下我们两个。我记得那晚上在客厅里，他滔滔不绝地和我谈到午夜，我忘了他谈的什么，是他的身世遭遇？还是中日友好？总之，到夜里十二点，那些年轻人还没有回来，我就催他说："巴金，我困了，时间不早了，你这几天也很累，该休息了。"他才回屋去睡觉。

就在这一年的九月，我得了脑血栓后又摔折了右腿，从此闭门不出。我一直住在北京，他住在上海，见面时很少，但我们的通信不断。我把他的来信另外放在一个深蓝色的铁盒子里,将来也和我的一些有上下款的书画,都送给他创办的"中国现代文学馆"。

他的可佩——我不用"可敬"字样,因为"敬"字似乎太客气了——之处,就是他为人的"真诚"。文藻曾对我说过:"巴金真是一个真诚的朋友。"他对我们十分关心,我最记得四十年代初期在重庆,我因需要稿费,用"男士"的笔名写的那本《关于女人》的书,巴金知道我们那时的贫困,就把这本书从剥削作家的"天地出版社"拿出来,交给了上海的"开明书店",每期再版时,我都得到稿费。

文藻和我又都认为他最可佩服之处,就是他对恋爱和婚姻的态度上的严肃和专一。我们的朋友里有不少文艺界的人,其中有些人都很"风流",对于钦慕他们的女读者,常常表示了很随便和不严肃的态度和行为。巴金就不这样,他对萧珊的爱情是严肃、真挚而专一的,这是他最可佩处之一。

至于他的著作之多、之好,就不用我来多说了,这是海内外的读者都会谈得很多的。

总之,他是一个爱人类、爱国家、爱人民、一生追求光明的人,不是为写作而写作的作家。

他近来身体也不太好,来信中说过好几次他要"搁笔"了,但是我不能相信!

我自己倒是好像要搁笔了,近来我承认我"老了",身上添了许多疾病,近日眼睛里又有了白内障,看书写字都很困难,虽然我周围的人,儿女、大夫和朋友们都百般地照顾我,我还是要趁在我搁笔之前,写出我对巴金老弟的"爱"与"佩"。

为着人类、国家和人民的"光明",我祝他健康长寿!

1989年1月26日阳光满案之晨

(原载《中国作家》1989年第3期)

序台湾版《浪迹人生——萧乾传》

提起萧乾这个名字，我不禁微笑了，他是我最熟悉的人了！我说"人"因为我不能把他说是我的"朋友"，他实在是我的一个"弟弟"。七十多年以前，在他只比我的书桌高一个头的时候，我就认识他了！他是我的小弟冰季（为楫）在北京崇实小学的同班好友，他的学名叫萧秉乾。关于他们的笑话很多，我只记得那时北京刚有了有轨电车，他们觉得十分新奇，就每人去买了一张车票，大概是可以走到尽头的吧！他们上了车，脚不着地的紧紧相挨坐着，车声隆隆中，看车窗外的店铺、行人都很快地向后面倒退，同时他们悬空的小腿也摇晃得厉害！他们怕被电车"电"着，只坐了一站，就赶紧跳下车来。到家一说，我们都笑得前仰后合！

从那时起，他一直没有同我断过联系，他对我就像对亲姊姊一样，什么事都向我"无保留"地"汇报"（他说："大姐，我又怎么怎么了。"）干得出色的，我就夸他两句，干得差点的，我就说他两句。这种对话，彼此心中都不留痕迹，而彼此间的情谊，却每次地加深。他是我的孩子们的"饼干舅舅"，因为他给我的信末，总是写"弟秉乾"。孩子们不知道这"乾"字是"乾坤"的"乾"（音前），而念作"乾净"的"乾"（音甘）。所以每逢他来了，孩子们就围上去叫"饼干舅舅"。他们觉得这样叫很"亲昵"，至今还不改口！

冰　心
散　文　精　选

"饼干"这个人,我深深地知道他。他是个多才多艺的人,在文学创作上,他是个多面手,他会创作、会翻译、会评论、会报导……像他这样的,什么都来一手的作家,在现代中国文坛上,是罕见的。我又深深地理解他。他是一个热爱祖国、热爱人民的人。他从青年时代,就到过海外许多国家,以他的才干,在哪个国家都可以很舒服、很富裕地生活下去,但他却毅然地抛弃了国外的一切,回到他热爱的祖国来"住门洞",当"臭老九",还遭到其他的厄运,这一切,读者在《萧乾传》中都可看到,我就不必多谈了。

他和冰季同年,也比我小十岁,今年也是八十岁的人了,凭他为祖国、为人民做的那些好事,他的晚景过得很称心,我十分为他欢喜。但想到能同我一齐欢喜而向他祝贺的,他的小友冰季,却已在六年前抑郁地逝世了,这时我的眼泪就止不住地滚了下来。因为我想起龚定庵的四句诗:"今朝无风雪,我泪浩如雪,莫怪浩如雪,人生思幼日!"

1990 年 6 月 28 日浓阴之晨

(收入《浪迹人生——萧乾传》,台湾业强出版社 1991 年版)

话说"相思"

我在美国威尔斯利女子大学研究院读硕士学位时,论文的题目是《李清照词英译》。导师是研究院教授 L 夫人。我们约定每星期五下午到她家吃茶。事前我把《漱玉词》一首译成英文散文,然后她和我推敲着译成诗句。我们一边吃着茶点,一边谈笑,都觉得这种讨论是个享受。

有一次——时间大约是一九二五年岁暮吧——在谈诗中间,她忽然问我:"你写过情诗没有?"我不好意思地说:"我刚写了一首,题目叫做'相思'":

> 避开相思,
> 披上裘儿,
> 走出灯明人静的屋子。
> 小径里冷月相窥,
> 枯枝——
> 在雪地上
> 又纵横地写遍了相思!
> 　　　　12月12日夜,1925

冰　心
散文精选

　　我还把汉字"相思"两字写给她看,因为"相"字旁的"目"字和"思"字上面的"田"字,都是横平竖直的,所以雪地上的枯枝会构成"相思"两字。她笑了,说是"很有意思,若是用弯弯曲曲的英文字母,就写不出来了!"

　　她只笑着,却没有追问我写这首诗的背景。那时威大的舍监和同宿舍的同学,都从每天的来信里知道我有个"男朋友"了。那年暑假我同文藻在绮色佳大学补习法文时,还在谈着恋爱!十二月十二日夜我得到文藻一封充满着怀念之情的信,觉得在孤寂的宿舍屋里,念不下书了,我就披上大衣,走下楼去,想到图书馆人多的地方,不料在楼外的雪地上却看见满地上都写着"相思"两字!结果,我在图书馆里也没念成书,却写出了这一首诗。但除了对我的导师外,别的人都没有看过,包括文藻在内!

　　"相思"两字在中国,尤其在诗词里是常见的字眼。唐诗中的"情人怨遥夜,竟夕起相思","愿君多采撷,此物最相思",唐代的李商隐无可奈何地说"直道相思了无益",清代的梁任公先生却执拗地说"不因无益废相思"。此外还有写不完、道不尽的相思诗句,不但常用于情人朋友之间,还有用于讽刺时事的,这里就不提它了。

　　说到这里,我想起一段笑话:一九二六年,我回到母校燕京大学,教一年级国文课。这班里多是教务处特地编到我班里来的福建、广东的男女学生,为了教好他们的普通话,为了要他们学会"咬"准字音,我有时还特意找些"绕口令",让他们学着念。有一次就挑了半阕词,记得是咏什么鸟的:

　　　　金埒①远、玉塘稀,
　　　　天空海阔几时归?
　　　　相离只晓相思死,
　　　　那识相思未死时!

---
①金埒:以钱铺成的界沟,以言奢华。

这"相思死"和"未死时"几个字,十分拗口,那些学生们绕不过口来,只听见满堂的"嘶,嘶,嘶"和一片笑声!

不久,有一天一位女同事(我记得是生物系的助教汪先群,她的未婚夫是李汝祺先生,也是清华的学生,比文藻高两班,那时他也在美国)悄悄地笑问我:"听说你在班里尽教学生一些香艳的诗曲,是不是你自己也在想念海外的那个人了?"我想她指的一定是我教学生念的那两句有关"相思"的词句。我一边辩解着,却也不禁脸红起来。

1986 年 3 月 26 日晨

(收入《冰心近作选》,作家出版社 1991 年版)

我喜爱小动物

我喜爱小动物。这个传统是从谢家来的,我的父亲就非常地喜爱马和狗。马当然不能算小动物了,自从一九一三年我们迁居北京以后,住在一所三合院里,马是养不起的了,可是我们家里不断地养着各种的小狗——我的大弟弟为涵在他刚会写作文的年龄,大约是十二岁吧,就写了一本《家犬列传》,记下了我家历年来养过的几只小狗。狗是一种最有人情味的小动物,和主人亲密无间,忠诚不二,这都不必说了,而且每只狗的性格、能耐、嗜好也都不相同。比如"小黄",就是只"爱管闲事"的小狗,它专爱抓老鼠,夜里就蹲在屋角,侦伺老鼠的出动。而"哈奇"却喜欢泅水。每逢弟弟们到北海划船,它一定在船后泅水跟着。当弟弟们划完船从北海骑车回家,它总是浑身精湿地跟在车后飞跑。惹得我们胡同里倚门看街的老太太们喊:"学生!别让你的狗跑啦,看它跑的这一身大汗。"我的弟弟们都笑了。

我家还有一只很娇小又不大活动的"北京狗",那是一位旗人老太太珍重地送给我母亲的。这个"小花"有着黑白相间的长毛,脸上的长毛连眼睛都盖住了。母亲便用红头绳给它梳一根"朝天杵"式的辫子,十分娇憨可爱,它是惟一的被母亲许可走近她身边的小狗,因为母亲太爱干净了。当一九二七年我们家从北京搬到上海时,父亲买了两张半价车票把"哈奇"和"小

花"都带到上海,可是到达的第二天,"小花"就不见了,一般"北京狗"十分金贵,一定是被人偷走了,我们一家人,尤其是母亲,难过了许多日子!

谢家从来没养过猫。人家都说"狗投穷,猫投富"。因为猫会上树、上房,看见哪家有好吃的便向哪家跑。狗就不是这样!我永远也忘不了,四十年代我们住在重庆郊外歌乐山时,我的小女儿吴青从山路上抱回一只没人要的小黄狗,那时我们人都吃不好,别说喂狗了。抗战胜利后我们离开重庆时,就将这只小黄狗送给山上在金城银行工作的一位朋友。后来听我的朋友说,它就是不肯吃食——金城银行的宿舍里有许多人养狗,他们的狗食,当然比我们家的丰富得多,然而那只小黄狗竟然绝食而死在"潜庐"的廊上!写到此我不禁落下了眼泪。

一九四七年后,我们到了日本,我的在美国同学的日本朋友,有一位送了一只白狗,有一位送了一只黑猫:给我们的孩子们。这两只良种的狗和猫,不但十分活泼,而且互相友好,一同睡在一只大篮子里,猫若是出去了很晚不回来,狗也不肯睡觉。一九五一年我们回国来,便把这两只小动物送给了儿女们的小朋友。

现在我们住的是学院里的楼房,北京又不许养狗。我们有过养猫的经验,知道了猫和主人也有很深的感情,我的小吴青十分兴奋地从我们的朋友宋蜀华家里抱了三只新生的小白猫让我挑,我挑了"咪咪",因为它有一只黑尾巴,身上有三处黑点,我说:"这猫是有名堂的,叫'鞭打绣球'。就要它吧。"关于这段故事,我曾在小说《明子和咪子》中描写过了。咪咪不算是我养的,因为我不能亲自喂它,也不能替它洗澡——它的毛很长又厚,洗澡完了要用大毛巾擦,还得用吹风机吹。吴青夫妇每天给它买小鱼和着米饭喂它,但是它除了三顿好饭之外,每天在我早、午休之后还要到我的书桌上来吃"点心",那是广州精制的鱼片。只要我一起床,就看见它从我的窗台上跳下来,绕着我在地上打滚,直到我把一包鱼片撕碎喂完,它才乖乖地顺我的手势指向,跳到我的床上蜷卧下来,一直能睡到午间。

近来吴青的儿子陈钢,又从罗慎仪——我们的好友罗莘田的女儿——

冰　心
散　文　精　选

家里抱来一只纯白的蓝眼的波斯猫,因为它有个"奔儿头",我们就叫它"奔儿奔儿"。它比"咪咪"小得多而且十分淘气,常常跳到蜷卧在我床上的咪咪身上,去逗它,咬它!咪咪是老实的,实在被咬急了,才弓起身来回咬一口,这一口当然也不轻!

我讨厌"奔儿奔儿",因为它欺负咪咪,我从来不给它鱼片吃。吴青他们都笑说我偏心!

1989年3月9日晨

我家的对联

我对人家墙壁上挂的字画都有兴趣,尤其是对联,这兴趣是从小就养成的。我在一九七九年写的那篇《我的童年》里曾经提到,我的第一本课义就是一副对联:

此地有崇山峻岭茂林修竹
是能读三坟五典八索九丘

但从这一副对联里还看不出屋主人的身世和襟怀,爱好和性格。在我十一岁那年回到老家福州去,看见在后厅墙上我的曾祖父画像的两两旁,有我的祖父写的一副对联:

谁道五丝能续命
每逢佳节倍思亲

原来我的曾祖父是在农历五月五日端阳节那天逝世的。我国习俗在端阳节那天都给小孩子的手腕上缠上五色丝线,叫做续命丝,祝他长命百岁。

所以每到端阳节我的祖父看到孩子们手腕上的五色丝，就会想到他的父亲，而对"五丝"能否"续命"，起了悲哀的疑问。

此后,我就注意我们老家的厅堂客室里的每一副对联,其中有许多是我的祖父自己写的,如：

知足知不足
有为有弗为

这是一对自勉的句子，就充分地描绘出我的祖父的恬淡而清高的性格。

再大一点,在北京中剪子巷父亲的客室里,看到一副前清御史江春霖老先生送给父亲的对联：

库舍争归胡教授
楼船犹见汉将军

在上联旁边还有小字,说他"自京南下,阻雪难行",在芝罘会见了我的父亲,很喜欢他的"裘带歌壶,翩翩儒将"的风度,就写这一联相赠。父亲对我解释这对联的时候,也说他和江春霖只是初交,当时江春霖因为弹劾了庆亲王而被罢官,他也很佩服江春霖不畏权贵的风骨,因此才把这位"交浅言深"的朋友的赠品,张挂起来的。

三十年代初期,父亲的客室里又添上一副萨镇冰老先生送的对联：

穷达尽为身外事
升沉不改故人情

说的是他们两位老人家几十年金坚玉洁的友情。四十年代初父亲逝世

时,我不在北京,这些可贵的遗物,都不知哪里去了!

　　长大以后,到了美国和欧洲,在外国朋友家里当然看不见对联,有的只是画框和祖先的相片。在日本,旧式的屋子,周围几乎都是纸门,只有"床之间"那一扇墙上可挂字画,但也不是对联,而是一幅很雅淡的字或画,再供上一瓶一枝花朵,倒也雅洁可喜。日本的亭园,和中国的相似,有山有水,也许还更古雅一些,但是楹上柱上都没有对联。欧美的林园更不必说了!

　　我这一辈子,在师友家里或在国内的风景区,到处都可看到很好的对联。文好,字也好,看了是个享受。我以为我们中国人应该把我们特有的美好传统继续下去,让我们的孩子们从小起耳濡目染,给他们一个优美的艺术的气氛!

(收入散文集《绿的歌》,商务印书馆国际有限公司2008年1月出版)

病榻呓语

忽然一觉醒来,窗外还是沉黑的,只有一盏高悬的路灯,在远处爆发着无数刺眼的光线!

我的飞扬的心灵,又落进了痛楚的躯壳。

我忽然想起老子的几句话:

> 吾有大患,及吾有身;及吾无身,吾有何患。

这时我感觉到了躯壳给人类的痛苦。而且人类也有精神上的痛苦:大之如国忧家难,生离死别……小之如伤春悲秋……

宇宙内的万物,都是无情的:日月经天,江河行地,春往秋来,花开花落,都是遵循着大自然的规律。只在世界上有了人——万物之灵的人,才会拿自己的感情,赋予在无情的万物身上!什么"感时花溅泪,恨别鸟惊心"这种句子,古今中外,不知有千千万万。总之,只因有了有思想、有情感的人,便有了悲欢离合,便有了"战争与和平",便有了"爱和死是永恒的主题"。

我羡慕那些没有人类的星球!

我清醒了。

我从高烧中醒了过来,睁开眼看到了床边守护着我的亲人的宽慰欢喜的笑脸。侧过头来看见了床边桌上摆着许多瓶花:玫瑰、菊花、仙客来、马蹄莲……旁边还堆着许多慰问的信……我又落进了爱和花的世界——这世界上还是有人类才好!

1988 年 3 月 15 日晨

(收入《冰心近作选》,作家出版社 1991 年版)

话说君子兰

女作家李玲修在好多年前送给我的一盆君子兰,我把它供在书桌前的窗台上。那浓绿色的、剑形的、肥厚的叶子,武士般地相对列。每年两次当剑叶中间忽然露出一点橘黄色时,家里的大人和小孩都高兴地奔走相告:君子兰又要开花了!

这实在是个喜讯。几十朵橘黄色的、五瓣聚成的筒形的花向上开放。它们像高雅的君子般相拱而立。当花的大茎,愈长愈长,这几十朵君子兰便愈站愈高,静雅地立在那里,经月不谢!

我为此重新翻看了《论语》,因为至圣先师孔子,对于"君子"的定义,有几十条。但是我读来读去觉得"君子讷于言而敏于行"这句话就说的是君子兰!

我以为"言"就是花的香气,"行"就是花的形象和花期的久暂。君子兰花香很淡,而花色极浓,几十朵相拱而立,能够立到几十天!它们群立在你的面前给你力量,给你鼓舞。因此我虽然也喜爱玫瑰的浓香和桂花的幽香,但在数日之内,便瓣落香消,使人惆怅,而使我敬佩的还是君子兰!

1990 年 7 月 12 日多云之晨

(收入《冰心近作选》,作家出版社 1991 年版)

又想起一首诗

夜半，秋风吹得窗帘籁籁地响，引我想起忘了从哪一本书上看过的一首诗。这位诗人似乎姓温，也不知道是哪一个朝代的？诗云：

秋风吹老洞庭波
一夜湘君白发多
睡里不知身在水
满床清梦压星河

"满床清梦压星河"，这句妙极！"满床清梦"形容梦中情事的丰满，"压星河"是说这丰满沉重的梦，"压"了天上星河在水中的倒影！

说到诗，我总是"不薄今人爱古人"。因为今人的诗无论多好，但没有一首能使我在半夜醒来，一字不错地背下来的。这当然和我自幼养成的"吟诗"习惯有关。

1990 年 8 月 27 日晨

（收入散文集《绿的歌》，商务印书馆国际有限公司 2008 年 1 月出版）